HATICE AKYÜN

Ali zum Dessert

Buch

In ihrem ersten Buch ließ Hatice Akyün die Leser teilhaben an ihrer Suche nach dem perfekten Mann. Ein deutscher Mann mit türkischem Temperament sollte es sein: ein Mann, so zuverlässig wie der Mercedes ihres Vaters und so feurig wie das Essen ihrer Mutter. Die Idee, sich nach einem türkischen Mann mit deutschen Eigenschaften umzusehen, wäre Hatice Akyün nie in den Sinn gekommen. Doch dann begegnet ihr eines Tages der ebenso kluge wie charmante Deutschtürke Ali, der sich mit allen Kräften ins Zeug legt, ihr Herz zu erobern. In ihrem neuen Buch erzählt Hatice Akyün von dem »Leben in einer neuen Welt«, das nun für sie beginnt, denn plötzlich ist nichts mehr wie es vorher war. Vor allem, als sich herausstellt, dass ihre morgendliche Übelkeit mitnichten auf einen kursierenden Grippevirus zurückzuführen ist, sondern auf ein kleines Mädchen, das sich entschlossen hat, die traute Zweisamkeit des frisch verliebten Paares gründlich durcheinanderzuwirbeln.

Ob Hatice Akyün von den ersten Turbulenzen der neuen Beziehung erzählt, von der Familienzusammenführung am Meer oder deutsch-türkischen Erziehungsmethoden: Stets gleichen ihre Geschichten den Splittern eines funkelnden Kaleidoskops, die sich zu einem farbigen Ornament zusammenfügen. Geschichten über Partnerschaft und Familie in zwei Kulturen, die den Leser in einen lebensprallen Kosmos entführen.

Autorin

Hatice Akyün wurde 1969 in Akpinar Köyü in Zentralanatolien geboren. 1972 kam sie mit ihrer Familie nach Deutschland, wo sie seither lebt. Hatice Akyün schreibt als freie Journalistin u.a. für den »Spiegel«, »Emma« und den »Tagesspiegel«. Mit ihrem ersten Buch »Einmal Hans mit scharfer Soße« gelang ihr auf Anhieb ein SPIEGEL-Bestseller. Hatice Akyün lebt mit ihrer Familie in Berlin. Für ihre Erzählungen, die unter anderem die Bedeutung der Sprache für gelungene Integration humorvoll ins Bewusstsein heben, erhielt sie 2009 den Duisburger Preis für Toleranz und Zivilcourage. Weitere Informationen unter www.akyuen.de

Von Hatice Akyün ist im Goldmann Verlag außerdem erschienen:

Einmal Hans mit scharfer Soße (15439)

Hatice Akyün

Ali zum Dessert

Leben in einer neuen Welt

GOLDMANN

FSC
Mix
Produktgruppe aus vorbildlich
bewirtschafteten Wäldern und
anderen kontrollierten Herkünften

Zert.-Nr. SGS-COC-1940
www.fsc.org

Verlagsgruppe Random House FSC-DEU-0100
Das FSC-zertifizierte Papier *München Super* für dieses Buch
liefert Arctic Paper Mochenwangen GmbH.

1. Auflage
Taschenbuchausgabe Februar 2010
Wilhelm Goldmann Verlag, München,
in der Verlagsgruppe Random House GmbH

Umschlaggestaltung: UNO Werbeagentur, München
in Anlehnung an die Gestaltung der Originalausgabe
(Design Team München)
Umschlagfoto: André Rival
KF · Herstellung: Str.
Druck und Bindung: GGP Media GmbH, Pößneck
Printed in Germany
ISBN: 978-3-442-15605-4

www.goldmann-verlag.de

Für Merve Johanna

Canım Kızıma
Dünyaya gözlerini açmanla ömrüme ömür kattın birtanem.
Ben kendi öykümü kaleme dökmeye çalıştım biriciğim, oysa sen henüz açtın gözlerini yeni bir öyküye.
Yüzündeki tatlı, masum, güçlü ve ne istediğini bilen gülümsemenle dolu dolu bir yaşam sürmen dileğiyle meleğim.

Inhalt

1 *Heimat ist dort, wo du satt wirst*

Meine Wohnung in Berlin ist nicht sehr türkisch eingerichtet, abgesehen von einer Wasserpfeife aus blauem Glas, die mir vor vielen Jahren ein deutscher Freund aus seinem ersten Türkeiurlaub mitgebracht hatte. Ich habe keine Glasvitrine, in der Mokkagläser mit Goldrand stehen. Und vor goldenen Bilderrahmen, in denen Fotos meiner umfangreichen Familie kleben, bin ich bisher verschont geblieben. Auch bunte Teppiche gibt es nicht, dafür Oberlichter und schräge Fenster.

Ich lebe in einer Gegend von Berlin, die ich als Niemandsland beschreiben würde. Sie liegt in einem toten Winkel des sonst sehr lebendigen Bezirks Mitte, in dem das Bettenhaus der Charité steht – und gleich um die Ecke befindet sich das Deutsche Theater. Jeweils fünfhundert Meter in jede Himmelsrichtung sind die Sehenswürdigkeiten: der Reichstag, die Partymeile Oranienburger Straße und etwas weiter südlich das Brandenburger Tor. Ich nenne dieses Stück von Berlin-Mitte auch die »touristenfreie Zone«, weil sich kein Mensch hierher verirrt. Die Wege sind verschlungen, aber für mich lohnen sie sich, allein schon deshalb, weil ich von meiner Dachgeschosswohnung aus diese wunderbare Aussicht genießen kann.

In meinen vier Wänden fühle ich mich wohl. Ich mag die winzig kleine Küche, das Regal mit meinen schönsten Schuhen, und ich mag die Kleiderstangen, an denen meine Abendkleider hängen, lange Röcke und bunte Blusen.

Berlin ist für mich eine Weltstadt, die den Vergleich mit New York oder Istanbul nicht zu scheuen braucht. Ich muss es wissen, schließlich habe ich in allen drei Städten gelebt. Früher mochte ich die deutsche Hauptstadt nicht besonders. Das änderte sich erst, als ich vor einigen Jahren nach einem längeren Aufenthalt in New York in sie zurückgekehrt bin. Seitdem ist Berlin meine zweite Heimat geworden.

Meine erste Heimat ist Duisburg, genauer gesagt Duisburg-Marxloh, das Neukölln des Ruhrgebiets. Marxloh und Neukölln verbindet noch etwas, etwas weniger Erfreuliches: Beide Stadtteile sind in der Öffentlichkeit verrufen als Problembezirke mit hoher Arbeitslosigkeit, Kriminalität und Schulklassen, in denen kaum noch ein deutsches Kind sitzt. Wenn es darum geht, soziale Brennpunkte zu zeigen, werden Marxloh und Neukölln häufig als unschöne Kulisse präsentiert.

Viele meiner Freunde mögen diese Stadtteile nicht, obwohl sie noch nie dort waren. Wenn ich von ihnen schwärme, hören sie gar nicht zu, sondern denken an rauchende Schornsteine, stinkende Abgase und Häuser in einem schmutzigen Einheitsgrau.

Mir würden diese Dinge eher bei New York einfallen. Wenn ich in meinem schäbigen Zimmer das Gesicht ganz dicht an das Fenster drückte, konnte ich unter mir ein Stück Straße sehen. Das Fenster zu öffnen war nicht möglich. Meine Mitbewohnerin erklärte mir, dass das zu gefährlich sei, und zeigte mir stattdessen den Schalter für die Klimaanlage. Menschenmassen marschierten unter mir vorüber, die von roten Ampeln nur so lange aufgehalten wurden, bis sie in der Autoschlange eine Lücke gefunden hatten, durch die sie hindurchschlüpfen konnten. New York ist unromantisch und hat im Gegensatz zu Berlin keine Seele. Der größte Held von New York ist ein grünes Stück Papier, der Dollar, mit dem man sich Träume kaufen kann. Überall trifft man auf Menschen, die voller Hoffnungen in das Maul dieser gefräßigen Stadt gesprungen sind. Und oft genug spuckt New York sie einfach wieder aus, wenn sie den Härtetest nicht bestanden haben. Nicht umsonst heißt es: »*If you can make it there, you can make it anywhere* – wenn man es hier schafft, dann schafft man es überall.«

Nach einem knappen Jahr als freie Journalistin in diesem Moloch konnte ich es kaum erwarten, endlich wieder in Berlin zu sein. Ich freute mich auf Sicherheit und Aufrichtigkeit, auf Tiefsinnigkeit und Individualität. Und darauf, an einer roten Ampel zu warten und die Menschen zu beobachten. Ich mag diesen Mix aus Ostberlinern, Westberlinern und Zugewanderten. Und nicht zu vergessen die Bewohner von Berlin-Mitte, die mit der langen Ponypartie, die weich bis über die Augenbrauen fällt. Sie erinnern mich immer an Island Ponys, dabei sind es junge Frauen und Männer, die irgendetwas mit Medien oder Werbung zu tun haben, immer freundlich gucken und den ganzen Tag Latte macchiato trinken.

Wenn ich allerdings höre, dass jemand noch nicht in Istanbul war, rufe ich: »Fahren Sie sofort hin!« Istanbul ist für mich das New York der siebziger, das London der achtziger und das Berlin der neunziger Jahre. Eine Stadt, in der eine unglaubliche Aufbruchstimmung herrscht. Beyoğlu kann als das Berlin-Mitte von Istanbul bezeichnet werden, mit einer reichen Clubkultur und vielen Intellektuellen. Und es gibt auch das Charlottenburg von Istanbul – das ist Nişantaşı. Die Stadt hat, seitdem ich sie als Kind das erste Mal besuchte, eine schwindelerregende ökonomische Entwicklung genommen. Trotzdem herrscht weiterhin die Verbindung zwischen östlichem und westlichem Lebensstil vor. Neben den schönen Partygängern ist die Stadt geprägt von den vielen Menschen, die ihre Dörfer verlassen haben und in die Metropole am Bosporus gekommen sind, um ihr Glück zu versuchen. Man spürt förmlich den Stolz, den die Menschen in Istanbul versprühen, vergleichbar mit dem Ausspruch der Deutschen nach dem »Wunder von Bern«: »Man ist wieder wer.« Allerdings ist es bei den Türken so: Jedes Mal, wenn dieser Stolz erneut genährt wird, etwa mit den EU-Beitrittsgesprächen, dem dritten Platz bei der Fußballweltmeisterschaft 2002, dem Halbfinale bei der Fußballeuropameisterschaft 2008 oder dem Literaturnobelpreis für den Schriftsteller Orhan Pamuk, sagen sie: »Wir sind endlich wer« – und das ist noch einmal etwas anderes. Die Deutschen drückten das zum ersten Mal aus mit der Schlagzeile »Wir sind Papst!« Wir sind jedenfalls schon immer Orhan Pamuk, denn er ist einer von uns.

Mein jetziges Zuhause ist jedoch Berlin.

Wenn ich aus meiner Wohnung gedankenverloren beobachte, wie die deutschen Fahnen auf dem Reichstag gen Himmel Wellen schlagen, erinnere ich mich unweigerlich an die Fußballweltmeisterschaft im Sommer 2006. In dieser Zeit trug ganz Deutschland die Farben der Flagge, und es war ein erhabenes Gefühl dazuzugehören. Aber mehr noch. Diese Republik hat die Hoffnungen, die mein Vater besaß, als er vor Jahrzehnten sein anatolisches Dorf verließ, um nach Deutschland zu kommen, nicht enttäuscht.

Wenn ich mich in meiner Wohnung umschaue, bleibt mein Blick meist an einem verblichenen Foto hängen, das ich abziehen und auf Posterformat habe vergrößern lassen und das nun in einem terrakottafarbenen Rahmen an der Wand lehnt. Eine Frau mit Kopftuch steht vor einer groben Steinwand. Sie hat ein energisches Gesicht, trägt lange Röcke übereinander. Auf dem einen Arm hält sie ein Kind, ein zweites steht neben ihr. Alle drei blicken ernst. Es wirkt wie ein Bild aus dem vorletzten Jahrhundert. Dabei ist es nicht einmal vierzig Jahre alt. Das Foto zeigt meine Mutter, *abla*, also meine ältere Schwester Gönül, und mich.

Diese Aufnahme hat eine Geschichte: Mein Großvater hat sie damals eigens anfertigen lassen. Da es in unserem anatolischen Dorf keinen Fotografen gab, musste er die Pferde anschirren, und wir vier sind mit der Kutsche feierlich in den Nachbarort Gediz gefahren, etwa eine Stunde entfernt von Akpınar Köyü, dem Ort, in dem wir wohnten. Meine Mutter trug ihr schönstes Kleid, sie hatte sich ein neues Kopftuch umgebunden und uns Mädchen saubere Sachen angezogen, die Gesichter und Hände gewaschen. So saßen wir auf der Kutsche und durften uns kaum rühren, denn meine Mutter passte auf, dass wir in diesem ordentlichen Zustand auch beim Fotografen ankamen.

Auf dem Bild kann man den Respekt erkennen, den wir vor ihm hatten. Kein Wunder, dass wir so ernst geschaut haben. Dieses Foto schickte mein Großvater meinem Vater nach Deutschland. Damit er in der Fremde eine Erinnerung an seine kleine Familie hat. Mein *baba* muss sich unheimlich darüber gefreut haben. Bis heute trägt er es in seiner Brieftasche, und die verblichene Farbe erinnert ihn an längst vergangene Zeiten.

Die Geschichte, die meine Mutter mir zu dem Bild erzählte, klang fast wie ein Märchen, mit dem Unterschied, dass sie wahre Helden hervorbrachte. Es war die Geschichte eines einfachen Ehepaares aus eben jenem Akpınar Köyü. Der Mann verließ sein Dorf für ein besseres Leben. Er wollte in einem fremden Land die Arbeit suchen, von der es in seinem zu wenig gab. Seine Reise führte ihn nach Duisburg, in ein Bergwerk, und später holte er seine Ehefrau und seine zwei Kinder nach. Und eines Tages, als das Paar seinen Ruhestand an der türkischen Ägäis genoss, stellte es fest, dass Deutschland seine Heimat geworden war. Mein Vater merkte es daran, dass er in der Türkei seinen Mercedes und die doppelt verglasten Fenster seines Duisburger Hauses vermisste, und meine Mutter sehnte sich immer öfter nach ihrem ruhigen Leben in Deutschland.

Wenn ich dieses Foto betrachte, überfällt mich oft der Wunsch, mit meiner Mutter über ihr Leben in Akpınar Köyü zu sprechen, das für wenige Jahre auch mein Leben war. Aber sie reagiert darauf meist ein wenig unwillig, wenn ich danach frage, sagt sie mit einer wegwerfenden Handbewegung: »Ach, das ist doch schon so lange her.« Dabei würde ich zu gern mehr darüber erfahren, wie sie sich fühlte, als sie nach Deutschland aufbrach, um meinem Vater zu folgen. Da war sie mit ihrem dritten Kind schwanger, meiner Schwester Fatma. Doch hin und wieder gab sie auch Antworten, die ich nie vergessen habe: »In Akpınar Köyü war die Spitze des Minaretts das Einzige, das in das Blau des Himmels stach. Nachts, wenn Fledermäuse mit ihren ausgebreiteten Flügeln lautlos um das Minarett schwebten, dann schien alles friedlich zu sein. Unser Dorf wurde umarmt von Weizenfeldern, war umwogen von Bächen und durchzogen von Schotterwegen. Jeder endete am Fuß eines grünen Hügels.«

Mein Vater hingegen erzählte schon immer mit Vorliebe von seinem Leben in der Türkei. Und jedes Mal, wenn er uns eine neue Episode präsentierte, entführte er uns in eine wahre Welt voller Wunder. Er schwärmte von Bergen, Adlern und Traktoren mit Dieselmotoren, von unglücklichen Lieben und blutigen Kämpfen, von der brennenden Hitze während der Erntezeit und dem klaren, kühlen Wasser. Mitten in unserem Duisburger Zechenhaus fühlten wir uns plötzlich wie in Anatolien.

Während wir Geschwister – nach Fatma bekam meine

Mutter noch meine Schwester Elif und meine beiden Brüder Mehmet und Mustafa – ihm gebannt zuhörten, kauten wir unaufhörlich auf Sonnenblumenkernen herum, um unsere Aufregung und Neugier zu bremsen. Die Fähigkeit, die Kerne mit den Zähnen aus der Schale zu lösen, haben wir alle von meinem Vater gelernt. Ich war gerade in der ersten Klasse, als er es mir beibrachte. Dabei nahm er einen Kern hochkant zwischen seine Schneidezähne, knackte die Schale auf, drehte den geöffneten Kern seitlich und fischte das weiche Innere mit seiner Zunge heraus. Um die Kerne so geschickt zu öffnen, dass ich nicht ständig Krümel zwischen den Lippen hatte, musste ich lange üben. Fast ein Jahr hat es gedauert, bis ich es perfekt beherrschte.

So wie es ein Schweinefleischverbot auf dem Grill meines Vaters gab, so war es uns untersagt, in der Öffentlichkeit, also auf dem Schulhof oder der Straße, Sonnenblumenkerne zu essen. Das hat sich bis heute nicht geändert. Viele Deutsche glauben, dass es typisch türkisch sei, die »ausgesaugten« Kerne einfach auszuspucken. Aber das stimmt nicht. Es ist reine Erziehungssache. In der Heimat meiner Eltern würde der Busfahrer jeden aus seinem Gefährt werfen, der es wagt, die Spelze einfach auf den Boden zu werfen.

Der *kuruyemişçi*, der Trockenfrüchtehändler, bei dem man die Sonnenblumenkerne kauft, wird von den Türken heiß und innig geliebt. Niemals kommt meine Mutter aus der Türkei zurück, ohne etliche Tüten seiner Waren in ihren Koffern zu verstauen. Allein die Läden dieser Händler zu besichtigen ist eine reine Wonne und lässt einem das Wasser im Mund zusammenlaufen.

In Berlin gibt es ebenfalls so ein Geschäft, es heißt *Smyrna*, wie der griechische Name von Izmir, jener türkischen Stadt, in der meine Eltern den Sommer in ihrem Haus an der Ägäis verbringen. Bei Berlinern ist das *Smyrna* bekannt für seine wunderbaren Trockenfrüchte. Wenn ich in Kreuzberg bin, führt mich mein Weg fast immer in diesen Laden. Frisch geröstete Pistazien, Dutzende von Teesorten und allerlei Süßigkeiten: Der Geruch ist so verführerisch, dass er mir alle Sinne benebelt. Die Köstlichkeiten werden in geflochtenen Weidenkörben angeboten, wie auf dem türkischen Basar. Es gibt Sonnenblumenkerne – gesalzen oder ungesalzen –, Kürbiskerne, Mais und Kichererbsen, geröstet, natur oder überzogen mit Gewürzen. Wer es nicht deftig mag, kann auch karamellisierte Nüsse kaufen, getrocknete Aprikosen, Datteln oder eine der vielen Sorten *lokum*, jenen berühmten Türkischen Honig.

Hier nehme ich die längst vergessenen Gerüche meiner Kindheit wieder wahr. Ich kaufe eine Tüte Nüsse, und plötzlich tauchen Bilder vor meinem inneren Auge auf. Früher stand auf unserem Wohnzimmertisch immer eine Holzschale mit Sonnenblumenkernen und Pistazien, die wir am Nachmittag zu frisch gebrühtem Tee oder türkischem Mokka aßen. Bis heute befindet sich diese Holzschale, deren Innenfläche schon ganz abgegriffen ist, auf dem Tisch meiner Eltern, immer noch gefüllt mit wundervoll duftenden Köstlichkeiten und natürlich auch mit Sonnenblumenkernen. Meine Schwester Fatma nennt sie *eğlencelik*, was so viel bedeutet wie »für das Vergnügen«. In der Türkei gibt es sogar ein eigenes Wort für das Brechen der Kerne: *çitlemek*, weil es beim Öffnen eben das Geräusch *çıt çıt* macht.

In Akpınar Köyü, dem Dorf der reinen Quelle, wurde ich geboren. In meinen Erinnerungen verbinde ich es stets mit Wärme auf meiner Haut. Bewusst kenne ich es nur aus den Sommerferien, denn ich war erst drei Jahre alt, als ich das Dorf mit meiner Mutter verließ, und die Erinnerungen an meine ersten Lebensjahre sind nur dunkel.

Aber meine Geschwister und ich kehrten als Kinder häufig zurück, um die Ferien dort zu verbringen. Der Tag fing damit an, dass der Dorfhirte die Kühe auf die Weide trieb und alle Bewohner ihre Gatter öffneten, damit die Tiere ins Freie konnten. Für uns Kinder war es aufregend zu beobachten, wie die Kühe aus ihren Ställen hinaus- oder am Abend wieder hineinliefen. Doch das Größte war für uns das Melken. Natürlich gab es keine Maschinen, die das übernahmen. Bis heute wird alles per Hand gemacht.

Als ich ungefähr sechs Jahre alt war, nahm mich Onkel Musa, der Bruder meines Vaters, das erste Mal mit in den Stall. Er hockte sich neben die Kuh, und ich durfte mich daneben stellen. Dann schob er einen schweren gusseisernen Eimer unter das Euter. Dass die Kühe sich bereitwillig an den Zitzen ziehen ließen, hat mich sehr verwundert. Es schien, als gäben sie die Milch gern her. Onkel Musa drückte gekonnt die Milchdrüsen, und bei jedem heftigen Strahl lobte und streichelte er die Kuh. Einmal schlug eine Kuh so heftig mit ihrem Schwanz, dass sie mein Gesicht traf. Das tat weh, aber der Schmerz war längst nicht so schlimm wie der Tritt eines Esels, den ich tags zuvor erhalten hatte. Die Jungkühe wollten jedoch überhaupt nicht stillstehen, sie schlugen aus, und manchmal kippte der halbvolle Eimer mit frischer Milch um. Dann stieß mein Onkel Tiraden von Flüchen und Schimpfwörtern aus.

Wenn alles ohne Probleme ablief, machte sich Onkel Musa einen Spaß daraus, uns Kinder mit Milch vollzuspritzen. Tante Halime, seine Frau, nahm ihm dann aber immer schnell den Eimer weg, um die gerettete Milch weiterzuverarbeiten. Sie siebte sie durch ein Tuch und ließ sie über Nacht in einer Schüssel stehen. Am nächsten Morgen schöpfte sie den Rahm von der Oberfläche ab, gab ihn in ein hölzernes Fass und schlug ihn so lange, bis Butter daraus wurde. Zum Frühstück aßen wir sie auf selbstgebackenem Brot, und ich kann mich heute noch an den würzigen Geschmack erinnern.

Nach dem Melken musste aber auch der Stall ausgemistet werden. Tante Halime hielt uns einen Spaten hin und sagte: »Los Stadtkinder, helft mit. Das wird euch nicht schaden.«

Die Kühe meines Onkels hatte zum Teil mein Vater bezahlt, als er schon einige Jahre in Deutschland gearbeitet hatte und Geld zur Seite legen konnte. Es war sein Beitrag zu einem besseren Leben seiner Geschwister.

Meine Großeltern mütterlicherseits, die ebenfalls in dem Dorf lebten, hatten neben Kühen und Schafen auch viele Hühner. Für uns Kinder war es etwas Besonderes, die kleinen weichen Küken anzufassen und zu streicheln. Einmal verfolgte uns eine Henne über den ganzen Hof, weil meine Schwestern und ich ihre Kleinen in die Hand genommen hatten. Kreischend liefen wir davon. Mein Vater lachte über uns, als er das sah. Er fand es lustig, dass wir uns in der Welt, die für ihn so vertraut war, derart unbeholfen bewegten.

Durch unser Dorf liefen viele Bäche, und das bedeutete, dass es gerade im Sommer viele Mücken gab. Für meine Verwandtschaft war das kein großes Problem, denn sie hatten sich in all den Jahren daran gewöhnt. Wir Stadtkinder aber kämpften mit den vielen Stichen, und meine Mutter hatte in weiser Voraussicht immer eine Flasche Autan aus Deutschland mit dabei. Abends, wenn wir alle gemeinsam draußen saßen, rieb sie unsere Gesichter, Arme und Beine mit der übel riechenden Flüssigkeit ein. Meine Cousins und Cousinen lachten uns deshalb oft aus.

Onkel Musa war der Erste im Dorf, der einen Traktor sein Eigen nennen konnte. Auch hierbei hatte ihn mein Vater finanziell unterstützt. Das Gefährt war grün, und in gelber Schrift war darauf zu lesen: »John Deere«. Aber meistens konnte man den Namen des Herstellers nicht entziffern, weil der Traktor mit schwarzer Erde überzogen war. Noch heute schwärmt mein Vater von dieser fruchtbaren dunklen Erde, die die Ernte in seinem Heimatdorf immer sehr ertragreich machte.

Uns war »John Deere« egal, wir wollten nur einmal am Steuer sitzen und mit ihm durchs Dorf fahren. Mein Onkel konnte dagegen gar nicht oft genug betonen, was für einen tollen Traktor er besaß. »Der kommt aus England«, rief er stolz jedem entgegen. Und: »Mein Bruder aus Deutschland hat ihn mir geschenkt.«

Kısmet, Schicksal, antwortete meine Mutter kurz, als ich sie wieder einmal danach fragte, warum sie meinem Vater in ein Land gefolgt war, dessen Namen sie bis heute nicht richtig aussprechen kann. *Kısmet* kommt bei ihr immer dann ins Spiel, wenn sie etwas nicht erklären kann oder ihre Geschichten einen mystischen Anstrich erhalten sollen. Für sie ist es eine höhere Macht, die ohne menschliches Zutun das Leben grundlegend beeinflusst. Als ich ihr sagte, dass eine solche Erklärung in diesem Fall keinen Sinn mache, schließlich sei es ihre eigene Entscheidung gewesen, nach Deutschland zu gehen, wurde sie böse. Niemals würde sie meinen Einwand gelten lassen, sagte sie resolut, denn über *kısmet* werde nicht diskutiert. Basta.

Das Wort »basta« kennt sie von ihrer italienischen Nachbarin in Duisburg.

Ein anderes Mal erzählte sie mir überraschend ausführlich von meiner Geburt: »Unser Moscheevorsteher, Ahmet Hoca, sang gerade sein Morgengebet, als ich dich mithilfe deiner Großmutter, deiner Tante Neslihan und unserer schwangeren Nachbarin Zübeyde auf die Welt brachte. Ihr Sohn Yusuf ist dein Milchbruder, weil Zübeyde dich gestillt hat, wenn ich auf das Feld hinausmusste, um die Ernte einzuholen. Am Tag deiner Geburt stand dein Vater den ganzen Morgen über gegen das meterhohe Holztor gelehnt, die Zigarette im Mundwinkel.

Er wartete auf deine Ankunft. Erst als deine Tante ihn hineinrief, richtete er sich auf, schnippte die letzte Zigarette hinter sich in eine Pfütze und ging ins Haus. Deine Großmutter hatte dich bereits mit warmem Wasser gewaschen, das sie auf dem Ofen heiß gemacht hatte.«

Und sie erinnerte sich noch an eine weitere Geschichte: Während sie mit mir schwanger war, habe sie sich bei der Nachbarin eine schwarze Olive vom Tisch stibitzt. Anschließend habe sie sich mit dem Finger, mit dem sie in die Schale mit den Oliven gegriffen hatte, am linken Unterschenkel gekratzt. So erklärte sie mir den olivengroßen Leberfleck, der auf meinem linken Unterschenkel nicht zu übersehen ist.

»Daran wird man dich erkennen, solltest du verloren gehen«, sagte meine Mutter oft, als ich noch ein Kind war. Mit zwanzig hat ihn mir ein Arzt in Duisburg wegen Verdachts auf Hautkrebs entfernt.

Trotz meiner Geburt sei der 15. Juni 1969 ein trauriger Tag gewesen, erzählte mir meine Mutter. Wahrscheinlich wurde gerade die Weizenernte eingefahren, wahrscheinlich hingen die Kirschen in voller Reife dunkelrot an den Bäumen. Aber vor allem war es der Tag, an dem mein Vater in den Bus stieg, um in Istanbul eine mehrtägige Zugreise anzutreten – nach Deutschland. Bevor er aufbrach, gab er mir noch den Namen seiner verstorbenen Mutter: Hatice.

Der Name kommt aus dem Arabischen, und wenn ich meinen Vater nach seiner Bedeutung fragte, antwortete er immer, er sei aus dem Koran, die Frau des Propheten Mohammed habe ihn getragen. Also nahm ich an, dass er keine weitere Bewandtnis hatte. Vor ein paar Monaten lernte ich jedoch auf einer Lesereise einen arabischen Imam kennen, der mir erzählte, dass mein Name mit »das frühe Mädchen« übersetzt werden könnte.

Die Holzhütte, in der wir in unserem Dorf wohnten, hatte mein Großvater für seine Familie gebaut. Darin gab es zwei Zimmer. In dem einen lebten mein Vater, meine Mutter, meine ältere Schwester und ich, in dem anderen der Bruder meines Vaters, Onkel Musa, mit seiner Familie. Mein Großvater, der Vater meines Vaters, schlief neben dem Ofen in der Küche. Die Großmutter war schon früh gestorben. Die Fenster des Hauses waren nichts weiter als Löcher, an denen Holzläden angebracht waren, um die Sonne abzuhalten. Das taten sie auch, aber vor dem Wind boten sie keinen Schutz.

Was hatte mein Vater meiner Mutter versprochen, als er sich am Tag meiner Geburt auf den Weg nach Deutschland machte? Er sagte ihr, er würde nur so lange bleiben, bis er das Geld für ein Ziegelsteinhaus zusammenhätte.

Meine Mutter wusste, dass alle Ehemänner, die in Deutschland arbeiteten, schon nach relativ kurzer Zeit viel Geld an ihre Familien in der Türkei schickten. Aber bis es bei meinem Vater so weit war, bis er überhaupt in der Fremde angelangt war, bis dahin lag ein weiter Weg vor ihm. Er führte ihn zuerst nach Kütahya, wo er einen Arbeitsantrag stellen musste. Anschließend musste er zu einer ärztlichen Untersuchung in die Hauptstadt Ankara und zu einer zweiten nach Istanbul. Der Traum, den er von Deutschland hatte, war mit viel Bürokratie verbunden.

Die Männer, die ihre Heimat verlassen wollten, wurden von deutschen Ärzten untersucht, türkische Dolmetscher übersetzten. Alles wurde geprüft: Augen, Ohren, Knochen, Herz und Nieren. Nackt standen sie vor den weißbekittelten Männern. Nie wieder, so erzählte mein Vater, sei er so gründlich durchgecheckt worden. Er hatte Glück. Der Arzt, vor den er treten musste, war mit ihm zufrieden. Andere Männer wurden wieder zurückgeschickt in ihre Dörfer, weil ihre körperliche

Verfassung nicht ausreichte. Die Enttäuschung stand ihnen ins Gesicht geschrieben, ein Dolmetscher war überflüssig.

In diesem Juni 1969 setzte sich mein Vater, nachdem er nach einer langen Busfahrt in Istanbul angekommen war, in den Zug. Drei Tage dauerte die Reise nach Deutschland, immer weiter entfernte er sich von seiner Ehefrau und seinen beiden Töchtern. Die Ankunft in München hat er noch lebhaft in Erinnerung: »Wir wurden sehr herzlich von den Deutschen empfangen. Sie gaben uns etwas zu trinken und zu essen.«

Von dort aus wurde mein Vater mit anderen Männern, die wie er aus der Türkei gekommen waren, weiter nach Duisburg geschickt. Am Bahnhof erwartete sie der Chef eines Männerwohnheims und brachte sie zu ihrer Unterkunft. Zu viert teilten sich die Männer ein Zimmer. Als ich ein Kind war, zeigte mir mein Vater einmal das Gebäude. Bewohnt war es zu dem Zeitpunkt nicht mehr. Aber ich war entsetzt darüber, unter welchen Bedingungen mein Vater einige Jahre dort hatte leben müssen. Er tat mir leid, und ich habe mir damals schon geschworen, dass ich alles tun werde, damit meine Eltern nie wieder in Armut leben müssen.

In Duisburg wurde mein Vater innerhalb weniger Wochen zum Bergmann ausgebildet. Das war eine große Umstellung für ihn. In der Türkei hatte er als Landwirt gearbeitet, und schon als Kind war er als Dorfhirte mit den Herdentieren hinaus auf die Weiden gezogen. Jeden Tag sah er den weiten Himmel, die vorüberziehenden Wolken, die oftmals gleißende Sonne. In Duisburg musste er diese helle und weite Welt vergessen. Bei der ersten Fahrt hinab in den Schacht, in eine Tiefe von 1200 Metern, bekam mein Vater Todesangst. An die Dunkelheit konnte er sich nie gewöhnen.

Für die türkischen Gastarbeiter in Deutschland – so wurden sie damals noch genannt – war es schwierig, die Verbindung zu ihren Familien aufrechtzuerhalten. In unserem anatolischen Dorf gab es kein Telefon, und auf die Post war kein Verlass. Außerdem konnten meine Eltern weder schreiben noch lesen. Wenn sie Briefkontakt zueinander halten wollten, mussten sie Freunde und Verwandte bitten, ihnen beim Aufschreiben zu helfen.

Über Rundfunk – in dem Wohnheim gab es ein Radio – erfuhr mein Vater von dem Unglück, das sich wenige Monate nach seiner Ankunft in Deutschland in der türkischen Heimat ereignete: »Die Erde bebte in Kütahya, wozu auch unser Dorf Akpınar Köyü gehört. 1100 Tote gab es, und Gediz, nur wenige Kilometer von unserem Dorf entfernt, wurde vollständig zerstört.«

Es waren einige Stunden nach Mitternacht, als meine Mutter die Erdstöße bemerkte. Seitdem mein Vater in Deutschland war, wohnte sie mit meiner *abla* Gönül und mir bei ihren Eltern. Mit meiner Schwester im Arm konnte sie sich ins Freie retten. Das Haus brach hinter ihr zusammen, als sei es aus Karten zusammengebaut. Sie erzählte, dass sie noch mein Weinen gehört habe, aber das Zimmer im ersten Stock sei zu weit weg gewesen, um mich zu holen. Sie hatte sich mit ihren Eltern und meiner Schwester im Erdgeschoss aufgehalten, und beim ersten Beben waren alle nach draußen gelaufen.

Bei Sonnenaufgang trugen die Männer die Trümmer der Hütte ab. Ahmet Hoca kam, um ein letztes Gebet für das Kind zu sprechen. »Du hättest tot sein müssen«, sagte meine Mutter. »*Kısmet* hat dich gerettet.«

Aber es war auch das Deutsche Rote Kreuz gewesen. Wir lebten monatelang in einem Zelt, das die Helfer aus Deutschland mitgebracht hatten. Sie gaben uns warme Decken und sauberes Wasser. Deutsche Ärzte kümmerten sich um die Verletzten, ich erkrankte an Gelbsucht, die mit deutschen Medikamenten geheilt wurde.

Nachdem meine Mutter meinem Vater nach Duisburg gefolgt war, wuchsen wir Kinder in einer Parallelwelt auf. Zu Hause wurde nur Türkisch gesprochen, und meine Eltern reden bis heute kaum Deutsch. Eigentlich die besten Voraussetzungen für eine nicht gelingende Integration. Aber manchmal stimmen Klischees eben nicht.

Als Kind wartete ich jeden Donnerstag darauf, dass der Bücherbus um die Ecke bog, damit ich mir Bücher ausleihen konnte. Ich hatte die Unterschrift meines Vaters gefälscht, um an den Ausweis zu kommen. Er wollte, dass wir den Koran lesen. Und ich habe gedacht, dass er vielleicht böse wird, wenn er sieht, dass ich andere Bücher bevorzuge. Das war aber nicht so. Er lachte, als ich es ihm erzählte, und wollte sofort sehen, wie ich es angestellt hatte, seine Unterschrift nachzumachen.

Dutzende von Büchern schleppte ich jede Woche nach Hause. In dieser Zeit stellte ich fest, dass manche Mädchen aus meiner Klasse nach der Schule zum Reitunterricht gingen, während ich zum Koranunterricht musste.

Meine Eltern bereiteten uns auf ein Leben in der Türkei vor, schließlich wollten sie nur ein paar Jahre in Duisburg bleiben. Eines Tages aber wachten sie auf und merkten, dass sie nach fast vierzig Jahren in Deutschland noch immer auf gepackten Koffern saßen und es nicht geschafft hatten, nach Anatolien zurückzukehren.

Als Kind dachte ich, wir seien sonderbar. Wir aßen anders, wir sprachen anders, wir rochen anders. Ich habe das als sehr schlimm empfunden. Erst als ich älter wurde, stellte ich fest, mit wie viel Reichtum ich gesegnet war. Ich hatte die Chance, in zwei Sprachen und zwei Kulturen aufzuwachsen; und ich begriff, dass ich eine Menge vermissen würde, wenn ich mich für eine meiner Welten entscheiden müsste.

Manchmal packt mich eine tiefe Sehnsucht nach dem Leben in der Türkei. Dann fahre ich in das Land meiner Kindheit, lasse mich verwöhnen, genieße mein Lieblingsgericht *adana kebap* und die Wärme, aber bald schon bekomme ich Heimweh nach Deutschland und kehre zurück in mein alltägliches Leben. Es gibt Dutzende von türkischen Sprichwörtern zum Gefühl einer Heimat. Wenn wir als Kinder nach Anatolien wollten, sagte mein Vater oft: »*Insanın vatanı doğduğu yer deyil, doyduğu yerdir* – nicht, wo du geboren bist, sondern wo du satt wirst, ist deine Heimat.« Heute weiß ich, was er damit meinte. Ein anderes türkisches Sprichwort lautet: »*Sorma kişinin aslını, sohbetinden belli eder* – frage nicht, woher jemand kommt, er wird es durch seine Erzählungen offenbaren.«

Wenn ich meine Augen schließe und an Heimat denke, sehe ich das »Niemandsland« zwischen Charité und Deutschem Theater, ich sehe das verblichene Foto an der Wand in meiner Wohnung, das Vollkornbrot in den deutschen Bäckereien, die schwarz-rot-goldenen Fahnen des Reichstags und höre den Jubel der Menschen vor dem Brandenburger Tor in diesem Sommer 2006.

2 *Das Ewige-Liebe-Band*

Mit meinen sechsunddreißig Jahren bin ich noch nicht verheiratet. Alle meine Schwestern sind es. Längst haben die ersten Enkelkinder das Licht der Welt erblickt, meinen ältesten Nichten werden schon die Augenbrauen gezupft, und ich stehe immer noch ohne Mann da. Für meine Schwestern bin ich längst eine EKK, eine *evde kalmış kız*, ein Mädchen, das niemand wollte. So nennen Türken jene Frauen, die noch nicht verheiratet sind und deren Alter die Höhe der Außentemperatur an der Ägäisküste im Sommer hat. Da nützt es auch nichts, mich mit einem klugen Sprichwort meines russischen Freundes Alexej zu trösten: »Ziehst du in den Krieg, denke einmal darüber nach, gehst du ins Meer, zweimal, und beabsichtigst du zu heiraten, prüfe dich dreimal.« Meine Schwestern sind da ganz anderer Meinung und halten mir vor: »›*Aşk başa gelirse, akıl baştan çıkar* – wenn die Liebe kommt, geht der Verstand.‹ Und bei dir wird es allerhöchste Zeit, dass der Verstand sich verabschiedet und die Liebe kommt, sonst müssen wir dich auf deine alten Tage noch durchfüttern!«

Dabei läuft eigentlich alles bestens. Ich bin mittlerweile vom Paradebeispiel einer gelungenen Integration zur Expertin für Migrationsfragen aufgestiegen. Das liegt nicht daran, dass ich mich auf diesem Gebiet gründlich weitergebildet hätte, keineswegs. Ich habe es dem Umstand zu verdanken, dass die Medien das Thema Migration für sich entdeckt und einzelne Zuwanderer regelrecht zu Stars gemacht haben.

Keine Spezialistin allerdings bin ich im Finden eines Lebenspartners, so sehr ich es mir auch wünsche. Denn das würde mir eine Menge Spott ersparen. Kürzlich erst musste ich mir wieder einmal von meiner Schwester Fatma anhören, dass ich mich in einem höchst kritischen Stadium befinde – zu jung zum Sterben, aber zu alt für die romantische Liebe. Fatma, die seit ihrer Hochzeit vor fünfzehn Jahren in der Türkei lebt, meinte, die definitiv letzte Chance, die mir noch bliebe, wäre eine Vernunftbeziehung. Mit anderen Worten: Ich solle mir ebenfalls einen aussichtslosen Heiratskandidaten suchen, dann würde man perfekt zusammenpassen, wie der Blinde und der Taube. Immerhin wäre man im Alter nicht allein.

Mein Vater würde so etwas niemals zu seiner einzigen unverheirateten Tochter sagen. Er würde es ungefähr so ausdrücken: »*Dilenciye hıyar vermişler, eğridir diye beğenmemiş* – man gab dem Bettler eine Gurke, und weil sie krumm war, hat sie ihm nicht gefallen.« Was so viel bedeutet wie: »Warum haben wir dich nur so verwöhnt, du undankbares Geschöpf. Du wirst an jedem Mann etwas auszusetzen haben, die Situation ist hoffnungslos!«

Auch mein Vater, der nur das allerbeste Lammfleisch auf seinen Grill legt, hat seine Ansprüche bezüglich seines Wunschschwiegersohns mit den Jahren drastisch nach unten korrigiert. Musste es vor fünfzehn Jahren in jedem Fall ein Türke und Moslem sein, so genügte vor zehn Jahren bereits ein Moslem, und weitere fünf Jahre später hätte er sich sogar mit einem deutschen Mann abgefunden. Heute könnte ich mit dem Yeti nach Hause kommen, und er wäre der glücklichste Vater der Welt.

Wahrscheinlich bleibt mir nichts anderes übrig, als ein

großes Stück des türkischen Ewige-Liebe-Bandes zu schlucken. Das ist eine Art rotes Hochzeitsband, das die Ringe eines frisch verlobten türkischen Paares miteinander verknüpft – als Zeichen dafür, dass sich zwei Menschen gefunden haben und für immer zusammenbleiben werden. Der türkische Aberglaube wie auch meine Schwestern wollen mir einflüstern, dass ich nur ein Teil davon mit Tee herunterspülen müsse, dann sei ich schon so gut wie verheiratet.

Meine Mutter wird nicht müde zu betonen, dass nun selbst Cousin Ahmet, der nur knapp ein Meter sechzig groß ist, eine Frau gefunden habe. Was kommt als Nächstes? Cousine Kezban, die das Bein hinterherzieht, ehelicht Brad Pitt? Es ist wirklich nicht angenehm zu erfahren, dass sogar die unattraktivsten und unsympathischsten Mitglieder der Familie inzwischen einen Ehepartner gefunden haben. Und ich bin noch immer weit davon entfernt. Vielleicht sind meine Ansprüche zu hoch. Mein Leben lang sehne ich mich nach einem deutschen Mann mit türkischer Seele. Nach einem Mann, der deutsche Zuverlässigkeit und türkische Leidenschaft in sich vereint – nach einem Hans mit scharfer Soße. Oder ist das zu viel verlangt?

Meine Freundin Julia hat ähnliche Schwierigkeiten, einen Mann zu finden, weshalb ich ihr öfter ein Stück von dem roten Band abgebe. Ihre Mutter ist wie meine *anne*, Mama, ziemlich verzweifelt über den Umstand, dass die Tochter noch nicht unter der Haube ist. Regelmäßig fordert sie Julia auf, Nägel mit Köpfen zu machen. Der passende Deckel, das Gelbe vom Ei, müsse nun endlich her.

Meine Freundin sieht sich längst mit der Möglichkeit konfrontiert, dass die Idee der Zwangsehe es bald von Berlin-Neukölln bis in das Reihenhäuschen ihrer Eltern geschafft hat. Um das zu verhindern, futtern wir beide hin und wieder fusseliges Band in uns hinein, und wenn das noch nicht bekloppt genug ist, dann träumen wir von einer Doppelhochzeit in einem Schloss.

Julia ist so alt wie ich, auch sie lebt in Berlin. Sie ist meine beste Freundin, meine Busenfreundin, obwohl diese Bezeichnung in ihrem Fall ein Euphemismus ist. Sie hat nämlich kaum einen Busen. Julia ist sehr korrekt, liebt Listen aller Art und hat einen Lieblingssatz: »Aber hier geht es ums Prinzip.« Sie kauft gern beim Gemüsetürken ein – bevorzugt in Kreuzberg –, natürlich mit einer Liste in der Hand, auf der die Zutaten ihres Gerichts stehen, die sie einzeln abhakt (am liebsten von oben nach unten), sobald sie in ihrem Einkaufskorb sind. Sie besorgt zwei Tomaten, hundert Gramm Schafskäse, eine Zwiebel, zwanzig Oliven und fragt auch öfter, ob sie vom Fladenbrot nur die Hälfte haben könnte. Türken können darüber nur den Kopf schütteln.

Meine Busenfreundin ist sehr liebenswert, meine Familie mag sie wirklich, auch wenn sie manchmal in ihren Augen eine »Helga« ist. Über ihre Korrektheit lacht mein Vater häufig. Doch so unterschiedlich wir beide sind, so verbindet uns ein Thema grundlegend: der fehlende Mann.

Stimmt der Aberglaube mit dem Ewige-Liebe-Band, dann findet Julia vielleicht einen – eher noch als ich. Ihre Ansprüche sind vielleicht leichter zu erfüllen, sie sucht ja nur einen netten Mann. Und vielleicht hat dieser Mann einen Bruder, Freund oder Cousin, der meinen Vorstellungen von einem Hans mit scharfer Soße entspricht, meinetwegen auch nur im weitesten Sinn. In dieser Hinsicht bin ich in den vergangenen Jahren sehr flexibel geworden. Ich habe meinen Anspruch sozusagen dem Markt angepasst. So wie ich mein Dekolletee um das Ausmaß der gewünschten erotischen Ausstrahlung dem Anlass entsprechend variieren kann, so ist es mir möglich, meine Wunschvorstellungen bezüglich eines geeigneten Mannes hinsichtlich der Verfügbarkeit herunterzuschrauben. Machen wir uns nichts vor, so selten wie es ein pralles Dekolletee ohne Hilfsmittel gibt, so selten findet sich ein perfekter Lebenspartner oder Ehemann.

Zugegebenermaßen: Es muss sich etwas an der Liebesfront tun. Ich brauche endlich einen Mann. Denn dann müsste ich nur noch die halbe Miete zahlen, bräuchte nicht mehr mit dem Bus zu fahren, und alle zwei Wochen könnte ich sagen: »Diesmal putzt du den Küchenboden, aber feucht.« Doch das Beste: Ich könnte auf die langwierigen Schönheitsrituale verzichten, die sich jede türkische Frau Dutzende von Stunden in der Woche antut. Nach all den Jahren intensiver Schönheitspflege vor jeder Verabredung könnte ich mich endlich gehen lassen. Irgendwann kommt man nämlich in ein Alter, in dem der Zeitaufwand für diese Prozeduren Tage in Anspruch nimmt, einzig um den halbwegs akzeptablen Zustand nur annähernd zu erhalten. Und eine sechsunddreißigjährige Single-Türkin kann es sich nicht leisten, auch nur eine Woche nachlässig bei ihrer Schönheitspflege zu sein, denn das würde sie rein äußerlich in die Nähe ihrer anatolischen Großmutter treiben. Und rein haarwuchstechnisch sogar in die einer anatolischen Bergziege. Eine feste Beziehung entpflichtet eben.

Für meinen zukünftigen Mann würde ich bis ans Ende der Welt gehen. Oder sagen wir bis nach Timmendorfer Strand. Dort soll es massenhaft potenzielle Typen geben, die eine feste Partnerschaft eingehen wollen. Hat jedenfalls Julia gesagt, die es wissen muss, schließlich ist sie dort aufgewachsen.

Bislang waren Männer aus dem hohen Norden für mich eher Furcht einflößend. Meiner Vorstellung nach tragen sie Helme mit Hörnern und machen auf ihren Beutezügen die Meere unsicher. Wenn Julia jedoch von ihnen schwärmt, wird mir ganz warm um mein anatolisches Herz: »Groß, blond und blauäugig«, säuselt sie. Und ein zweigeschossiges Haus mit Reetdach nebst angeschlossener Pferdekoppel gebe es meist dazu.

»Also los, fahren wir hin!«, rief ich eines Tages unternehmungslustig.

Das Einzige, was ich zu diesem Zeitpunkt von Timmendorfer Strand wusste, war, dass es «in» und nicht «am» Timmendorfer Strand heißt und dass laut einer Studie aus diesem Teil Deutschlands die klügsten Männer kommen. In besagter Untersuchung wurden die Männer gefragt, wie viel Liter Blut der Mensch hat oder was eine Bulle ist, nur um den Schwierigkeitsgrad anzudeuten. Am schlechtesten schnitten die Herren aus meiner Heimat, dem Ruhrgebiet, ab. Nur zur Erläuterung: Im Menschen kreisen zwischen vier und sechs Liter Blut. Und eine Bulle ist ein mittelalterliches Siegel. Ihr blonden und schlauen Götter des Nordens, bringt meine sechs Liter Blut in Wallung, ich komme mit wehenden Fahnen! Es muss doch einen von euch geben, der mich nimmt, mit Brief und Siegel – oder meinetwegen auch mit Brief und Bulle.

Zu Hause googelte ich »Timmendorfer Strand« und stellte anhand der Fotos fest, dass mich der Ort eher an Legoland denken ließ als an den Garten Eden, in dem die schönsten, reichsten und klügsten Männer der Nation leben sollen. Sofort rief ich Julia an:

»Bist du sicher, dass wir dort als Singles richtig sind?«

»Ja, ganz sicher«, antwortete sie überzeugt.

Ich entsann mich plötzlich mit Schrecken an unseren letzten gemeinsamen Urlaub in der Türkei. Damals hatte meine Freundin dieses supertolle Designhotel im Internet entdeckt. Und das Beste daran, so Julia, seien die Gäste. »Singles aus allen Teilen der Welt«, das hätte sie auf der Website gelesen.

Ich war ein wenig skeptisch gewesen, kannte ich doch diese

typischen türkischen Single-Hotels. Die Betreiber werben immer mit internationaler Kundschaft, aber am Ende wird man von Kellnern, Gärtnern oder dem Poolwart belagert und muss jeden Abend am Büfett die gleiche Frage beantworten: »Du verheiratet?«

Das Einzige, was uns über diesen Urlaub rettete, waren meine türkischen Flüche: Falls jemand einmal vorhaben sollte, ein türkisches Single-Hotel zu besuchen, dann sollte er sich diese Sätze sehr gut merken:

Eher harmlos:
hadi güle güle – und tschüss
yıkıl karşımdan – verzieh dich

Etwas bestimmter:
gazla – zieh Leine

Sehr bestimmt:
def ol git oder siktir – hau ab

Unmissverständlich:
başımı şişirme, siktir git – quatsch mich nicht voll, verpiss dich
Cehennemin dibine git – fahr zur Hölle

Nach der Erfahrung mit dem türkischen Designhotel hatte ich auf einmal nicht viel Hoffnung, meinen Traummann in Timmendorfer Strand zu finden. Aber egal, wir machten uns trotzdem auf den Weg. Meinen Enthusiasmus wollte ich mir nicht nehmen lassen. Julia berichtete mir von weiteren Vorzügen.

»Es gibt dort das Café Wichtig.«

»Dann kann ja nichts mehr schiefgehen. Sicher werden wir

einen unvergesslichen Urlaub haben«, murmelte ich vor mich hin.

»Sei unbesorgt, der Name ist Programm. Dort trifft sich alles, was in Timmendorf Rang und Namen hat.«

Die Alternative war, das ganze Wochenende in Berlin zu bleiben, vor dem Computer zu sitzen und Matches durchzugehen. Listen, in denen entsprechend meiner Vorgaben diejenigen Männer angeboten werden, mit denen ich nach Abgleich unserer Daten zusammenzupassen scheine. Ja, ich gebe es zu. Ich bin nicht nur EKK, sondern auch Premium-Mitglied eines Single-Internetportals. Das liegt aber nur an meiner Freundin Songül. Sie hat mir die Mitgliedschaft zum Geburtstag geschenkt.

»Du musst endlich aktiv werden. Oder willst du in deinem hohen Turm sitzen bleiben und warten, bis der Prinz vorbeireitet und dich wachküsst?«, versuchte sie, mir die Sache schmackhaft zu machen. Ich solle das Ganze als ein Experiment sehen, das zur Erhöhung der Anzahl an möglichen Zufällen führe, fuhr sie fort.

»Ich habe es nicht nötig, im Internet nach einem Mann zu suchen. So verzweifelt bin ich nun auch wieder nicht«, antwortete ich beleidigt.

»Darf ich dich kurz daran erinnern, dass du sehr verzweifelt bist? Oder gibt es einen anderen Grund dafür, warum du letzte Woche mit deinem Fitnesstrainer ausgegangen bist, der einen IQ in der Höhe einer Kurzhantel hat, mit der er deinen Bizeps trainiert?«

»Darf ich dich daran erinnern, dass Madonna ein Kind von ihrem Fitnesstrainer hat und dass heutzutage die Fitnesstrainer nicht nur gut aussehen und gut gebaut sind, sondern auch in der Lage, einen vollständigen Satz zu formulieren«, erwiderte ich patzig.

Ja, ich leiste mir einen Personal Trainer. Wieso auch nicht? Jede Büroangestellte und jede Studentin hat mittlerweile einen PT. Und die drei Kilo, die ich kürzlich bei einem Kurzbesuch bei meiner Mutter in Duisburg dank ihrer Kochkünste an einem Wochenende zugenommen habe, müssen dringend wieder runter. Tim jedoch, bei dem ich zweimal in der Woche eine Privatstunde nehme, ist mehr als nur mein Fitnesstrainer. Er motiviert mich zum Durchhalten, er massiert mich, wenn es wehtut, er ekelt sich nicht vor vollgeschwitzten T-Shirts, ist aufmerksam, attraktiv, einfühlsam. Er ist einfach für mich da. Das stärkt nicht nur die Muskeln, das salbt auch meine Seele. So viel zur Theorie. In der Praxis hört sich das dann so an: »Diskutier nicht mit mir, quatsch mich nicht voll, verdammt noch mal, höher mit dem Oberkörper, du wolltest doch kein Schubidu-Training. Und jetzt halten, halten, halten!«

Nach diesen Torturen, wenn ich mit Julia und Songül in der Kneipe sitze, klopfen sie mir jedes Mal freundschaftlich auf die Schulter: »Und, welche Diät hat dir dein PT heute wieder verpasst?«, witzeln sie und prosten sich gegenseitig mit ihren Cocktails zu, während ich lustlos an einem lauwarmen Mineralwasser nippe. Sollen sie sich nur lustig machen. Bald schon wird ihnen das Lachen im Hals stecken bleiben, spätestens dann, wenn sich mein Trizeps wie bei Madonna ohne Anspannen wölbt.

»Man sieht, dass die Beziehung zu deinem PT eine Menge Spaß bringt! Mal ganz ehrlich: Hättest du dich nicht gleich zwangsverheiraten lassen können?«, fragte Songül.

»Na klar«, antwortete ich. »Das wäre auch viel billiger. Ich müsste zwar ein Kopftuch tragen und wäre weggesperrt, aber wenigstens hätte die lästige Suche nach einem Ehemann endlich ein Ende.«

Songül reagierte nicht weiter auf meine Bemerkung, stattdessen fing sie wieder an, vom Internet zu schwärmen: «Ob du deinen Traummann über ein Match oder in der Kneipe kennenlernst, das ist doch letztlich egal. Wenn ihr euch beim ersten Date im Restaurant gegenübersitzt, fangt ihr sowieso bei null an.«

Da hat man sich als Single jahrelang in Clubs, Bars oder bei langweiligen Spieleabenden die Nächte um die Ohren geschlagen, allein aus dem Grund, um einen Mann aufzugabeln. Und nun findet die Männerverteilung im Internet statt. Vorbei die Zeiten, als ein ausgeliehener Hund der Freundin für die Kontaktaufnahme im Park noch ausreichte. Ich murmelte etwas davon, dass ich es trotzdem nicht nötig hätte, stimmte ihr aber nach einer kurzen gedanklichen Bestandsaufnahme bezüglich meiner aktuellen Männerauswahl – wenn es denn überhaupt eine gab – zu. Songül hatte mich überzeugt, ich nahm ihr Geburtstagsgeschenk großzügig entgegen und meldete mich noch am selben Abend bei der Singlebörse an.

Aber wollte ich nicht immer einen Mann, der nicht nur gut aussieht, sondern auch klug, charmant und höflich ist? Und nun war ich bei einem Trainer gelandet, was rein optisch nicht die schlechteste Wahl bedeutete, aber intellektuell tatsächlich sehr zu wünschen übrig ließ. Tiefer konnte ich eigentlich nicht mehr sinken.

Ich möchte nun wirklich nicht für Internetbörsen werben, aber Menschen, die wie Songül ihrem Partner schon im Sandkasten gegenübersaßen, sind keine guten Berater, wenn es um die Suche nach dem richtigen Mann geht. Die Wahrscheinlichkeit, im Netz Erfolg zu haben, ist mindestens genauso groß, als wenn man die Suche dem Zufall überlässt. Es ist wie beim Lotto: Gibt man einen ausgefüllten Schein ab, steigt auch die Wahrscheinlichkeit zu gewinnen.

Während ich also auf den Sechser im Lotto wartete und an

meinem virtuellen Profil feilte, konnte ich dem Glück vielleicht mit einer kleinen Reise nach Timmendorfer Strand nachhelfen. Das Einzige, was mich daran irritierte, war das Wort »Strand«. Ich hasse es, wenn ich nach dem Urlaub noch Wochen später damit beschäftigt bin, Sandkörner aus meiner Kamera, meiner Handtasche und sämtlichen Körperfalten zu pulen.

Dort angekommen, fand Julia vom ersten Moment unserer Ankunft an alles ganz wunderbar. Kaum hatten wir unsere Sachen ausgepackt, marschierte sie zielstrebig an den Ostseestrand, rollte ein Badetuch aus und schlug ein Buch auf.

Ich stolperte inzwischen zum Strandkorbverleih, zahlte ein kleines Vermögen und verzog mich in diesen schattenspendenden Zweisitzer. Seitdem ich vor einigen Jahren nach einem Tag am Meer eine Sonnenallergie bekam, meide ich die direkte Sonne. Sommerbräune – mich lässt das kalt. Spätestens das Gejucke danach holt mich in die Realität zurück.

Ich schaute mich um. Hier sollten also die besten Männer des Landes leben. Aber je länger ich die Typen beobachtete, die an mir vorbeizogen, desto weniger konnte ich mir das noch vorstellen. Warum sollten die schönsten, reichsten und klügsten Männer auch in einem Ort wohnen, deren Nachbargemeinden Scharbeutz und Ratekau heißen und dessen wichtigster Platz das Café Wichtig ist? Meteorologisch gesehen gehört Timmendorfer Strand zwar zur maritim gemäßigten Klimazone und hat die längste Sonnenscheindauer und die niedrigsten Niederschlagswerte auf das Jahr gerechnet, weshalb es auch »der schicke Süden der Ostsee« genannt wird. Aber das musste noch lange nichts heißen.

Mir schien nach ausführlicher Betrachtung, dass wir nicht auf George Clooney & Co. treffen würden, sondern dass sich hier all die Möchtegern-Gigolos tummelten, die jedes Wochenende von Hamburg, das gerade einmal eine Stunde entfernt liegt, anreisten, um den Jahrmarkt der Eitelkeiten nicht zu verpassen. Eine scheinbare Grundregel bei der Ausstattung dieser Herren: teure Sonnenbrille, Handy (das neueste Modell), eng geschnittene Badehose (fast schon unanständig) und deutlich sichtbare Autoschlüssel auf dem Badelaken. Doch selbst gesetzt den Fall, dass ich die Möglichkeit in Betracht zöge, die Prinzessin von Timmendorfer Strand zu sein, würde ich es doch vorziehen, dass der Prinz auf einem Pferd an mir vorbeireitet.

Ja, was wünschte ich mir eigentlich? Den Mann, den ich mir vorstellte, der so zuverlässig ist wie der Mercedes meines Vaters und so feurig wie das Essen meiner Mutter, den konnte ich hier nirgends entdecken. Wie auch? Man brauchte ja nur einmal auf die Speisekarten in den Restaurants zu schauen: »Dorsch nach Hausfrauenart«. Oder: »Butterfisch mit Jägersoße.« Das sagte alles über die Männer aus, die hier leben.

Eigentlich will ich eine deutsche Beziehung mit Kennenlernen und Zusammenziehen – die hierzulande weit verbreitete eheähnliche Gemeinschaft. Aber wenn das alles klar ist, soll es sehr türkisch weitergehen: sofort Kinder. »Dorsch nach Hausfrauenart« klang so unromantisch – wer konnte dabei schon Nachwuchs zeugen?

Es war eben jener Sommer 2006, als die Fußballweltmeisterschaft das ganze Land begeisterte. Die Stimmung war sogar bis nach Timmendorf geschwappt, und jeder, der »Fußball« sagen konnte, legte sich ein größeres Fernsehgerät, einen Flachbildschirm oder sogar einen Beamer zu. Aus diesem Grund gingen Julia und ich abends in die Manni-Kaltz-Arena, um uns das Spiel Deutschland gegen Polen anzuschauen. Aber eigentlich wollte ich nur hin, weil ich darauf aus war, mit meinem Fußball-Gott Manni fotografiert zu werden, dem Helden meiner Mädchenträume.

Die Manni-Kaltz-Arena ist nicht, wie der Name vermuten lässt, ein Fußballstadion, dazu ist Timmendorf dann doch zu klein und unbedeutend. Es handelt sich lediglich um ein Bierzelt mit Fernsehleinwand, das Kaltz während der Weltmeisterschaft auf dem Rasen neben dem Rathausplatz betrieb. Für all diejenigen, die auf diesem Gebiet nicht so bewandert sind: Manni Kaltz war Außenverteidiger beim HSV und ist der Erfinder der kunstvoll nach innen gezirkelten Flanke, die auch Bananenflanke genannt wird. Er spielte zusammen in einer Mannschaft mit Kopfballungeheuer Hotte Hrubesch, der den Erfolg des Dreamteams in einem kleinen, feinen Satz festhielt: »Manni Bananenflanke, ich Kopf. Tor!«

Aber Schädelhorst, wie man Hrubesch auch nannte, war mir zu unattraktiv. Manni dagegen sah mit seiner halblangen Mähne sehr sexy aus. Zumindest für damalige Zeiten. Meine Schwester Fatma und ich haben als Teenager heftig für Manni geschwärmt. Später mochte ich ihn nicht mehr so richtig, weil er bei der WM 1982 einen Vollbart trug. Er verlor dadurch alle Sympathiepunkte. Mit dem Bart erinnerte er mich an meinen Onkel Abdullah, den wir Kinder hassten. Wenn wir zu laut spielten, kniff er uns immer in die nackten Arme.

In Timmendorf hatte ich Glück. Manni trug keinen Vollbart mehr und sah für sein Alter – Jahrgang 1953 – immer noch sehr gut aus. Er war groß, gut frisiert, und durch sein enges Poloshirt drückten sich die Muskeln durch. Ich sah seine Bananenflanke im Geiste vor mir, und schon stand ich neben ihm und stotterte etwas von »größtem Fan« und »Halbgott« und ob er kurz den Arm um mich legen könnte. Die mit der Kamera da hinten sei meine Freundin, und ich hätte so gern ein Foto mit ihm. Er schaute ein wenig irritiert, lächelte dann aber souverän und legte endlich seinen Arm um mich.

Wenig später trafen wir Manni wieder, im Café Wichtig, das

wir uns nicht entgehen lassen wollten. Eine Kellnerin brachte uns zwei Cocktails: »Von Manni«, erklärte sie stolz und deutete zu ihm hin. Das konnte doch nicht wahr sein. Mein Manni ein Macho? Schaute er etwa selbstgefällig herüber und zwinkerte uns schlüpfrig zu, während er an seinem Goldkettchen spielte? Julia und ich nickten freundlich in seine Richtung und nippten an unseren Getränken. Fünf Minuten später kam die Kellnerin erneut zu uns und sagte: »Manni fragt, ob's denn auch schmeckt. Ich glaube, er lädt euch an seinen Tisch ein.«

Wir waren ein wenig ratlos, wie wir uns verhalten sollten. Schließlich war das nicht irgendwer, sondern Manni Kaltz. Andererseits waren wir auch keine Abendanimateurinnen für B-Promis, die auf ein Zunicken bei Fuß stehen. Ich hatte den Gedanken noch nicht ganz zu Ende gedacht, als die Kellnerin mit zwei neuen Cocktails erschien, kurz vor unserem Tisch eine scharfe Kurve nahm und die Getränke den beiden sehr jungen Frauen neben uns auf den Tisch stellte. Dazu bemerkte sie: »Die sind von Manni.«

Was für eine Enttäuschung! Manni war offensichtlich sehr flexibel. In diesem Moment war er für mich nur noch ein typischer Kerl. Da war mir glatt egal, wie er hieß und wer er war. Als wir an Manni vorbei auf den Ausgang zusteuerten, sagte ich ganz laut zu Julia: »Weißt du, ich brauche keinen Manni, ich will einen Mann!«

Meine Erwartungen an die Männer in Timmendorfer Strand, die durch Julias Schwärmereien kräftig geschürt worden waren, hatten sich an diesem Wochenende nicht einmal ansatzweise erfüllt. Dieser Ort mit Protztypen, Familienvätern und Reha-Patienten (Timmendorfer Strand hat eine Reihe von Kurklinken, wie ich herausfand) war definitiv der falsche Platz, um nach dem zuverlässigen deutschen Mann mit der feurigen türkischen Seele zu suchen.

Die Rückfahrt nach Berlin rettete mich über den Kurzurlaub hinweg. Endlich wieder die Aussicht auf ein Großstadt-Single-Leben! Das war zwar auch manchmal traurig, aber wenigstens war hier die Auswahl an potenziell in Frage kommenden Männern wesentlich größer.

Im Bordbistro des Zuges konnte ich es mir nicht verkneifen, Julia ein wenig zu ärgern: »Wir konnten uns ja kaum retten vor Verehrern. Da müssen wir unbedingt noch mal hin.«

»Was kann ich denn dafür?«, brauste Julia auf. »Ich habe mir auch andere Vorstellungen gemacht. Wahrscheinlich sind die tollen Männer alle weggezogen.«

Bevor ich mir überlegen konnte, ob ich weiter darauf eingehen wollte, glaubte ich an einem der hinteren Tische Hartmut Mehdorn zu entdecken. Er bestellte gerade Kaffee, und ich tat so, als hätte ich nicht erkannt, dass er der Chef der Deutschen Bahn ist. Julia stieß mir ihren Ellenbogen in die Seite und flüsterte:

»Los, frag ihn nach einem Foto.«

»Bist du verrückt, der ist doch viel zu alt.«

Aber schnell wurde mir klar, dass die Wahrscheinlichkeit, den Chef der Deutschen Bahn wieder in einem Bordbistro eines Zuges zu treffen, gleich null ist. Ehe ich mich's versah, schubste mich Julia schon in seine Richtung, und ich stotterte: »Ähm, Herr Mehdorn, darf ich ein Foto machen?«

Er schaute mich an, als sei ich der Lokführer-Gewerkschaftsboss Manfred Schell persönlich und zischte: »Nein.«

Von Manni Kaltz hatte ich immerhin ein Foto. Wenn das Hartmut-Mehdorn-look-alike keinen Gefallen an mir fand, dann war das untere Ende der Fahnenstange noch nicht erreicht.

Abends, wieder in Berlin angekommen, ging ich mit Alexej in meine Lieblingsbar. Wir tranken Prosecco, Bier und anschließend Wodka. Wenn es darum geht, über meine schlechten Erfahrungen bei der Suche nach einem Mann zu berichten, bin ich bei meinem russischen Freund genau richtig. Er hat immer Zeit und ein offenes Ohr für mich und meine Probleme. Das liegt vielleicht daran, dass Alexej die gleichen Schwierigkeiten mit Männern hat wie ich. Am Anfang unserer Freundschaft hatte ich mehrmals versucht, ihn mit einer meiner Freundinnen zu verkuppeln. Leider vergeblich. Erst als er mich zur Seite nahm und mich inständig bat, ihm keine weiteren Frauen mehr vorzustellen, er mir aber im selben Satz sagte, dass er meinen Bruder Mustafa ganz nett fände, fiel bei mir der Groschen.

Alexej liebt Yoga, schwört auf Puh-Erh-Tee und hat sich seine Prenzlauer Wohnung für einen freien Energiefluss von einer Feng-Shui-Expertin einrichten lassen. Und er liebt das Mystische. Ohne den wöchentlichen Besuch bei seiner Schamanin kann er nicht leben. Ich halte von derlei Hokuspokus nicht allzu viel, obwohl ich doch sehr aufmerksam zuhöre, wenn meine Tante Esma mir aus meinem Kaffeesatz liest. Immerhin geht es meist darum, wie es mit mir und der Liebe weitergeht.

Es ist schon eigenartig: Sogar meine türkische Freundin Melda, die in Harvard studiert hat, Chefin eines großen Unternehmens ist und selbstbewusst im Leben steht, wird ganz schwach, wenn ihr meine Tante wahrsagen will. Es ist einfach nicht zu erklären, warum diese Tradition bei Türken, ob jung oder alt, so beliebt ist. Vielleicht liegt es daran, dass man den Deutungen einfach nur gern zuhört, weil sie so schön blumig klingen. Sieht sie im Kaffeesatz eine Rose, ist der nächste Flirt nicht mehr weit. Ein Tisch jedoch bedeutet für sie, dass ein schwieriges Gespräch bevorsteht, und erkennt sie zwei ineinanderverschlungene Körper, läuten nicht nur bald die Hochzeitsglocken, auch ein Kind ist schon unterwegs.

Manchmal glaube ich aber, dass Tante Esma nur aus meinem Kaffeesatz liest, um zu erfahren, ob es einen Mann in meinem Leben gibt. Dann ruft sie schnell meine Mutter an und berichtet ihr alles.

Ob mich diese Auskünfte berühren, hängt davon ab, wie verzweifelt ich bin. Und nach dem Besuch in Timmendorfer Strand war ich sehr verzweifelt, so sehr, dass ich sogar den Rat von Alexej annahm, seine Wahrsagerin aufzusuchen. »Sie ist fantastisch«, erzählte er mir. »Selbst die russische Mafia gehört zu ihrem Kundenstamm. Du kannst dir ja vorstellen, wie misstrauisch die sind.« Ich ließ mir von ihm die Telefonnummer geben, rief bei ‹Madame Ludmilla› an und hatte das Glück, bald darauf einen Termin zu bekommen.

Als ich vor ihrer Haustür stand, war ich etwas enttäuscht. Es war ein gewöhnliches Wohngebäude, nicht besonders schön, und der Putz bröckelte von der Fassade. Davor stand ein halbes Dutzend Fahrräder. Nichts ließ darauf schließen, dass hier eine der bekanntesten Wahrsagerinnen Berlins leben sollte. Was zum Teufel mache ich eigentlich?, schoss es mir durch den Kopf. Ich bin doch nicht mühsam erwachsen geworden, um jetzt vor der Wohnung einer Frau zu stehen, der ich noch nie zuvor in meinem Leben begegnet bin und die mir erzählen soll, wann ich meiner großen Liebe begegnen werde. Aber ich wurde schon erwartet, denn kaum hatte ich geklingelt, öffnete mir eine dicke, blond gefärbte ältere Frau im Polyesterkostüm die Tür.

»Kommen Sie rein«, rief sie mir laut entgegen.

Ich überlegte kurz, ob ich nicht ganz schnell wieder verschwinden sollte, entschied mich aber dann doch dafür, mich auf dieses Abenteuer einzulassen. In ihrer Küche roch es muffig. Auf dem Herd stand ein großer Topf mit Borretsch, und überall brannten Duftkerzen und Räucherstäbchen. Im Wohnzimmer hingen Fotos von ihrer umfangreichen Verwandtschaft, die alle in goldenen Rahmen gefasst waren. Irgendwie erinnerte es mich an das Wohnzimmer meiner Eltern. Mit ihrem runden Gesicht und den kräftigen Armen hätte man Madame Ludmilla auch gut für eine Fleischereifachverkäuferin halten können. Wir setzten uns an den Küchentisch, als plötzlich eine gut gepolsterte Katze auf ihren Schoß sprang und sich schnurrend dort niederließ.

»Und, alles gut?«, fragte sie mich.

»Ach ja, muss ja«, antwortete ich.

Wir unterhielten uns über ihr dreizehntes Enkelkind, das vor einigen Tagen zur Welt gekommen war. Überhaupt erzählte Madame sehr viel von ihrer großen Familie. »Meine Tante hat mir das Kartenlegen beigebracht, als ich zwölf war«, bemerkte sie. Ihre Mutter beherrsche diese Kunst auch, ihre älteste Schwester sei Spezialistin für Kaffeesatzlesen und ihre jüngere Schwester für Traumdeutung. Ich nickte scheinbar interessiert.

»Dann wollen wir mal«, sagte sie schließlich, stellte zwei große Kerzen auf den Tisch und holte ein Päcken Karten aus einer Küchenschublade. Das seien ihre wichtigsten Arbeitsmittel, meinte sie. Sie legte einige Karten mit der Bildseite nach unten auf den Tisch und forderte mich auf, sie mit der rechten Hand aufzudecken. Ich starrte auf die Bildchen, die meine Zukunft symbolisieren sollten.

Madame Ludmilla kam rasch zur Sache: Sie prophezeite mir, dass ich noch in diesem Jahr heiraten werde. Bald schon würde ich einen großen, blonden Mann treffen, und bei unserer Hochzeit würde ich bereits sein Kind unter dem Herzen tragen. Mein Mund blieb offen, ich musste, wie man in der Türkei sagt, wie ein Ochse geschaut haben. Woher wusste sie das alles? Doch sie konnte nur recht haben. Wenn die russische Mafia bei ihr ein- und ausgeht, hatten ihre Voraussagungen nicht falsch zu sein. Sonst hätte man sie längst tot aus der Spree gefischt.

Diesmal musste es stimmen. Hatte ich es nicht auch verdient, dem perfekten Mann zu begegnen, nach all den Enttäuschungen der letzten Jahrzehnte? Ja, das war der richtige Zeitpunkt, ihn zu treffen. Außerdem wusste die Wahrsagerin mithilfe ihrer Karten, dass es bei mir im Job super lief, ich eine Konkurrentin aus dem Rennen geschlagen und gerade eine unbefriedigende Reise hinter mir hatte. Warum sollte sie nicht auch recht behalten, wenn es um mein Liebesleben ging?

Madame Ludmilla packte ihre Karten zusammen, stopfte sie in die Küchenschublade zurück und sagte: »Das macht hundert Euro.« Ich griff, immer noch verblüfft von dem Gehörten, nach meinem Portemonnaie und legte die Scheine auf den Tisch. Für die Aussicht, bald glücklich mit Mann und Kind zu leben, schien mir kein Preis zu hoch.

3 *Wenn der Verstand sich verabschiedet*

Auf einer türkischen Hochzeit einen großen, blonden Mann, also einen deutschen Mann zu treffen, ist so wahrscheinlich, wie menschliches Leben auf dem Mond vorzufinden. Man sagt, die Bedingungen für Menschen auf dem Mond seien extrem schlecht, denn der einzige natürliche Satellit der Erde verfügte über keine ausreichende Atmosphäre. Sage ich doch: Kein deutscher Mann würde sich die Atmosphäre einer türkischen Hochzeit freiwillig antun. Aber ich lasse mich trotzdem regelmäßig von meinen Schwestern überreden, sie dorthin zu begleiten.

Diesmal war es die Hochzeitsfeier meiner dreiundzwanzigjährigen Großcousine Selda in Duisburg. Wieder einmal so ein Fall, der mir bestens bekannt ist: Sie ist bedeutend jünger als ich, und doch heiratet sie vor mir. Das werde ich mir den ganzen Abend wohl anhören müssen. Aber das ist zunächst einmal nicht meine größte Sorge. Draußen sind es fünfunddreißig Grad Celsius, und ich trage ein Gewand, das meine Schwestern eigens für mich in einem türkischen Geschäft für Braut- und Abendkleider schneidern ließen. Dieses Gewand, meinten sie, würde meine Chancen bei der Suche nach einem Mann drastisch erhöhen. Sie wollten damit sagen, dass mein Kleid vor allem bei türkischen Müttern gut ankommen wird.

Türkische Mütter sind in der Tat oft mit ihren heiratsfähigen Söhnen auf Hochzeiten anzutreffen. Nicht selten tätscheln wildfremde Menschen mir das Gesicht, streichen über mein Haar oder kneifen mir in die Wange. Meist sind es jene älteren Frauen mit ihren Junggesellen-Söhnen im Schlepptau. Und meist folgt dann ein lang gezogenes: »Oooch, du bist sehr schön, mein Mädchen.«

Ich muss allerdings gestehen, dass mir das schon seit einigen Jahren, um genau zu sein, seit zehn Jahren nicht mehr passiert ist. Mit meinen sechsunddreißig Jahren gehöre ich für türkische Verhältnisse eben zur Methusalem-Generation. Die verkupplungsfreudigen Mütter machen um den Tisch, an dem ich sitze, langsam einen großen Bogen. Und als ob das nicht Demütigung genug wäre, tuscheln sie hinter vorgehaltener Hand über meinen EKK-Zustand, wenn sie sich in einem sicheren Abstand wähnen.

»Mach dir keine Sorgen, das wird sich legen«, flüstert mir Fatma ins Ohr, während ich ihr von meinen letzten Erfahrungen auf Hochzeiten erzähle. Wir sind gerade dabei, uns für das nahende Fest umzuziehen. Ich brauche ihren Trost nicht, und ihre Besänftigung macht mich wütend. »Ja, es wird sich legen, wenn ich Corega Tabs für meine Zähne benutze und nicht mehr, um damit meinen Silberschmuck zu reinigen«, fauche ich zurück.

Meine Schwester runzelt nur die Stirn und sagt: »Wirklich, du nimmst Corega Tabs? Wer den Trick kennt, nimmt Kukident.« Noch heute klingt mir ihr hämisches Lachen in den Ohren.

Dabei ist das Leben als Single gar nicht übel. Ich muss keine Kompromisse eingehen, die Fernbedienung gehört mir allein, und im Flur stolpere ich nicht über Schuhe, die die Größe eines Kleinwagens haben. Das Beste ist: Ich kann nicht betrogen werden. Und die einzige Zeit, in der man sich als Single einsam fühlt, existiert in meinem Fall auch nicht: Weihnachten. Ein solches Leben hat also durchaus seine Vorteile, die ich in vollen Zügen genieße. Aber davon möchte niemand in meiner Familie etwas hören, stattdessen werde ich unablässig bedrängt, wann ich endlich heirate.

In Duisburg gibt es auf einer Strecke von dreißig Metern fünfundzwanzig türkische Geschäfte für Braut- und Abendmoden. Das Kleid, das ich auf der Hochzeit meiner Großcousine Selda trage, stammt aus einem Laden, der *Balayı* heißt, was das türkische Wort für »Flitterwochen« ist. Genau genommen müsste man es mit »Honigmonat« übersetzen, und legt man die Betonung auf das zweite a, bedeutet dieses Wort »Honigbär«.

Keine zwei Tage dauerte es, bis das Kleid fertig war – und das für knapp zweihundert Euro. Meine Schwestern hatten eine Zeichnung angefertigt und sie mit mehreren Fotos aus dem Internet kombiniert. Der Entwurf jedenfalls war ein Traum, eine Mischung aus dem Versace-Kleid, das Jennifer Lopez berühmt gemacht hat, und jenem Gewand, das die Schauspielerin Halle Berry trug, als sie im Jahr 2002 den Oscar verliehen bekam. Mit anderen Worten: Auf dem Papier sah es schlicht und elegant aus, handbestickt mit Perlen. Was ich schließlich in Händen hielt, war etwas, das stark an eine türkische Hochzeitstorte erinnerte: farbenfroh in Grün, Weiß und Rot, fantasievoll verziert mit bunten Applikationen.

Jetzt, beim Umziehen, kann ich nicht sagen, wie viele Meter Polyester um meinen Körper gewickelt sind, aber es müssen etliche sein – und ich sehe darin nicht wie Jennifer Lopez oder Halle Berry aus, sondern wie ein überladener Döner. Ich frage mich, ob es tatsächlich nötig ist, mich für einen Mann beziehungsweise dessen Mutter in ein solch geschmackloses Kleid zu zwängen? Verschwitzt und zugeklebt, werde ich darin wie ein paralysiertes Huhn in den Hochzeitssaal trampeln, und vermutlich bin ich auf dem Fest die ganze Zeit damit beschäftigt, diese Unmengen von Stoff zu kontrollieren.

Glücklicherweise bleibt mir eine ähnliche Prozedur bei den Haaren erspart. Schließlich hat es der türkische Coiffeur geschafft, insgesamt 145 Haarklammern in meiner aufwendigen Hochsteckfrisur zu verstecken. Diese Haargebilde sind eine Folter: Es dauert einen ganzen Tag, bis sie fertig aufgetürmt sind, und anschließend bekommt man Kopfschmerzen, weil sie mehr oder weniger ans Hirn getackert wurden.

Dabei meinen es türkische Friseure nur gut mit uns Frauen. Die Haare werden gewaschen, anschließend halbtrocken geföhnt, auf Lockenwickler gedreht und unter der Haube fertig getrocknet. Damit sie voller wirken, werden sie danach Strähne für Strähne von unten nach oben mit einem feinzinkigen Kamm toupiert. Für kurze Zeit sieht man aus wie Bill von Tokio Hotel. Zum Schluss werden die Haarsträhnen mit den besagten Klammern am Hinterkopf derart stark befestigt, dass man sich ein Intensiv-Sofort-Lifting für das Gesicht sparen kann. Binnen Sekunden verschwinden sämtliche Fältchen an Stirn, Augen und Wangen. Abschließend wird alles mit einer Wolke Power-Haarspray übersprüht. Eine solche Frisur hält sogar den Sprung aus dem zwanzigsten Stockwerk aus.

Als Fatma und ich den Hochzeitssaal betreten, umgeben uns gefühlte siebzig Grad Celsius. Ich bemühe mich zu lächeln. Eigentlich bin ich ja gar nicht unglücklich, nur der Umstand, dass nun doch vermehrt Schweißperlen an Rücken und Beinen herunterlaufen, macht mich ein wenig nervös. Wann werden sich wohl die dunklen Schwitzkreise auf dem hellroten Polyestergewand unangenehm bemerkbar machen?

Selda sieht in ihrem Hochzeitskleid hinreißend aus. Es ist champagnerfarben, aber auch hier wurde mit Applikationen nicht gespart. Auf ihrem glänzend schwarzen Haar trägt sie ein funkelndes Diadem – natürlich sind die Edelsteine nicht echt. Ihre hennagefärbten Hände liegen gefaltet auf dem Tisch, vor ihr thront die Hochzeitstorte.

Neben Selda sitzen der zukünftige Ehemann und die beiden Trauzeugen. Sie versuchen, freundliche Gesichter zu machen, aber auch ihnen läuft der Schweiß über die Stirn. Das liegt bestimmt an der Dreihundert-Watt-Halogenleuchte, die das Quartett samt Torte bestrahlt.

Gratulanten nähern sich den Brautleuten, küssen die beiden, schütteln Hände und gehen wieder. Auch für mich ist es Zeit, mir den Weg durch die Menge zu bahnen. In der Zwischenzeit sind die Schweißperlen in meinen Schuhen angekommen. Mit jedem Schritt macht es pfft pfft, und ich ärgere mich, dass ich mich für ein Paar mörderischer High Heels entschieden habe, die man unter meinem Tortenoutfit sowieso nicht sehen kann.

Auf dem langen Weg zum Hochzeitspaar begegne ich den unterschiedlichsten Gerüchen. Meist befinde mich in einer Wolke aus Schweiß, Haarspray und Grillhähnchen. Auch den starken Duft von *kolonya* nehme ich wahr. Türken lieben dieses Erfrischungsmittel: es ist ein traditionelles Wässerchen, das zu achtzig Prozent aus Alkohol besteht und nach frisch aufgeschnittener Zitrone riecht. *Kolonya* ist das Parfum der armen Leute, dient als Seifenersatz oder Deo und kommt sowohl bei der Begrüßung als auch beim Abschied zum Einsatz. Es ist Tradition, Gästen einige Spritzer davon auf die Handflächen zu geben, die sie sich anschließend auf Stirn und Nacken reiben – eine herrliche Erfrischung im Sommer!

Man könnte vermuten, dass *kolonya* ein türkisches Wort ist. Aber es stammt aus dem Französischen und meint eigentlich das Wort »Cologne«. Überhaupt lieben Türken die französische Sprache, weshalb es über fünfhundert französische Ausdrücke im türkischen Wörterbuch gibt. Nun ist der Türke aber von Haus aus bequem. Anstatt sich die französische Schreibweise anzueignen, schreibt er die Begriffe einfach so auf, wie sie in seinen Ohren klingen: Er benutzt den *asansör* (französisch: *ascenseur*), um in das nächste Stockwerk zu gelangen, geht zum *kuaför* (*coiffeur*), um sich die Haare schneiden zu lassen. Anschließend lässt er sich von einem *garson* (*garçon*) ein Bier bringen, bevor er weiter ins Nachtleben verschwindet, wo er einen heißen *flört* (*flirt*) mit einer schönen Frau hat.

Während ich in dieser Wolke ausharre, weiß ich ganz sicher, dass ich niemals so heiraten möchte – sollte dieser Fall jemals eintreten. In den meisten Fällen geht es bei einer türkischen Hochzeit nur darum, ein Fest für die Verwandten, Freunde und Nachbarn zu organisieren, damit alle sehen, wie viel Geld man bereit ist auszugeben. Je größer und pompöser, desto besser. Wie immer stelle ich mir beides vor – eine Melange aus türkischer und deutscher Hochzeit. Das deutsche Element: nur eine begrenzte Zahl an Gästen, Essen à la carte, bitte kein Büfett, möglichst in einem kleinen Schlosshotel. Das türkische Element: die ausgelassene Freudenstimmung und die Lust am Feiern. Diese Kombination wäre perfekt.

Meine deutschen Freunde fänden eine türkische Hochzeit natürlich sehr interessant, aber nur, weil sie es nicht kennen. Sie denken, klasse, wie die Türken feiern können. Und beachtlich, was die Braut alles geschenkt bekommt. Eine türkische Hochzeit hat eben keine leisen Töne, alles muss lautstark sein. Aber was mache ich mir darüber Gedanken, ich will doch im Grunde nur eine eheähnliche Gemeinschaft.

Nachdem ich meine Pflichten beim Brautpaar erfüllt habe, verlasse ich den Ort so schnell wie möglich. Hier werde ich keinen blonden Hans treffen. Und weil Hunderte von Menschen an der Feier teilnehmen, wird es nicht weiter auffallen, wenn eine Person fehlt. In diesem Augenblick sehe ich im Gewimmel von Frauen in bunten Abendkleidern, anzugtragenden Männern und schreienden Kindern meinen Vater. Er sitzt allein an einem Tisch und fixiert einen Punkt weit entfernt von dem Saal und der Hochzeitsgesellschaft. Auf den ersten Blick macht er einen zufriedenen Eindruck, aber je näher ich ihm komme, desto melancholischer wirkt er. Es scheint, als würde er über die vielen Hochzeiten nachdenken, die er schon miterlebt hat, nicht zuletzt an die seiner eigenen Kinder.

Ich weiß, mein Vater betet seit Jahren, dass auch seine letzte ledige Tochter den passenden Mann findet. Im letzten Jahr hat er sogar ein Lamm für mich geopfert, damit dieser Wunsch in Erfüllung geht. Ich setze mich zu ihm an den Tisch. Mein Vater gibt sich einen Ruck und bemerkt: »Puh, wie es hier stinkt. Es gibt kaum Luft zum Atmen, und es sind viel zu viele Leute eingeladen.«

Da ist sie wieder, die Vatersprache. Er sagt etwas, meint aber etwas völlig anderes. Das ist nicht nur eine persönliche Eigenart von ihm, sondern des Türkischen überhaupt. Aber was soll man auch von einer Sprache halten, deren Wörterendungen, Grammatik und Aufbau sogar jeden Lateinliebhaber in den Wahnsinn treiben? Ein Beispiel:

ev – das Haus
evde – im Haus
eviniz – euer Haus
evinizde – in eurem Haus
evinizdeyiz – wir sind in eurem Haus

Wie könnte ich meinem Vater böse sein, dass er es niemals schaffen wird, mir seine Gedanken ohne Umwege mitzuteilen? Mit dem Satz über die schlechte Luft im Saal wollte er einfach nur sagen, dass er von mir nicht erwarte, in dieser Weise zu heiraten.

Zurück in Berlin rief Eric T. Hansen an, ein Freund, den ich vor einem Jahr kennengelernt hatte. Eric kommt ursprünglich aus den USA, lebt aber fast schon so lange in der Bundesrepublik wie ich. Rein äußerlich ist er ein absoluter Amerikaner, er hat einen breiten amerikanischen Akzent, ist groß, hellhäutig und läuft mit einem Cowboyhut auf dem Kopf herum. Gleichwohl ist er in meinen Augen schon sehr mit einem deutschen Mann zu vergleichen. Extrem ist mir bei ihm aufgefallen, dass er es nicht zulassen kann, wenn eine Frau vor ihm durch die Tür geht. Immer muss er als Mann die Tür aufhalten.

Wir beide waren Teilnehmer einer Podiumsdiskussion, in der erörtert werden sollte, wie Deutsche mit nichtdeutscher Herkunft die Deutschen sehen. Wir diskutierten als Amerikaner und Türkin über die Liebe zwischen den Völkern, unterhielten uns lange über das perfekte Date. Ein Date ist meiner Meinung nach so ausgelegt, dass man am Ende den anderen küssen könnte – bei einer normalen Verabredung käme mir das überhaupt nicht in den Sinn. Und natürlich versuchten Eric und ich, das perfekte deutsch-türkisch-amerikanische Date zu kreieren. Für mich hieß das: zuverlässig zu sein wie ein Deutscher, Komplimente machen zu können wie ein Türke, sich höflich zu verhalten wie ein Amerikaner.

Eric stimmte in vielen Dingen mit mir überein, was die Tugenden der Deutschen betraf. Zum Beispiel schätzten wir ihre Ehrlichkeit und Direktheit, ihre Vorliebe für Pünktlichkeit. Obwohl ich einmal gelesen habe, dass es nicht die Deutschen sind, die am meisten Wert auf eingehaltene Termine legen, diesen Anspruch haben die Japaner. Ein japanischer Zugführer zum Beispiel darf im Schnitt am Tag höchstens neunzehn Sekunden zu spät sein, sonst droht ihm eine Nachschulung.

Eric erzählte mir nun am Telefon aufgeregt, er müsse mich möglichst bald treffen, am besten gleich noch heute.

»Was ist denn so dringend?«, fragte ich neugierig, aber er wollte es mir am Telefon nicht verraten.

Ich sagte ihm zu, und wir trafen uns bei meinem Lieblingstürken in Kreuzberg. Nachdem wir *iskender kebap* und *ayran* bestellt hatten, erzählte Eric mir, dass er sich in eine Berliner Türkin verliebt habe. Telefonnummern hätten sie auch schon ausgetauscht.

Mich wunderte es nicht, dass dies passierte, hatten wir doch einst über das perfekte deutsch-türkisch-amerikanische Date gesprochen. Und immerhin lebt Eric in Berlin und sieht jeden Tag schöne Türkinnen an seiner Haustür vorbeilaufen. Es wäre schon seltsam, wenn sie ihm nicht aufgefallen sein sollten. Sie haben lange schwarze Haare bis zum Po, tragen hohe Schuhe und enge Röcke und laufen selbstbewusst durch Kreuzberg und Neukölln.

Als Amerikaner hatte Eric jedoch noch weniger Ahnung von türkischen Frauen als deutsche Männer. Und soweit ich es bislang mitbekommen hatte, war sein Augenmerk auf deutsche Frauen gerichtet. Na ja, bis er sich jetzt in die erste Türkin verguckt hatte. Fast konnte er mir leidtun.

»Könntest du mir nicht ein paar Tipps geben, wie ich sie am besten beeindrucke?« Eric wollte es wirklich wissen, das spürte ich. Türkische Männer beherrschen die Regeln eines Dates, das kann man ihnen nicht nachsagen. Aber viele von ihnen tragen dabei viel zu dick auf – was sie mir schnell unsympathisch macht. Eric benötigte eine Softvariante des türkischen Dating-Kanons, das war mir sofort klar.

Er war mit dem Fahrrad zu unserer Verabredung gekommen. Ich fragte ihn, ob er bei einem Date mit seiner neuen Flamme auch mit diesem Gefährt vorfahren würde.

»Aber klar«, antwortete Eric. »Man braucht doch in Berlin kein Auto.«

»Eric, wie oft hast du einen türkischen Mann auf einem Fahrrad gesehen? Und wie oft trug dieser Mann einen Fahrradhelm?« Wenn Eric nämlich radelte, blieb der Cowboyhut zu Hause. »Sicherheitsbedenken sind nicht angebracht, wenn man eine türkische Frau beeindrucken will.«

Eric sah mich nachdenklich an.

»Und weiter: Wenn du mit deiner türkischen Angebeteten ausgehst, wer zahlt die Rechnung? Du oder sie?«

»Ich denke, die Frau von heute, egal ob türkisch oder deutsch, verdient ihr eigenes Geld und ist auch stolz darauf. Wir teilen uns natürlich die Kosten.« Er tat so, als hätte er gerade die Eine-Million-Euro-Frage bei *Wer wird Millionär* richtig beantwortet. Ich lachte.

»Eric, please, in der Türkei gibt es in der Gastronomie einen Fachbegriff dafür, wenn Mann und Frau getrennt zahlen.«

»Wirklich, ein eigener Begriff?«

»Ja, man sagt: ›*Alman usulü ödemek.*‹ Das heißt: ›Auf die deutsche Art bezahlen.‹ Ist das nicht peinlich?«

Eric lächelte verlegen.

»Bei Restaurantrechnungen gibt es unter Türken feste Regeln«, fuhr ich fort. »Geht man als Mann mit einer Frau zum Essen, so bezahlt immer der Mann. Geht man mit der Familie, übernimmt der Vater die Kosten. Bei einem Geschäftspartner bezahlt derjenige, der zum Essen geladen hat. Jedoch sollte der Eingeladene höflicherweise stets seine Brieftasche zücken. Und unter Freunden kommt es jedes Mal zu heftigen Diskussionen, wenn die Rechnung beglichen werden soll. Oft sagt ein Freund zum anderen: ›Dein Geld zählt in diesem Lokal nichts.‹ Aber wenn du mit einer Frau ausgehst, darfst du nicht einmal eine Sekunde darüber nachdenken, wer von euch beiden bezahlt.

Du bist der Mann, du legst das Geld auf den Tisch. Eine Türkin nimmt nicht einmal ihr Portemonnaie mit, wenn ein Mann sich mit ihr zum Essen verabredet hat. Es ist eine Beleidigung für sie, wenn der Mann die Rechnung nicht begleicht.«

Ich frage mich immer wieder, warum dieses Thema in Deutschland so heikel ist. Auch hierzulande war das früher klar geregelt. Es gab eine Damenkarte, eine wunderbare Erfindung, und auf der waren keine Preise vermerkt. Damit stand ohne Zweifel fest, dass der Mann für den Restaurantbesuch aufkommt. Ich habe schon so manche peinliche Szene erlebt, wenn ich mit meinen deutschen Freunden ein Lokal besuchte. Einmal sah ich, wie einer von ihnen beim Gang auf die Toilette heimlich seinen Teil der Rechnung bezahlte, nur damit ein anderer nicht die ganze Summe übernahm. Oder der Kellner kam mit der Rechnung, und alle Anwesenden fingen an, ihre Positionen zusammenzurechnen. Genau wurde darauf geachtet, dass keiner einen Cent zu viel zahlte.

»Gut«, sagte Eric. »Das habe ich verstanden. Nächstes Thema: Ich würde sie gern ins Kino einladen, und ich dachte an einen Liebesfilm à la *Titanic* oder *Schlaflos in Seattle*.«

»Nicht schlecht, aber wenn du ihr wirklich eine Freude bereiten möchtest, besorge ein paar Bollywood-Filme auf DVD. Türken lieben sie! Wie in türkischen Filmen steht immer die Familie im Mittelpunkt. Und dann der ganze Herzschmerz, das Tanzen und Singen, die Liebesschwüre. Das wird sie an die Filme mit Orhan Gencebay, Ferdi Tayfur und Hülya Avşar erinnern, die absoluten Helden und Heldinnen in der türkischen Filmgeschichte. Die Türken fühlen sich Bollywood näher als Hollywood.« Ich machte eine kurze Pause, anschließend fragte ich: »Weißt du eigentlich schon, was der Name deiner Liebsten bedeutet?«

»Nein, wieso?«

»Türkische Namen haben meistens eine tiefere Bedeutung. *Arzu* zum Beispiel heißt ›Verlangen‹, *Dilek* wird mit ›Wunsch‹ gleichgesetzt, *Özlem* ist die ›Sehnsucht‹ und *Ipek* die ›Seide‹. Wenn du beim ersten Date weißt, wofür ihr Name steht, kannst du eine Türkin sehr beeindrucken.«

»Würde es nicht reichen, mit einem Porsche vorzufahren?«, fragte Eric, inzwischen leicht genervt von den vielen Regeln.

»Fährst du etwa Porsche?«, fragte ich spitz.

»Ich meine das bildlich.«

»Du kannst dich ruhig ein wenig anstrengen. Sie tut dasselbe für dich«, sagte ich. »Türkische Frauen verbringen vor dem ersten Date Stunden im Bad.«

»Ist ja schon gut«, seufzte Eric. »Wenn ich all das tue – die Bedeutung ihres Namens herausfinden, kein Fahrrad fahren, die Rechnung bezahlen – ist sie dann von mir beeindruckt?«

»Das sind nur die Grundregeln. Wenn du sie wirklich beeindrucken willst, gibt es nur eines: Komplimente, Komplimente, Komplimente.«

»Wie sollen die denn zum Beispiel aussehen?«, fragte Eric.

»Lass dir etwas einfallen. Aber originell muss es sein Mit einem ›Du siehst aber nett aus‹ kommst du nicht weit. Wenn man *yakamoz* zu ihr sagt, dann vergleicht man die Liebste mit einem Leuchten des Meeres bei Nacht, wenn der Mond das Wasser in einen silbrigen Schein hüllt. Ich habe einen türkischen Verehrer einmal gefragt, wann wir uns wiedersehen werden. Seine Antwort: ›Wenn die Milch rahmt.‹ Das ist ein Kompliment. Ich war hingerissen!«

»Das hört sich eher wie ranzige Butter an«, sagte Eric schüchtern.

Ich seufzte. »Milch rahmt schnell. Er meinte, dass wir uns sehr bald wiedersehen würden.«

»Ich glaube, ich überlege mir das noch einmal«, sagte Eric

und griff nach seinem Fahrradhelm. »Ich glaube nicht, dass ich türkischen Frauen gewachsen bin.«

Es schien, als könnte er da recht haben.

Nach diesem anstrengenden Exkurs musste ich zu Julia fahren und den Abend mit einem Glas Prosecco bei ihr ausklingen lassen. Ich erzählte ihr, dass ich in einer Woche in Aachen eine Lesung hätte und etwas aufgeregt sei.

»Mach dir keine Sorgen, du wirst die Leute nicht langweilen. Denk lieber darüber nach, was für Schuhe du anziehen willst. Aachen ist eine Kopfsteinpflaster-Hölle.« High Heels hätten dort die Lebensdauer von Nylonstrümpfen. Ständig bleibe man in Fugen hängen, und nur wenn ich längere Zeit auf Zehenspitzen trippeln würde, hätte ich eine Chance, vom Fleck zu kommen. Julia warnte mich so eindringlich, weil sie meinen Schuhtick kannte.

Bisher wusste ich von Aachen nur, dass es die westlichste deutsche Großstadt ist. Dass es in der ganzen Innenstadt keinen ebenen Stein gibt, davon hatte ich noch nichts gehört. Aber ich ließ mich nicht von Julias Ratschlägen abschrecken. Ich dachte an das, was mir ein Verkäufer in New York einmal gesagt hatte: »Je besser du dich in Schuhen fühlst, desto schlechter siehst du in ihnen aus.« Einen solchen Satz kann man nicht vergessen.

»Na und«, sagte ich jetzt tollkühn zu Julia. »Ich werde trotzdem die roten Pumps tragen.«

Nicht, dass ich zickig sein wollte, keineswegs. Aber Murphys Gesetz zufolge trifft man den Mann seines Lebens dann, wenn man mit ungewaschenen Haaren an einem Kaffeeautomaten steht. Das Problem dabei: *Er* würde einen nicht erkennen als die Frau seines Lebens, aus dem einfachen Grund, weil man schlichtweg scheiße aussieht. Deshalb hatte ich mir vorgenommen, wann immer ich einen öffentlichen Ort aufsuchte, stets alles zu geben. Der Mann am Kaffeeautomat musste mich erkennen.

Diese Hoffnung reiste auch mit nach Aachen.

Als ich dann dort war, nahm ich natürlich doch jede Fuge mit. Mit meinen roten Pumps und den bleistiftdünnen Absätzen in schwindelerregender Höhe sackte ich tief ein in die Zwischenräume zwischen den Pflastersteinen, lief teilweise wie auf rohen Eiern und war häufig kurz vor dem endgültigen Fall. Was tat ich mir da an? Wie blöd konnte ich nur sein? Für die theoretische Möglichkeit, den Mann des Lebens kennenzulernen, machte ich mir die Hölle auf Erden und mich selbst zum Affen. Wenn ich ihm bislang nicht begegnet war, warum dann gerade in Aachen?

Nun musste ich da durch. Ich tippelte weiter über die unwegsamen Wege, schlängelte durch die Gassen und umtänzelte jede mittelalterliche Stolperfalle, bis ich endlich das Couven Museum am Hühnermarkt erreichte. Man nennt es auch das »Wohnzimmer Aachens«, weil man dort die Entwicklung bürgerlicher Wohnkultur zu sehen bekommt.

Die schöne Kunst konnte ich allerdings nicht genießen, denn meine Qualen waren noch lange nicht beendet. Bis heute weiß ich nicht, wie ich es schaffte, fast zwei Stunden stehend zu lesen und dabei auch noch zu lächeln. Meine Fußballen brannten wie Feuer, meine Zehen waren taub. Warum hatte ich nicht auf Julia gehört?

Trotzdem ereignete sich etwas sehr Ungewöhnliches. Das konnte nur an dem roten Band gelegen haben, Fatma hatte mir diesmal ein besonders langes Exemplar aus der Türkei geschickt, fünf Meter waren es bestimmt gewesen. Ich hatte sie darum gebeten, weil inzwischen unzählige meiner deutschen Freundinnen diesem türkischen Aberglauben verfallen waren. Sie alle wollten mit einem Ehemann versorgt werden.

Nachdem die Lesung beendet war, setzte ich mich an den bereitgestellten Tisch, um Bücher zu signieren. Etwa nach dem zwanzigsten Exemplar geschah es. *Er* stand vor mir, reichte mir ein Buch und sagte: »Können Sie mir eine Widmung für meine Schwester hineinschreiben?«

Perplex und vollkommen hingerissen starrte ich den Mann an, der mich gerade angesprochen hatte. Noch nie hatte ich ein solches Exemplar auf einer Lesung gesehen. Einfach klasse. Normalerweise hätte ich jetzt gefragt, wie die Schwester denn heißt. Aber ich war so verwirrt, dass ich ihn nur wortlos anschaute. Meine rechte Hand schrieb automatisch: »Für meine …«

»Wollen Sie gar nicht wissen, wie meine Schwester heißt?«, fragte die Erscheinung.

»O … natürlich. Wie heißt sie denn?« Was war das peinlich.

»Ebru«, antwortete er.

Als ich das Buch signiert hatte, gab ich es ihm mit zitternden Händen zurück. Vor lauter Verlegenheit grinste ich wie ein anatolischer Esel, es hätte nur noch gefehlt, ich hätte »I-aaah« gesagt. Ich kam aus der Nummer nicht mehr heraus. Ich fühlte mich wie jemand, der seinem Gegenüber vor lauter Durcheinandersein ständig die Hand schüttelt und nicht mehr damit aufhören kann.

Die Erscheinung erlöste mich: »Und ich heiße übrigens Ali.« Im nächsten Moment drehte er sich um und ging Richtung Ausgang.

Die Blicke der Menschen, die ebenfalls ein Buch signiert haben wollten, sprachen Bände: Warum hält sie ihn nicht fest? Los, lauf hinter ihm her.

Doch Ali verschwand zwischen einem Biedermeierschrank und einer Rokokovitrine.

4 *Ali zum Dessert*

Es heißt, man findet die Liebe seines Lebens immer dann, wenn man aufhört, nach ihr zu suchen. Wider Erwarten sollte ich den Mann aus dem Aachener Wohnzimmer schneller wiedersehen, als ich dachte. Einige Tage nach unserem Treffen bekam ich eine E-Mail von ihm. Er hatte meine Adresse irgendwie ausfindig gemacht. Die Mail war sehr lang, und sie war sehr schön geschrieben. Seine angenehme Art sich auszudrücken überraschte mich, und obwohl er mir in seinem Brief erzählte, dass er in Deutschland aufgewachsen sei, dachte ich prompt: Der ist doch Türke. Warum spricht er so gut Deutsch?

Wie deutsch musste ich mittlerweile geworden sein, dass ich mich tatsächlich darüber wunderte, dass ein Mann, der schon sein ganzes Leben in Deutschland lebt, so gutes Deutsch schreibt. Dabei ärgere ich mich doch immer selbst, wenn man mir erstaunt entgegenbringt: »Sie sprechen aber gut Deutsch!« Nun war ich diesem Vorurteil selbst erlegen.

Alis Worte waren gewählt und zurückhaltend. Und er beherrschte die Rechtschreibung, was bei einigen seiner deutschen Vorgänger beileibe nicht immer der Fall gewesen war. Es ist nicht sehr motivierend für eine Frau, wenn ein potenzieller Verehrer eine Groß- und Kleinschreibschwäche hat, beziehungsweise das Wort »kaputt« nicht nur mit einem großen »K«, sondern auch mit zwei »p« verunglimpft. Ali jedenfalls bedankte sich für den schönen Leseabend und wollte wissen, ob ich gut nach Hause gekommen sei. Ich überflog die Zeilen schnell, ich redete mir ein, dass ich jetzt dringend staubsaugen müsste. Aber eigentlich war es nur eine Ausrede, weil ich dann noch nicht so genau wissen wollte, was Alis Brief im Einzelnen beinhaltete. Es hätte ja auch etwas darin stehen können, das mir gefiel. Und es hatte mir selbst bei einem raschen Blick schon viel zu viel gefallen.

Eben auch die Tatsache, dass er in Berlin wohnte, wie es der Signatur der E-Mail, komplett mit Adresse und Telefonnummer, zu entnehmen war. War dies einer der glücklichen Zufälle, von denen man immer träumte? Ein Mann, dem man in der Fremde begegnete und der dann doch in derselben Stadt wohnte wie man selbst.

Am Abend ging ich mit Julia aus, um ihr von meinen Erlebnissen in Aachen zu berichten. Ali erwähnte ich mit keinem Wort. Erst als Julia mich fragte, ob gut aussehende Männer auf der Lesung waren, sagte ich lapidar: »Ja, einer, der war ganz passabel.«

Dennoch ging mir Ali seit unserer Begegnung nicht mehr aus dem Sinn, aber ich zwang mich, nicht an ihn zu denken. »Er ist Türke! Er ist Türke!«, hämmerte es in meinem Kopf, wenn sein Gesicht und sein Lächeln vor meinem inneren Auge auftauchten. Türken sind unzuverlässig, eifersüchtig, besitzergreifend und haben ein aufgeblasenes Ego. Dazu fahren sie Angeberautos, tragen Goldketten und schmieren sich Gel in die Haare. Und ist man erst einmal mit einem Türken verheiratet, dauert es nicht lange, bis die Ehefrau mit Ganzkörperschürze und großem bunten Kopftuch am Herd steht, während er im Garten den Grill anfeuert und dabei in sein Handy brüllt. Und nun ging ausgerechnet mir ein Türke nicht mehr aus dem Kopf. Obwohl, er ist ja Deutscher, versuchte ich mir einzureden. Nein, er ist Türke. Oder nein, er ist natürlich Deutscher – mit türkischer Herkunft.

Klar, Türken können die herrlichsten Komplimente machen und einer Frau das Gefühl geben, sie sei die schönste Frau der Welt und eine Königin. Nur hält dieses Werben nie lange an. Türkische Männer brennen zehn Minuten nach einer Begegnung lichterloh, wollen danach sofort heiraten. Aber so schnell sie angezündet wurden, so schnell erlischt das Feuer auch wieder. Deutsche Männer lassen sich Zeit, überlegen sich genau, ob die Frau zu ihnen passt. Und sie versuchen, ihre Gefühle anfangs im Zaum zu halten. Aber wenn sie Feuer gefangen haben, brennen sie immerhin stetig. Ich würde sagen, sie brennen dann wie ein Kaminfeuer. Oder sie kommen einem vor wie ein guter, alter und verlässlicher Dieselmotor.

»Also, was ist denn jetzt mit dem Einen, der ganz passabel war?«, fragte Julia an diesem Abend nach. Aus einem Instinkt heraus – nein, sie hatte gemerkt, dass ich die Begegnung mit Ali herunterspielte –, hakte sie nach und wollte mehr wissen. Ich winkte mit einer Handbewegung ab: »Er sieht aus wie eine Mischung aus George Clooney und dem jungen Willy Brandt, aber er ist Türke.« Ich hatte den Satz noch nicht ausgesprochen, da schrie Julia schon los: »Ein Türke? Bist du verrückt? Du selbst hast gesagt, dass du niemals einen Türken willst!«

»Aber …« Ich wollte Julia gerade erklären, wie deutsch dieser Türke ist, als sie mich unterbrach.

»Niemals! Vergiss es, Hatice.«

Aufgebracht erzählte sie, sie habe gerade wieder von einem Türken gelesen, der seine Frau geschlagen hatte. Und das sei nicht der Erste, über den so etwas in der Zeitung stand. Ich wunderte mich ein wenig über meine Freundin und ihre Meinung über die Türken und warf ein, dass es sich bei dem Mann vielleicht um eine Ausnahme handele. Aber Julia blieb bei ihrem Standpunkt: Ich könne das gar nicht beurteilen, weil ich schon seit vielen Jahren nicht mehr mit Türken zusammenleben würde und ich und meine Familie sowieso anders seien als die sonstigen Türken. Ein typisch deutscher Satz. Den türkischen Gemüsehändler, den man persönlich kennt und der immer so freundlich ist, kann man keineswegs mit den türkischen Jugendlichen vergleichen, die einen deutschen Rentner verprügeln. Offensichtlich hatte sie wirklich Angst, dass ich mich auf eine Beziehung mit einem türkischen Mann einlassen könnte. Sie wollte mich vor einer Dummheit bewahren. Und ich konnte es ihr nicht einmal vorwerfen, denn gewisse Vorurteile pflegte ich ja selbst.

»Es ist nur eine Frage der Zeit, bis er dir eines von diesen grässlich bunten Kopftüchern schenkt«, warnte mich Julia. »Denk an die Wahrsagerin. Sie hat gesagt, der Mann deines Lebens ist blond.« Ich hatte Julia von Madame Ludmilla und ihren Prophezeiungskünsten erzählt.

»Keine Sorge, er hat nicht mal blaue Augen, und das ist das Mindeste, was mein zukünftiger Mann haben sollte«, scherzte ich. Und ich musste ihr nicht erst versprechen, Ali zu vergessen, denn längst hatte ich mir vorgenommen, nicht auf seine Nachricht zu reagieren.

Zu Hause ertappte ich mich aber dabei, wie meine Gedanken zu ihm zurückkehrten. Ich dachte an seine höfliche Art und an seine E-Mail vom Morgen, die ich nur überflogen hatte. Ohne dass ich etwas dagegen tun konnte, saß ich plötzlich vor meinem Computer und las sie ein weiteres Mal, Wort für Wort, ganz langsam:

Liebe Hatice, ich möchte mich bei Ihnen für den wundervollen Abend bedanken. Und auch für die Nacht, die ich mit Ihrem Buch verbracht habe. Heute Morgen um fünf Uhr habe ich die letzte Seite gelesen. Sie haben mich nicht nur zum Lachen gebracht, sondern auch wehmütig gestimmt, weil ich mich in Ihren Geschichten wiedererkannt habe. Ich habe heute Morgen eine Konferenz verschlafen, aber das war es wert. Im dritten Kapitel habe ich einen großen Heißhunger auf zeytinyağlı yaprak dolması *bekommen. Im Kapitel vier bekam ich beim Lesen eine Gänsehaut, und bei Kapitel zehn habe ich vermutlich meine Nachbarn mit meinem lauten Lachen geweckt. Es ist seltsam, aber es scheint, dass Ihre Eltern meine sind und meine Eltern Ihre sein könnten. Abgesehen einmal von den Strapazen einer Warmwachsprozedur haben wir ähnliche Dinge erlebt. Gott sei Dank ist mir diese schmerzhafte Erfahrung bisher erspart geblieben. Herzlichen Dank für die Reise in meine türkische Seele. Ich wünsche Ihnen viel Erfolg mit Ihrem Buch und dass Ihre Träume in Erfüllung gehen. Ich hoffe, Sie sind gut nach Hause gekommen. Mein Traum wäre es, Sie wiederzusehen.*

Nachdem ich Alis Nachricht wieder und wieder gelesen hatte, stieg Wut in mir auf. Was fiel Julia ein, diesen Mann so zu beleidigen, obwohl sie ihn nicht ein einziges Mal gesehen hatte? Unwillkürlich musste ich an Eigenschaften türkischer Männer denken, die sie ungemein aufwerten: Sie können singen, sie sind gepflegt und elegant, zuvorkommend und schreiben wunderbare Briefe. Ich dachte an die E-Mail, die ich vor einigen Wochen von einem deutschen Verehrer erhalten hatte, dem ich auf einer Party begegnet war:

Liebe Frau Akyün, ich möchte Sie auf diesem Weg fragen, ob ich Sie einmal treffen darf. Dieses wäre mir ein fürstliches Essen wert. Falls es Ihr sehr enges Zeitbudget zulässt, würde ich mich über einen Date-Vorschlag (Tag, Uhrzeit und Restau-

rant) freuen. Die harten Fakten zu meiner Person finden Sie in meinem beigefügten Lebenslauf. Alles Weitere dann bei einem Essen. Mit freundlichen Grüßen.

Als ich den Brief beendet hatte, gingen meine Gedanken auf eine lange Wanderschaft. Ich verfiel in einen tiefen Tagtraum und stellte mir vor, wie ich in meinem roten Porsche eine Küstenstraße entlangfuhr. Plötzlich, in einer scharfen Kurve, verlor ich die Kontrolle über das Auto und stürzte einen Hang hinab. Ich erwachte in einem Krankenhaus, und meine Schwester Fatma beugte sich über mich und sagte: »Allah sei Dank, du lebst. Ein Fremder hat dich aus dem brennenden Wagen geholt.«

Ich war kaum noch in der Lage, meine Gedanken zu kontrollieren, und mir gefiel es immer mehr, meiner Fantasie keine Grenzen zu setzen.

Ali hatte mir das Leben gerettet. Allerdings war er in meinem Traum sehr arm. Ich dagegen stammte aus einer wohlhabenden türkischen Industriellenfamilie. Doch unbedingt wollte ich den Mann kennenlernen, der mir ein zweites Leben geschenkt hatte.

Ich bat also darum, dass Ali mich an meinem Krankenbett besuchte, und dann passierte es: Ich verliebte mich Hals über Kopf in ihn, wir wollten heiraten. Meine Familie war natürlich strikt dagegen, konnte Ali noch so gut aussehen, er stammte aus Verhältnissen, die nicht zu akzeptieren waren. Wir flüchteten nach Istanbul, wo wir uns den Rest unseres Lebens verstecken mussten.

Unser Glück war groß, doch dann tauchte in Istanbul ein alter Rivale von Ali auf, der noch eine Rechnung mit ihm zu begleichen hatte. Er erschoss Ali auf offener Straße. Aus lauter Liebeskummer und Herzschmerz stürzte ich mich die Klippen hinunter.

In diesem Moment erwachte ich aus meinen wilden Träumereien und war zurück in der Realität. Ich hatte Ali und mich tatsächlich in eine dieser türkischen Schmonzetten hineingeträumt. Als Kind liebten wir diese herzzerreißenden Filme, die wir uns mit der ganzen Familie anschauten und gemeinsam das Leid des Liebespaares tränenreich bedauerten. Dutzende von Videokassetten stehen bis heute ordentlich aufgereiht im Wohnzimmerschrank meiner Eltern. Sie tragen Namen wie: *Aprilregen*, *Haltet die Welt an* oder *Der Schmerz in meinem Herzen.*

Immer ging es in diesen Filmen um Liebe, Trennung, Tod und die Familie. Die Frauen in den Filmen waren meistens blond gefärbt, die Männer trugen dunkle Schnauzbärte. Wir verbrauchten damals Dutzende von Taschentüchern, und auch ich als Jugendliche weinte entsetzlich – das passiert heute zum Glück nicht mehr. Aber was war bloß jetzt mit mir geschehen? Der ganze Kitsch war auf einmal wieder da.

An diesem Vormittag tat ich etwas, was ich nicht für möglich gehalten hätte: Ich griff zum Telefon und wählte Alis Nummer. Er nahm den Hörer ab und sagte ziemlich kurz angebunden: »Oh, darf ich Sie später zurückrufen?«

»Klar«, antwortete ich so freundlich wie möglich. Aber ich war innerlich aufgebracht. Offensichtlich wollte er mich schnell wieder loswerden. Was bildete der sich überhaupt ein? Mich zurückrufen? Wie oft hatte ich das in der Vergangenheit schon erlebt – und jetzt passierte es wieder. Es vergingen vierundzwanzig Stunden, achtundvierzig Stunden, zweiundsiebzig Stunden, aber kein Mann meldete sich. Ich dachte, dass nur eine Störung in der Leitung der Grund sein konnte, und überprüfte meinen Anschluss. Kurz überlegte ich, ob ich eine Freundin anrufen sollte, damit sie mich zur Kontrolle zurückruft. Ich konnte ja auch mit meinem Handy mein Festnetz überprüfen. Aber das ging alles nicht, denn genau zu dieser Zeit könnte Ali sich melden, und schon hatte man den Anruf verpasst, weil die Leitung besetzt war.

Eines hatte ich mit meinen sechsunddreißig Jahren inzwischen gelernt. Männer sind in Beziehungsdingen nicht so kompliziert wie Frauen. Wir Frauen telefonieren stundenlang mit unseren Freundinnen, zermartern uns den Kopf und analysieren jeden Satz, den ein Mann äußert. Aber Männer geben keine zweideutigen Signale, die man als Frau von allen Seiten beleuchten müsste – obwohl wir es eben dennoch tun. Wenn ein Mann mit einer Frau in Kontakt treten möchte, dann fragt er ganz bestimmt nicht, ob er später zurückrufen könne, wenn er es doch nicht vorhat. Dennoch stellte ich mir alle möglichen Ausreden vor, die von Ali folgen konnten: »Ich bin so viel unterwegs.« Oder: »Ich habe meine letzte Beziehung noch nicht verarbeitet.« Diesen Terror würde ich nicht zulassen. Warum auch? Schließlich hatte ich sowieso kein Interesse an einem Türken, an einem Deutschen, ich meine an einem Deutsch-Türken. Hätten ich ihn bloß nicht angerufen. Wie stand ich jetzt da? Was für eine Blamage. Und ich konnte mich nicht einmal bei Julia ausheulen.

Die nächsten vier Stunden ging ich in der Wohnung auf und ab, aß den Kühlschrank leer, der eigentlich schon leer war, und trank Prosecco. »Mir geht es gut, das wäre ja gelacht, ha!«, redete ich mir ein und wählte mehrmals Alis Nummer, ohne den Hörer abzunehmen.

Da saß ich nun mit meiner Flasche Prosecco und wunderte mich über mein Verhalten. War ich nicht immer diejenige, die ihren Freundinnen sagte, dass sie sich nicht so anstellen sollten, wenn sie unglücklich verliebt waren, dass Liebeskummer vergehe und man ganz sicher nicht daran sterben würde? War ich nicht diejenige, die im Beruf stets entschieden auftrat, niemals um eine Antwort verlegen war und ihr Ziel verfolgte? Und nun reagierte ich kopflos. Was war eigentlich mit mir los?

Mit Sicherheit hatte es etwas mit meinen zwei Wesen zu tun, die in mir sind: Denn die starke, selbstbewusste, emanzipierte Deutsche in mir sagte: »Stell dich nicht so an, Ali ist nicht gut für dich. Denk doch mal nach. Verlass dich nicht auf deinen Bauch, schalte deinen Kopf ein. Du bist einen langen Weg gegangen, um dieses unabhängige Leben führen zu können. Du hast so gekämpft gegen die türkischen Machos, hast das Türkische hinter dir gelassen, und nun willst du dich auf eine Beziehung mit einem Türken einlassen? Denk nach! Denk nach!«

Die Türkin in mir sagte allerdings: »Dein Herz brennt und brennt. Spürst du das denn nicht? Ali ist der Mann deines Lebens. Du kannst noch so erfolgreich im Beruf sein, aber ohne Liebe ist das alles nichts wert. Gib ihm doch wenigstens eine Chance.«

Fahrig zappte ich schließlich durch das Fernsehprogramm, bügelte das erste Mal in meinem Leben Handtücher und Socken, heftete Rechnungen ab und rührte Warmwachs an, um mir die Beine zu enthaaren. Nur mit einem rechnete ich nicht mehr: mit dem Klingeln des Telefons.

»Entschuldigen Sie bitte, dass ich so kurz angebunden war, aber ich musste noch einen Beitrag für die nächste Fernsehsendung fertig stellen«, sagte er.

Dieser Dreckskerl, dachte ich, und versuchte, mir nicht anmerken zu lassen, wie wütend ich eigentlich war. Aber ich sagte nur lässig: »Ach, macht doch nichts.«

Ali wirkte am Telefon extrem entspannt und machte nicht den Eindruck, als hätte er stundenlang vor dem Apparat gehockt, um endlich den Mut aufzubringen, mich anzurufen – so wie es bei mir der Fall gewesen wäre.

Wir haben fast drei Stunden telefoniert. Ich erfuhr, dass er Journalist ist und in Berlin-Wilmersdorf aufgewachsen war, einem Stadtteil, den ich bisher stets gemieden hatte, weil er mir zu spießig und langweilig erschien. Er hatte einen Abschluss an der Freien Universität von Berlin gemacht und arbeitete nun beim Fernsehen. Aber viel interessanter war für mich, dass er offensichtlich ein ähnliches Leben führte wie ich und mit den gleichen Themen beschäftigt war: Ehe oder Single-Dasein, Tee oder Kaffee, Kebap oder Schnitzel. Wir sprachen sogar über die Beschneidung bei türkischen Männern. Er gab zu, dass es ihm sehr imponiert habe, als er in meinem Buch las, dass mein ehemaliger deutscher Freund Stefan sich für mich hatte beschneiden lassen.

»Für mich hat er es nicht getan. Eher für meine Familie oder von mir aus auch für die Völkerverständigung«, erklärte ich ihm. »Mir persönlich war es egal, ob er beschnitten ist oder nicht.« Nach einer kleinen Pause konnte ich es dennoch nicht lassen, Ali zu fragen: »Sind Sie beschnitten?«

»Ist der Papst katholisch?«, sagte er verwundert. »Und wenn wir schon so intim werden, würde ich Ihnen als der Ältere gern das Du anbieten?«

»Wieso der Ältere?«

»Das habe ich bei der Lesung einfach gesehen. Und als Türke, das musst du doch wissen, fragt man niemals nach dem Alter einer Frau. Das macht man nur auf dem Pferdemarkt.«

Es gefiel mir, dass wir so offen miteinander reden konnten, obwohl wir uns kaum kannten. Dennoch wehrte sich in mir noch immer etwas, Ali als möglichen Partner in Betracht zu ziehen. Wir sprachen über Filme und Musik und stellten fest, dass wir als Jugendliche große Fans von Sezen Aksu waren, einer türkischen Sängerin, die seit über vierzig Jahren erfolgreich ist. Sie wird die »türkische Madonna« genannt, weil sie sich wie die amerikanische Ikone ständig neu erfindet. Sezen Aksu ist die Mutter der türkischen Popmusik. Die Deutschen kennen sie kaum, außer wenn sie in der Türkei Urlaub gemacht und eines ihrer Lieder in irgendeinem Restaurant gehört haben. Oder Fatih Akıns Dokumentarfilm *Crossing the Bridge* gesehen hatten. Ali wollte wissen, ob ich schon einmal auf einem ihrer Konzerte war.

»Nein, leider nicht.«

»Hättest du Freude daran?«

»Natürlich, aber ich habe gehört, dass sie nicht mehr auftritt.«

»Sie kommt nächstes Wochenende nach Berlin und gibt ein Konzert. Darf ich dich einladen?«, fragte er.

Ich sagte sofort zu und rettete mich in den Gedanken, dass er bestimmt ein guter Freund werden könnte. So einer, mit dem man ins Kino geht oder zum Essen, wenn man sich an einem Samstagabend einsam fühlt. Oder einer, dem man sein Herz ausschüttet, wenn ein Mann nicht zurückruft. Das konnte ich mir gut vorstellen.

Den Tag, an dem wir verabredet waren, verbrachte ich im Bett mit Zeitunglesen. Schließlich hatte ich kein Date. Ein Date war für mich ein Date, wenn es als solches angekündigt war. Ich musste also nur das kleine Verschönerungsprogramm auffahren. Erst gegen fünf Uhr nachmittags stand ich allmählich auf und machte mich für das Treffen mit Ali zurecht. Ich duschte, band mein Haar zu einem Pferdeschwanz, tuschte mir ein wenig die Wimpern und zog Jeans, Pullover und ein Paar Stiefel an, die eigentlich dringend zum Schuster mussten. Das Gummi der Absätze war schon so stark abgenutzt, dass der nackte Metallstift herausschaute.

Ich stand noch vor dem Spiegel und überlegte, ob ich sie anbehalten sollte, da klingelte es an meiner Haustür. Es war Punkt sieben Uhr, und unten stand Ali. Ich bat ihn über die Gegensprechanlage, sich noch einige Minuten zu gedulden. In Ruhe zog ich andere Schuhe an und ging gemächlich die Treppen hinunter. Als ich die Haustür öffnete, rempelte ich fast gegen ihn. Er hatte sich so nah an der Tür postiert, als wäre er ein Wachsoldat am Grabmal des Atatürk. Überrascht sah ich Ali an. Er trug einen eleganten braunen Cordanzug, ein hellblaues Hemd, braune Schuhe, und er war frisch rasiert. So viel konnte ich schon auf den ersten Blick erkennen.

»Ist das hier ein Date, oder was?«, fragte ich. Nachdem ich diese Worte vorschnell gesagt hatte, hätte ich mich am liebsten auf die Zuge gebissen. Zu verräterisch waren sie, konnten sie ihn doch auf die Spur bringen, in welche emotionale Achterbahn ich geraten war. Doch Ali war zu dieser Konzertverabredung aufgetaucht, als sei es eines. Aber nun war es zu spät.

»Wenn du willst, dass es eines ist, dann ist es eines«, antwortete er gelassen, küsste mich auf die Wangen und führte mich zu seinem Auto. Es war eines dieser Angeberautos, in das man als Frau kaum einsteigen kann, weil sie so tief liegen.

Türke und dicker Schlitten, typisch. Das passt ja gut zusammen, schoss es mir durch den Kopf. Ich hatte mich also nicht geirrt, was Ali betraf.

Er öffnete mir die Tür seines Wagens und hielt sogar den Saum meines Mantels hoch, damit er nicht eingeklemmt wurde.

Schleimer, dachte ich, sagte aber trotzdem: »Danke.«

Als wir losfuhren, ließ ich beiläufig fallen: »Einer modernen Frau hält man die Autotür nicht mehr auf.«

»Nein, natürlich nicht«, sagte Ali. »Aber wehe dem Mann, wenn er es nicht tut.«

»Stimmt.« Ich musste grinsen. Er hatte recht. Dennoch passte mir seine Antwort irgendwie nicht.

»Ein Mann hält einer Frau die Autotür auf, wenn entweder die Frau oder das Auto neu ist. In diesem Fall trifft beides zu«, fuhr Ali fort. Bevor ich reagieren konnte, fügte er hinzu: »Das war ein Scherz. Emanzipation ist wichtig, aber Höflichkeit und gegenseitiger Respekt auch. Ich glaube, dass dein Gefühl von Selbstständigkeit nicht davon abhängt, ob ich dir die Autotür aufhalte. Ich hoffe, du bist selbstsicher genug, dir von einem Mann die Autotür aufhalten zu lassen, ohne gleich deine Emanzipation in Frage zu stellen.«

Das saß. Er hatte den Nagel auf den Kopf getroffen. Warum nur konnte ich sein zuvorkommendes Verhalten nicht annehmen? War nicht ich diejenige, die sich immer darüber beschwerte, dass deutsche Männer Frauen nicht die Autotür aufhalten oder sogar in ihren Wagen sitzen bleiben, wenn sie eine Frau zum Date abholen?

Alis kleiner Exkurs über Respekt und Emanzipation klang für mich sehr deutsch. Das musste die nicht-türkische Seite von Ali sein, und die interessierte mich brennend. Aber warum verhielt ich mich bei Ali so, wie es meine deutschen Freundinnen tun würden? Ich konnte es mir nicht erklären und beschloss, später darüber nachzudenken.

»Das Konzert beginnt erst um neun Uhr. Wenn du nichts dagegen hast, würde ich dich vorher gerne in ein Restaurant einladen. Es wird dir bestimmt gefallen.«

Ich nickte wortlos. Mehr fiel mir dazu nicht ein. Ich fühlte mich ertappt und dachte immer noch darüber nach, was ich ihm auf seine treffende Bemerkung zum Thema Emanzipation entgegnen könnte.

Ali hatte tatsächlich ein sehr schönes italienisches Restaurant ausgewählt, das mir in seiner Schlichtheit gefiel. Nur die

Gegend, Berlin-Wilmersdorf, fand ich weiterhin spießig. Wir sprachen über unsere Arbeit, unsere Familien und über die Filme, die wir mochten. *Forrest Gump* hatten wir beide gern gesehen, und wir schwärmten von der gleichen Szene, in der Tom Hanks, eben Forrest Gump, auf einer Bank sitzt und sagt: »Das Leben ist wie eine Pralinenschachtel: Man weiß nie genau, was drinsteckt.«

Die Männer, die ich bisher in meiner Pralinenschachtel vorfand, hielten häufig nicht das, was sie anfangs versprochen hatten. Sie schmeckten wie ein mehr oder weniger ausgelaufenes Mon Chéri, das zuerst an den Fingern klebt und dann an den Zähnen. Ohnehin esse ich die Dinger nur, wenn ich sonst nichts im Kühlschrank habe.

Es gab auch Männer in meinem Leben, die waren zäh wie Kaugummi. Bei ihnen blieb ich nur so lange, bis der süße Geschmack weg war. Ausgekaut steckte ich mir dann schnell einen neuen Kaugummi in den Mund, bis auch bei diesem die Aromastoffe nicht mehr zu schmecken waren. Und auf Dauer bekam man Sodbrennen davon.

Die große Ausnahme war Stefan. Stefan hatte ich mir genüsslich auf der Zunge zergehen lassen, Stefan schmeckte nach mehr, von Stefan hätte ich eine Schachtel nach der anderen vertilgen können. Aber leider konnte ich mich an seinen Geschmack nur noch schwach erinnern, weil unsere letzte Begegnung schon so weit zurücklag.

Stefan war mein erster fester Freund, den ich meinen Eltern vorstellte. Mein Vater trauert ihm immer noch hinterher. Allerdings nur, weil Stefan Ingenieur war und mein Vater fest daran glaubt, dass er mit ihm als Schwiegersohn nie wieder einen Handwerker ins Haus hätte holen müssen. Stefan und ich trennten uns sehr deutsch: Nach vier Jahren des Zusammenseins hatten wir uns auseinandergelebt. Wir waren noch jung, als wir uns kennenlernten, mitten in unseren Berufsausbildungen und in unseren Selbstfindungsphasen. Irgendwann war jeder nur noch mit sich und seinem Leben beschäftigt, da ging es dann nicht mehr weiter.

Was mich bei Ali irritierte: Alles schien sich plötzlich umzukehren. Mich beschlich der schreckliche Verdacht, dass *ich* die Praline war, mit der *er* sich den Gaumen kitzeln wollte. Grimmig und entschlossen dachte ich: Mit mir nicht, mein Freundchen.

Da saß ich nun mit ihm in diesem Restaurant, war durchaus vergnügt, hatte mich aber, eigensinnig wie ich bin, selbst auf ein Abstellgleis bugsiert. Mein Herz stand unter Feuer, aber ich zwang meinen Kopf auf Kühlschranktemperatur. Schließlich wollte ich nicht vernascht werden. Also sagte ich mir: »Langsam, Hatice, schön langsam. Schließlich haben wir nicht einmal ein Date.«

Wie sollte ich mich geben: nordisch kühl oder asiatisch gelassen? Oder eher doch orientalisch temperamentvoll? Obwohl es mir bei Männern bisher kein Glück gebracht hatte, hätte ich mich gern so gegeben, wie ich bin – direkt und ohne Umwege.

War Ali die schönste Praline, die ich seit langem bekommen hatte?, überlegte ich beim Mousse au Chocolat. Oder der Racheengel aller Männer, die ich unglücklich gemacht hatte? Würde ich es wagen, die Praline in ihrer Glanzhülle ganz auszupacken? Würde ich sie vielleicht wieder weglegen, nachdem ich einmal kurz hineingebissen hatte? Egal, was mein Kopf mir sagte, ein Teil von mir wollte verschlungen werden, als gäbe es kein Morgen.

Nach dem Restaurant fuhren wir zum Konzert von Sezen Aksu. Die Halle war restlos überfüllt, und schon nach dem ersten Lied stand das Publikum auf den Stühlen. Tausende von türkischen Teenies, aber auch erwachsene Männer und Frauen sangen jede Strophe begeistert mit. Sie tanzten und klatschten. Frauen mit Kopftuch und Mädchen mit funkelnden Steinen im Bauchnabel standen nebeneinander in der ersten Reihe, warfen Blumen auf die Bühne und ließen Feuerzeuge aufleuchten. Türkinnen können sich mit dieser Sängerin identifizieren, weil sie in ihren Augen für die neue Frauengeneration steht: selbstbestimmt, selbstbewusst und schön. Auf dem Konzert konnten die Türkinnen das ausleben, was ihnen im Alltag vielleicht versagt blieb.

»Türkische Frauen sind wirklich sehr schön anzusehen, aber sie sind auch sehr anstrengend«, sagte Ali, als wir in der Pause nach draußen gingen.

Meine Augen blitzten auf, das konnte ich nicht auf mir sitzen lassen. »Wie ist das zu verstehen?«, fragte ich.

»Zu Hause sind sie der Teufel. Sie sind geschwätzig, sofort beleidigt, launisch und gehen nach der Hochzeit auf wie Hefeteig.«

»Das ist gemein. Ich bin auch Türkin.«

»Warum regst du dich so auf? Nach deiner Meinung sind türkische Männer doch alle großmäulig, fahren Angeberautos und tragen Goldkettchen, oder?«

Das saß, wieder einmal. Er hatte mich mit meinen eigenen Waffen geschlagen.

Spät nachts fuhr Ali mich zurück zu meiner Wohnung. Während der Autofahrt versuchte ich, meine aufgewühlten Gefühle zu ordnen. Endlose Gedankenschleifen zermarterten mein Hirn: Ich will ihn wiedersehen. Ich darf ihn nicht wiedersehen. Ja, nein, ja, nein. Meine türkische Seite kam damit einmal wieder mit aller Macht zum Vorschein: Ich kann mich einfach nicht festlegen, und nach einer Entscheidung – und sei es auch nur ein Gericht auf einer Restaurantkarte – habe ich sofort das Gefühl, falsch gewählt zu haben.

Er ist Türke, kam mir dann in den Sinn, und auch er hat Klischees im Kopf. Wahrscheinlich sieht er mich selbst schon aufgehen wie Hefeteig. Am Ende meiner anstrengenden Überlegungen fasste ich dennoch einen Entschluss: Der Abschied sollte unverbindlich sein. Als wir vor meiner Wohnung hielten, stieg ich sogleich aus und rief Ali zu: »Vielen Dank für den schönen Abend. Tschüss, ich rufe dich an.«

Ich gab ihm nicht einmal die Chance, etwas zu erwidern. Aber nicht, weil ich eine blöde Kuh sein wollte, sondern weil ich einfach nicht wusste, wie ich mich verhalten sollte. Ich hätte ihn sogar gern geküsst. Aber hätte ich das überhaupt gedurft?

Ich schloss die Haustür auf und verschwand fluchtartig in dem dunklen Treppenhaus.

Am nächsten Tag nahm ich mir vor, ihn zu vergessen. Aber so sehr ich es versuchte, es gelang mir nicht. Noch in der Nacht hatte Ali mir eine E-Mail geschrieben:

> *Liebe Hatice, im Türkischen sagt man: »Die Zunge ist der Schöpflöffel des Herzens.« Ich hätte mir gewünscht, dass du während dieses Abends mehr gesagt hättest, als nur: »Tschüss, ich rufe dich an«. Ich möchte mich dennoch für den wundervollen Abend bedanken. Und da du mir keine Gelegenheit gegeben hast, dir ein Kompliment zu machen, möchte ich das mit einem türkischen Sprichwort nachholen:* »Göz görür, gönül ister – *was das Auge sieht, begehrt das Herz.« Du sahst umwerfend aus, aber* güzele her şey yakışır – *der Schönen steht alles.*

Ich habe nicht darauf geantwortet, auch in den nächsten Tagen nicht. Ali ließ ebenfalls nichts von sich hören. Da merkte ich plötzlich, dass ich ihn vermisste.

Mein Leben lang habe ich mich nach einem deutschen

Mann mit türkischer Seele gesehnt. Nach einem Mann, der deutsche Zuverlässigkeit und türkische Leidenschaft in sich vereint. Nie wäre ich auf die Idee gekommen, nach einem türkischen Mann mit deutscher Seele Ausschau zu halten – also nicht nach einem »Hans mit scharfer Soße«, sondern nach einem »Ali zum Dessert«.

Ein Hans allein wäre mir zu leidenschaftslos gewesen, und ein Ali in Reinkultur wäre mir zu leidenschaftlich, zu männlich, zu machomäßig erschienen. Aber die sanfte Süße eines türkischen Desserts, gepaart mit einer feurigen Soße – das wäre die perfekte Mischung!

In diesem Moment machte es »pling«. Ich wollte im Grunde gar keinen deutschen Mann, ich wollte Ali. Einen Mann mit türkischer Seele und einem deutschen Herzen. Ich wollte einen Mann, der so war wie ich als Frau.

Warum war ich nicht früher darauf gekommen? Warum hatte ich einem türkischen Mann, der genauso in Deutschland aufgewachsen ist wie ich, nicht die gleiche Chance eingeräumt, so zu werden wie ich? Wahrscheinlich dachte ich, dass es mich in männlicher Ausgabe gar nicht gibt. Wahrscheinlich waren meine Vorurteile gegenüber türkischen Männern einfach zu stark. Ali war zwar manchmal sehr türkisch, in vielen Situationen aber deutscher als viele meiner deutschen Freunde – wenigstens soweit ich es nach den beiden Begegnungen und den E-Mails beurteilen konnte. Korrekt, pünktlich und absolut loyal. Niemals würde er den Geburtstag seiner Freunde vergessen, übrigens im Gegensatz zu mir. Später entdeckte ich, dass er sogar einen Geburtstagskalender führt, in dem alle Ehrentage vermerkt sind. Ich wusste nicht einmal, dass es so etwas überhaupt gibt. Natürlich legte ich mir daraufhin auch einen an und gab mir die größte Mühe damit. Für mich blieb es Mühe, für Ali ist es keine.

Perfekter konnte es also eigentlich gar nicht sein. Und doch ließen meine Zweifel mich nicht los. Ich hatte mich verliebt, wollte es aber nicht wahrhaben. Deshalb dachte ich mir: Bloß nichts riskieren, denn es könnte ein Fehler sein.

Einige Tage später schrieb Ali mir eine weitere E-Mail. Er wollte wissen, ob er mich wiedersehen dürfe. Ich antwortete auch diesmal nicht, löschte die Nachricht sofort. Er schrieb mir eine SMS und fragte, ob es mir gut gehe, er mache sich Sorgen. Ich reagierte wieder nicht. Schließlich rief er mich an, aber als ich seine Nummer auf dem Display sah, ließ ich das Telefon so lange klingeln, bis die Mobilbox ansprang. Ich wollte ihn mit aller Gewalt vergessen. Trotz aller neuen Erkenntnisse: Ich hatte das Türkische hinter mir gelassen. Die Hochzeiten und Verlobungsfeiern, die Familienzusammenführungen und die unzähligen Heiratsgespräche mit meinem Vater. Und ich wollte nicht, dass es mich wieder einholt.

Einige Tage nach unserem Treffen lag ein Brief von Ali in meinem Briefkasten. Ich traute mich nicht, ihn aufzumachen. Würde er sich nun endgültig von mir verabschieden? Mir gar drohen, weil ich ihn ignoriert hatte? Mir schwirrten die wildesten Gedanken durch den Kopf. Fühlte er sich von mir in seiner Ehre verletzt und wollte mir mitteilen, dass er sich rächen würde? Würde er morgen mit einem Klappmesser vor meiner Tür auftauchen, jetzt, da er wusste, wo ich wohne? Oder würde er mich bespitzeln und mir auflauern? Alle Vorurteile über türkische Männer kamen in mir hoch, hatte ich doch von genügend Fällen gehört, in denen Frauen geschlagen werden. Ich kannte keinen persönlich, sollte sich das mit Ali ändern? Solche Fantasien konnte man aber nur entwickeln, wenn man sich auf den ersten Blick verliebt hatte – aber eben mit angezogener Handbremse.

Ich musste schlucken. Einen handgeschriebenen Brief hatte

ich nicht erwartet. Ich legte den Umschlag ungeöffnet auf den Tisch und starrte ihn an. Erst am Abend, nachdem ich mir mit einer halben Flasche Prosecco Mut angetrunken hatte, wagte ich endlich, ihn zu öffnen. Mit bebenden Fingern und rasendem Puls riss ich den Umschlag auf, nicht ohne vorher per Fingerdruck überprüft zu haben, ob er etwas anderes als Papier, etwa ein verdächtiges Pulver oder Ähnliches, enthielt:

Hatice, ich kann dir versprechen, dich zu lieben.
Ich kann dir versprechen, dich zu respektieren.
Ich kann dir versprechen, dich niemals zu verlassen.
Aber das werde ich nicht.
Versprechen sind für Menschen, die Hoffnung brauchen.
Aber an dem Tag, an dem ich dich das erste Mal sah, war ich nicht voller Hoffnung.
Ich war mir sicher. Und ich bin mir sicher.
Ich möchte mit dir zusammen sein.

Nachdem ich den Brief etwa fünfhundertsiebenundzwanzigmal gelesen hatte, weinte ich mich in den Schlaf. Er war zu schön, um wahr zu sein. Ich schämte mich dafür, dass ich gefürchtet hatte, Ali könne mir etwas antun. Noch heute schäme ich mich dafür. Ich habe es ihm viele, viele Monate verschwiegen, dass ich lange Stunden mörderische Angst vor ihm hatte. Vor kurzem erzählte ich es ihm doch. Er lachte mich aus, nahm mich in den Arm und sagte: »Ach, meine Süße, nicht mal einer weiblichen Fliege könnte ich etwas zuleide tun.«

Nach einer verheulten Nacht, einem reumütigen Kaffee am Morgen und ungefähr dreißig nervösen und gescheiterten Versuchen, die richtige Nummer zu tippen, schaffte ich es endlich, Ali am anderen Ende der Leitung zu haben. Kleinlaut sagte ich: »Ich würde dich gern wiedersehen – wenn du es noch willst.«

»Was für eine Frau. Morgen Abend hole ich dich ab. Und falls du es wissen willst: Es ist ein Date.«

»Das sind ja gerade einmal vierundzwanzig Stunden!«, rief ich erschrocken.

»Ich muss auflegen. Wir sehen uns morgen.«

Ich fing sofort mit den Vorbereitungen an. Diesmal musste es das ganze Programm sein. Okay, in so kurzer Zeit zwei Kilo abzunehmen, würde ich wohl nicht schaffen. Aber Julia hatte mir einmal von einem Notfalltee erzählt, mit dem man es zumindest bewerkstelligen konnte, eine Menge schwergewichtiges Wasser aus dem Körper zu schwemmen. Das hält zwar nicht lange vor, aber dafür sitzt ein enges Kleid perfekt.

Literweise trank ich nun diesen entwässernden Brennnesseltee. Es folgten Maniküre, Pediküre, Augenbrauen in Form bringen, Warmwachsen, Kleid kaufen, Kleid wieder umtauschen, weil es mir zu Hause nicht gefiel. Rock und Bluse in einer teuren Boutique erstehen, Rock und Bluse wieder zurückbringen, weil mir die Sachen bei eingehender Betrachtung ebenfalls nicht passend erschienen. Meinen Kleiderschrank durchforsten, ein Outfit finden, das ich schon seit Jahren nicht mehr getragen habe und mich dafür entscheiden. Am Tag des Dates in Milch und Honig baden. Zu meinem Lieblingsfriseur Civan gehen, der mir die Haare so föhnt, dass ich aussehe wie die dunkelhaarige Version von Farrah Fawcett in *Drei Engel für Charlie*. Ein Killerparfum für ganz besondere Gelegenheiten auftragen. Glasvitrine mit allen hundertfünfzig Paar Schuhen durchforsten und mich für die schwarzen Mörderpumps entscheiden. Panisch meine Ohrringe suchen, als Ali schon längst vor der Tür steht und seit fünfzehn Minuten geduldig auf mich wartet.

Was machte ich da eigentlich als emanzipierte Frau? Dieser ganze Aufwand für einen Mann? Lohnte sich das überhaupt?

Und heißt es in einem türkischen Sprichwort nicht sogar: »*Güzellik geçer, huy kalır* – Schönheit vergeht, das Wesen bleibt?« Wobei ich mich fragte, ob die Schönheit bei so viel Aufwand nicht längst übertüncht war?

Wir verbrachten einen schönen Abend miteinander, auch die Nacht.

Am nächsten Tag wollte Ali in einem türkischen Supermarkt einkaufen gehen, um für uns zu kochen. Wie betäubt folgte ich ihm. Und dann passierte es: Zwischen zwei Supermarktregalen verliebte ich mich endgültig in ihn, ganz ohne Handbremse. Ich sah ihn an der Fleischtheke stehen, er suchte ein gutes Filet aus und beriet sich darüber mit dem türkischen Metzger. Und wie er da so stand und mit dem Mann fachsimpelte, wie er konzentriert sprach und mit ihm verhandelte, ein riesiges rohes Stück Fleisch in der Hand wog, den Kopf zur Seite legte und lachte – da erinnerte er mich auf einmal unheimlich an meinen Vater. Jener, der gerade einen ganz besonderen Grillabend vorbereitete, an dem die ganze Familie zusammenkommen würde und bei dem er es auf keinen Fall riskieren konnte, zu wenig oder das falsche Fleisch besorgt zu haben. Jener, dem im Zweifelsfall das richtige Stück Fleisch zum richtigen Moment wichtiger war als alle Schwiegersöhne der Welt zusammen. Was ihn dennoch nicht abgehalten hatte, für mich ein Lamm zu opfern.

In diesem Augenblick, in diesem türkischen Supermarkt war es um mich geschehen. Mir wurde schwindlig, und ich musste mich kurz an einem Regal festhalten. Dieser Mann sollte der Vater meiner Kinder werden. Mit ihm wollte ich gemeinsam durchs Leben gehen. Was sage ich, ich wollte mit ihm im Garten am Grill stehen und für unsere achtköpfige Kleinfamilie große Schüsseln mit Lammrippchen auftischen, während er mit der Grillzange hantierte. Ich wollte mit ihm kritisch die

Schwiegersöhne begutachten, die natürlich nicht gut genug für unsere Töchter sein würden, ja, ich gebe es zu, ich wollte sogar mit ihm grau werden und unsere Enkelkinder auf dem Schoß halten. Letzteres war mir hinterher furchtbar peinlich, weil ich bis zu diesem Zeitpunkt nichts schrecklicher fand als Männer, die sagen: »Ich will mit dir alt werden.«

Wenn das in dem Tempo weiterging, würde ich mit diesem anatolischen George Clooney drei Kinder haben, bevor er jemals *merhaba*, guten Tag, zu meinem Eltern sagen konnte.

Ich musste irgendwie das Tempo drosseln. Meine Eltern waren von meinem bisherigen Leben wenig begeistert, selbst wenn sie nichts mehr dazu sagten. Ich ging auf die vierzig zu, eigentlich fünfzig, denn für meine Eltern war ich schon mit dreißig Jahren vierzig. Dennoch: Ein Zusammensein mit Ali konnte nur funktionieren, wenn wir es auf unsere Art, in unserer Geschwindigkeit tun würden – auch wenn meine Eltern sich nichts sehnlicher wünschten, als dass ich endlich heirate.

Ich wollte meine Beziehung zu Ali nicht nach den Regeln der türkischen Welt führen, schon gar nicht nach den Regeln meiner Mutter, die mir allzu bekannt waren:

Eine Frau gehört nicht an den Arbeitsplatz, sondern zu ihren Kindern.

Eine Frau hält die Familie zusammen.

Ständig hat man sich zu besuchen, sonst sind alle gleich beleidigt.

Ständig muss man die Familie zu sich einladen, weil sonst sofort alle denken, die wollen uns nicht.

Nein, so wollte ich nicht leben. Das sagte ich Ali unmissverständlich. Ich erklärte ihm, dass sich diese Beziehung ganz deutsch entwickeln sollte. In der Zeit, die sie brauchen würde. Ich sagte ihm, dass ich eine westliche Beziehung wollte, eine Beziehung, in der wir uns jeder ein eigenes Bild vom anderen machen konnten, ohne dass unsere Eltern und Verwandten sich einmischten.

Wenn ich es mir recht überlegte, konnte ein deutsches Partnerschaftsleben mit vorher angekündigten Kaffee-und-Kuchen-Familientreffen nur eine Wunschvorstellung bleiben. Ich hatte mir mit Ali gleich zwei Familien ans Bein gebunden, die es sich niemals nehmen lassen würden, fröhlich-chaotisch in mein deutsches Leben hineinzufunken. Einen großen Vorteil gab es immerhin – ich musste Ali vor dem ersten Treffen mit meinen Eltern nichts erklären. Er konnte sie ja verstehen.

Ali gehört zu den Menschen, die gleichermaßen mit gutem Aussehen und Intelligenz gesegnet sind. Er ist charmant, geistreich, humorvoll, sportlich, und die Leute hängen an seinen Lippen, wenn er etwas erzählt. Ali schafft es, mit jedem, der am Tag seinen Weg kreuzt, freundlich umzugehen. Auf dem Weg zur Arbeit wechselt er ein paar liebenswürdige Worte mit der Verkäuferin in der Bäckerei, er macht der Frau in der Reinigung ein Kompliment, grüßt herzlich die Empfangsdame bei seinem Arbeitgeber und telefoniert mit dem Mitarbeiter der Autovermietung wie mit seinem besten Freund. Es macht mich wütend, wenn er zu jedem so zuvorkommend ist, aber nur deshalb, weil ich es nicht schaffe, den ganzen Tag nett zu meinen Mitmenschen zu sein – und sei es eben zu der Verkäuferin in der Bäckerei.

Ali hat nur ein Problem, und das sind die Frauen. Er ist kein Mann, der lange überlegt, und er hat schon vielen Frauen das Herz gebrochen. Aber er tat es nicht, weil er einen Rekord aufstellen wollte oder Bestätigung brauchte, er verliebt sich einfach sehr schnell. Darin ist er ganz Türke. Ich hatte es geahnt, als ich die Handbremse zog. Ali brannte wie trockenes Stroh im Sommer. Somit konnte ich mir meine Vorstellung, erst einmal zu schauen, ob man überhaupt zusammenpasst, abschminken.

Woher konnte ich also sicher sein, dass er es sich in ein paar Wochen nicht anders überlegt? Ich hatte meine Bedenken. Aber Ali wollte davon nichts wissen. Er sagte, er habe sich in mich verliebt, in meine Augen, meine Hände, mein Lächeln, meine Stimme und meine Bewegungen. Es sei nur ein Moment, ein Satz von mir gewesen. Das habe schon gereicht. Und sei es mir nicht ähnlich ergangen? Hätte ich mich schließlich nicht auch in ihn verliebt? Genauso schnell? Warum sollten wir diesen Zustand also nicht genießen? Ihm sei schon jetzt klar, dass ich für ihn keine Spielerei sei. Anschließend lächelte er mich an und fügte hinzu: »Du kennst doch das türkische Sprichwort, Hatice: ›*Ateşle oynama elini yakar, kadınla oynama evini yakar* – spiele nicht mit dem Feuer, sonst verbrennst du dir deine Hand, spiele nicht mit einer Frau, sonst brennt sie dein Haus nieder.‹«

Zu welchem Zeitpunkt man den Partner seinem Freundeskreis präsentiert, hängt natürlich davon ab, wie ernst man es mit ihm meint. Grob geschätzt könnte man sagen, nach dem vierten Date, aber lange vor dem ersten Treffen mit den Eltern.

Julia war in den letzten Wochen immer misstrauischer geworden, weil ich ihr häufig abgesagt hatte. Ich hatte mich stattdessen mit Ali zum Essen, ins Kino, zum Spaziergang im Tiergarten und zum Shoppen verabredet. Es wurde höchste Zeit, sie einzuweihen. Zumal ich Julia gegenüber nichts weiter von dem »passablen« Mann, dem ich in Aachen begegnet war, erzählt hatte. Das wollte ich erst bei einer persönlichen Begegnung aufklären.

Um Ali nun mit meiner Freundin zusammenzubringen, bestellte ich einen Tisch in einem feinen Berliner Restaurant. Wie würde sie auf Ali reagieren? Würde sie ihn mögen? Schließlich war sie diejenige, die am meisten vor türkischen Männern gewarnt, sie zur Hölle verdammt hatte – und ich konnte mich da nicht einmal ausnehmen. Jetzt kam ich mir wie eine Verräterin vor.

Ali parkte gerade seinen Wagen vor dem Lokal, als ich mich kurzfristig entschied, ihn doch auf Julia vorzubereiten. Aber er unterbrach mich und sagte: »*Hayatım*, mein Leben, mach dir keine Gedanken, wir werden uns gut verstehen.«

Wenn er wüsste, wie vehement Julia mir von sämtlichen türkischen Männern abgeraten hat, würde er bestimmt nicht so denken, ging mir durch den Kopf, aber ich sagte nichts. Wir betraten also das Restaurant, und ich schaute mich nach Julia um.

»Hallo, Süße, schön, dass ihr auch schon da seid«, sagte sie zynisch.

»Es tut mir leid, ich habe getrödelt«, antwortete ich.

»Nein, ich muss mich entschuldigen. Es war meine Schuld, weil ich keinen Parkplatz gefunden habe.« Das mit dem Parkplatz stimmte nicht, er hatte sofort einen gefunden. Dann fügte er hinzu: »Hallo, ich bin Ali, und du bist bestimmt Julia.«

»Ach nee, *der* Ali!« Julia grinste mich an. Schnell hatte sie durchschaut, dass es um den Mann aus Aachen ging.

Ali lächelte Julia freundlich an und gab ihr die Hand. Das war alles. Er kam, sah und siegte. Innerhalb von zehn Sekunden hatte er meine Freundin in seinen Bann gezogen. Wieso hatte ich mir eigentlich Sorgen gemacht? Julia lächelte zurück und sagte: »Und das mit der Verspätung, das macht wirklich nichts. Es war doch nur eine halbe Stunde. Wir haben gern auf Hatices neuen Freund gewartet.«

Ich schaute Julia verwundert an und konnte es nicht glauben. Sie hasst unpünktliche Menschen und faucht jeden an, der es wagt, auch nur fünf Minuten zu spät zu kommen. Aber ich hatte keine Gelegenheit, mit ihr darüber zu sprechen. Ali sofort war ich für sie nicht mehr anwesend. Sie ignorierte mich den ganzen Abend lang. Mir war das nur recht. Ich hatte erwartet, dass Julia möglicherweise verärgert sein würde, war ich doch mit einem türkischen Mann aufgekreuzt.

Das Gegenteil war der Fall. Julia stellte Ali unseren Freunden am Tisch vor: »Also, das ist Karsten und seine Frau Christiane, Ralf und Elke, und dies ist mein bester Freund Michael. Leute, hier ist Hatices Freund Ali.«

»Hallo, es freut mich, die Freunde von Hatice kennenzulernen. Besonders freut es mich aber, Julia, dir persönlich zu begegnen. Hatice hat mir schon viel von dir erzählt.« Ali versprühte wieder seinen Charme.

Er setzte sich neben meine Freundin, rief den Kellner heran und sagte: »Würden Sie uns bitte eine Flasche Champagner bringen?« Der Kellner eilte davon, und Ali beugte sich zu Julia und fragte sie leise: »Trinkst du das auch so gern wie ich?«

Meine Freundin strahlte. Mit Speck fängt man Mäuse, und Julia fängt man mit Champagner. Im Türkischen sagt man von jemandem, der es schafft, dass die Menschen an seinen Lippen hängen: »*Ağzından bal damlıyor* – es fließt Honig aus seinem Mund.« Ich hatte den Eindruck, dass aus Alis Mund wahre Sturzbäche von Honig strömten.

Es dauerte keine halbe Stunde, bis ich beobachten konnte, wie Julia sich durch ihre Haare strich, sich zu ihm wandte, ihn anstrahlte und versuchte, seinen Arm zu berühren. Ich war sprachlos. Später flüsterte sie mir ins Ohr: »Mein Gott, der ist ja klasse. Und er sieht so gut aus.« Es war, als hätten unsere Diskussionen über türkische Männer nie stattgefunden.

Am Ende des Abends ging es ans Bezahlen. Sofort sagte Ali: »Männer, das übernehmen wir.« Und die vier teilten die Rechnung unter sich auf.

Wir erhoben uns langsam von unseren Plätzen, Karsten, Ralf und Michael schnappten sich ihre Jacken und diskutierten, wer mit wem nach Hause fährt. Ali half mir zuerst in den Mantel, nahm dann den anderen Frauen die Mäntel aus dem Arm und war auch ihnen behilflich. Zum Abschied streckte er Julia die Hand entgegen und sagte: »Vielen Dank für den schönen Abend. Es hat mich wirklich sehr gefreut, dir zu begegnen.« Seine Hand blieb jedoch in der Luft hängen, weil sie ihn herzlich umarmte. Sie gab ihm, sehr türkisch, Küsse auf beide Wangen. Mir hauchte sie dann zu: »So einen gut aussehenden Freund kriegst du nie wieder. Wenn du ihn nicht willst, dann nehme ich ihn.«

5 *Lieferzeit: Neun Monate*

Ich lag gerade auf meinem kuscheligen, antiflecken-teflonbeschichteten Sofagebirge, das mir meine Mutter bei ihrem letzten Besuch in Berlin nach heftigen Diskussionen gekauft hatte. Sie wollte mir, wie sie sagte, damit etwas Gutes tun. Schließlich, so ihre Begründung, kämen demnächst Tante Fadime und Onkel Abdullah vorbei, um mich zu besuchen. Aber nicht nur mich.

Türkische Familien sind groß und gehen gern auf Besuchstour, und deshalb benötigt man zahlreiche Sofas, auf denen alle Mitglieder Platz haben. Die türkische Standardkombination aus mehreren Zwei- und Dreisitzsofas sowie etlichen zusätzlichen Sesseln wird problemlos belegt. Und gibt es einmal doch Platzmangel, quetscht man sich einfach auf die Armlehnen. Mein Vater, der uns in das türkische Möbelgeschäft gefahren hatte, hielt sich wie gewöhnlich aus allem heraus. Während meine Mutter mit Probesitzen beschäftigt war, flüsterte er mir ins Ohr: »Da mische ich mich nicht ein, sonst bleibt die Küche wieder tagelang kalt.«

Na, klasse, dachte ich. Da hat man einen waschechten Patriarchen im Haus, aber der ist mittlerweile so durchsetzungsfähig wie ein Samtkissen.

Ich habe immer wieder die Beobachtung gemacht, dass türkische Frauen ihre Ehemänner führen, deutsche Frauen ihre

Ehemänner jedoch vorführen. Bei meinen Eltern entscheidet meine Mutter, wann und in welcher Ausführung ein neues Möbelstück gekauft wird. Und ihre Begründung ist simpel: Schließlich sei sie ja den ganzen Tag zu Hause.

Nur mit Mühe konnte ich meine Mutter davon abhalten, mir im *Çeyiz Evi*, dem türkischen Aussteuerhaus in der Kreuzberger Oranienstraße, noch die komplette Kollektion der traditionell türkischen Kissenbezüge – verziert mit kitschigen Blumenmotiven – zu besorgen, die gehäkelten Deckchen für Tisch, Sofa, Fernseher und Schränke, dazu ein Plastikgemälde mit türkischer Landschaft und ein Zuckerwürfeltöpfchen mit passender Zange. Immer, wenn meine Mutter in diesem Geschäft steht, glänzen ihre Augen wie Schokoladeneinwickelpapier oder wie die eines Kindes, das man nachts in einem Süßwarengeschäft vergessen hat. Für mich ist das Sammelsurium an gerüschter Bettwäsche, goldverzierten Pantöffelchen und bunt leuchtenden Plastikmoscheen ein Graus.

Türken fangen gleich nach der Geburt ihrer Töchter an, eine große Kiste mit Aussteuer zu bestücken. Es gibt sogar ein eigenes türkisches Sprichwort für diese Tradition: »*Kız beşikte, çeyiz sandıkta*«, was so viel bedeutet wie: »Liegt das Mädchen in der Wiege, fülle die Truhe mit Aussteuer.« Der Inhalt dieser Truhe ist das Eigentum des Mädchens. Als junge Frau nimmt sie die Kiste in das Haus ihres zukünftigen Ehemannes mit. Meine Mutter hat uns erzählt, dass eine prall gefüllte Truhe am Tag ihrer Hochzeit, feierlich begleitet von Musik, aus dem Haus ihrer Eltern getragen und in ihr neues Zuhause gebracht worden war. Heute macht man das allerdings nicht mehr. Stattdessen wird die Aussteuer bei der Hochzeit für alle Verwandten und Freunde sichtbar ausgestellt. Und gegen die neidischen Blicke helfen ein paar getrocknete Nelken und Schwarzkümmel, die in die Kiste gestreut werden. Aber niemals, so meint meine

Mutter, dürfe ein Taschentuch mit hinein, denn ein solches sei ein Zeichen für eine kommende Trennung. Würde es in der Kiste liegen, würde es während der Ehe nur dazu genutzt werden, sich die Tränen zu trocknen und schließlich Lebewohl zu sagen. Allerdings ist das allein eine Erklärung meiner verrückten Mutter. Sie sagt auch, dass man seine Wäsche donnerstags waschen solle, das würde Reichtum bringen. Und nach Sonnenuntergang dürfe man nie pfeifen, das würde den Teufel anlocken.

Zum Glück hat die Truhe heute meist nur noch symbolischen Wert. Auch deshalb, weil Dutzende Küchengeräte, das mehrteilige Tafelservice und die vielen goldenen Tassen und Gläser gar keinen Platz darin fänden. Unabhängig davon liebt meine Mutter diese Aussteuerhäuser. Ich vermute, es liegt daran, dass sie sich hier wieder jung fühlt. Wenn mein Vater und ich versuchen, sie aus dem Laden zu zerren, zischt sie: »Mir braucht ihr nichts zu erzählen. Ich habe meine Aussteuer noch selbst genäht, bis meine Finger blutig waren.«

Ich lag also auf meinem Sofa, um mich herum Dutzende von Kissen, im Fernseher lief tonlos *Die Super Nanny*, und auf meinem Bauch hatte ich eine Familienpackung Vanilleeis platziert, aus der ich gerade mit einem Suppenlöffel den letzten Rest herauskratzte. Ich telefonierte mit Julia. Gerade hatte ich ihr das Sofamonster beschrieben, das mir meine Mutter ins Haus gebracht hatte, da unterbrach ein durchdringender Schrei mit beachtlicher Dezibelzahl unsere Unterhaltung.

»Was war denn das?«, rief ich erschrocken ins Telefon.

»Ach, das sind nur Eusepius und Lenelies«, erklärte Julia den Lärm. Seit meine Freundin im Prenzlauer Berg wohnt, lerne ich Kindernamen kennen, die ich zuvor höchstens für eine kappadokische Gebirgslandschaft gehalten hätte. In Julias Nachbarhaus ist eine kinderreiche Familie eingezogen, und wenn meiner Freundin langweilig ist, geht sie neuerdings auf ihren Balkon. Da hat sie *Raumschiff Enterprise*, *Unser Charly* und *Lindenstraße* – alle Programme auf einmal, ohne Fernsehen gucken zu müssen.

»Wo waren wir stehen geblieben?«, fragte Julia, nachdem Lenelies' und Eusepius' Mutter, die die indirekte Form des pädagogischen Handelns bei schlechtem Benehmen in der Öffentlichkeit – also total ignorieren – praktizierte, endlich Mitleid mit den Nachbarn bekommen und ihre Kinder ins Haus gerufen hatte.

»Mir ist in letzter Zeit immer so komisch. Und seit einigen Tagen kann ich morgens meinen Latte macchiato nicht mehr riechen, geschweige denn trinken. Ich glaube, ich werde krank«, klagte ich.

»Hast du dir vielleicht die Noroviren eingefangen?«, fragte sie besorgt.

Seit wenigen Wochen tobte ein solcher Grippevirus gnadenlos durch die Stadt und hatte allein in fünf Tagen über tausend Berliner befallen.

»Nein, so schlimm ist es nicht. Mir ist nur übel, ich habe ein Ziehen in den Oberschenkeln, und ich könnte den ganzen Tag lang schlafen.«

»Warst du beim Arzt?«, fragte Julia.

»Nein, nur in der Apotheke.«

»Aber du musst zum Arzt, wahrscheinlich hast du doch den Virus.«

»Nein, ich habe den Virus nicht, Julia!«

»Ist ja gut, ich mache mir nur Sorgen. Außerdem gehen mir deine Stimmungsschwankungen und deine Hysterie in den letzten Wochen ziemlich auf die Nerven. Was ist denn los mit dir?«

»ICH BIN NICHT HYSTERISCH!«

»Warte mal«, sagte Julia plötzlich. »Du leidest an Übelkeit?«

»Ja.«

»Du hattest Ali noch nie so häufig im Arm wie in diesen Tagen die Kloschüssel?«

»Hä?«

»Du bist ständig müde?«

»Ja.«

»Stimmungsschwankungen haben wir ja schon festgestellt.«

»Die hast du mir gerade vorgeworfen.«

»Und du suchst im Kühlregal verzweifelt nach Joghurts mit den Geschmacksrichtungen Erdbeer-Essig, Himbeer-Salami und Gurke-Schokolade?«

»Jule, was willst du mir sagen?«

»Oh, mein Gott.«

»Was?«

»Hatice, du bist schwanger.«

Mir wurde heiß und kalt zugleich. Konnte das sein? Konnte ich schwanger sein? Wollte ich überhaupt schwanger sein? Ich war mitten in meiner Karriereplanung und erst einige Monate mit Ali zusammen. Ein Kind von ihm – mir erschien das viel zu früh. Und überhaupt, hatte ich nicht schon vor einem halben Jahr Heißhunger auf Hähnchenbrust mit Nutella-Chili-Soße gehabt? Und da war ich definitiv nicht schwanger.

»Julia, ich melde mich gleich wieder«, rief ich ins Telefon, lief ins Bad und gab meine Familienpackung Vanilleeis in hohem Bogen von mir. Ich erinnerte mich daran, dass mir in dieser Form zuletzt vor etwa zehn Jahren übel war, nachdem ich versucht hatte, meinen damaligen Freund Edward davon zu überzeugen, dass es für eine Anatolin ein Leichtes sei, einen Iren unter den Tisch zu trinken. Es wurde die schrecklichste Nacht meines Lebens, und der nächste Tag war sogar noch schlimmer. Ich robbte über den nackten Boden und versuchte jaulend, ins Bad zu gelangen.

Von der Schläfrigkeit der Schwangeren hatte ich schon einmal gehört. Und ich erinnerte mich auch daran, dass meine Schwester Fatma während ihrer Schwangerschaften himmelhoch jauchzend oder zu Tode betrübt war. Weitere Symptome sollten besonders großer Appetit und Heißhunger auf die abenteuerlichsten Speisen sein. Aber das mir bekannteste Indiz für eine Schwangerschaft war Übelkeit. So viel wusste ich immerhin über eine erfolgreiche Zusammenführung männlicher Samen mit einer weiblichen Eizelle.

Es konnte also durchaus stimmen, was Julia vermutete. Bei diesem Gedanken fiel mir ein, dass ich sie zurückrufen wollte.

»Ich kann mir nicht vorstellen, dass ich schwanger bin«, sagte ich zu ihr. Ich konnte mir die Symptome schließlich auch nur eingebildet haben. Ali hatte ich zwar als Vater meiner Kinder auserkoren, aber dass es so schnell gegangen war …

»Fang jetzt bloß nicht an zu spekulieren. Ich komme gleich vorbei, und unterwegs kaufe ich dir einen Schwangerschaftstest.«

»Bitte, nicht nur einen. Besorge vier. Ich will ganz sicher gehen.«

Als Julia bei mir ankam, holte sie tatsächlich vier kleine Schachteln aus ihrer Tasche, die sie mir wie Trophäen vor die Nase hielt.

Ich verzog mich in die Toilette, und sobald ich einen Test meiner Ansicht nach erfolgreich absolviert hatte, legte ich ihn im Wohnzimmer auf den Tisch. Julia hatte dort alles unter Kontrolle.

»Du bist schwanger! Jetzt glaub es doch endlich«, brüllte Julia schließlich in Richtung Badezimmer. Mittlerweile hatte ich sämtliche Tests benutzt. Der erste zeigte im Ergebnisfenster das Zeichen für ein »Plus«. Im zweiten Fenster war eine zusätzliche blaue Linie zu sehen. Im dritten waren es rote Striche.

Und im vierten Ergebnisfenster stand, eindeutiger geht es nicht: »schwanger«.

Julia konnte gar nicht mehr aufhören zu schreien. Sie sprang auf die Sofalandschaft, wirbelte den vierten Schwangerschaftstest durch die Luft und quietschte: »Ich werde Patentante!«

»Julia, reg dich wieder ab. Muslime haben keine Patentanten.«

Meine Hände zitterten, mein Atem ging stockend, und mein Herz raste wie verrückt. Ich setzte mich wie in Trance auf die kalten Fliesen im Badezimmer und fixierte einen Punkt weit jenseits der Kacheln. Irgendwann, nach gefühlten drei Stunden – Julia war längst verschwunden, meinte, mit mir könne man nicht mehr reden – griff ich nach einem Test und starrte auf das Ergebnis. So sah es also aus, wenn man plötzlich schwanger ist – rote Striche. Aber warum fühlte es sich so komisch an?

Mir schossen tausend Dinge durch den Kopf. Wann war es passiert? Was würden meine Eltern sagen? Und wie würde Ali reagieren? Wie sollte ich es ihm überhaupt sagen? Romantisch? Sachlich? Mit kleinen bestickten Babyschühchen? Oder gar nicht? In solchen Momenten kommt man auf die absurdesten Gedanken.

Ich hatte einmal von einer Bekannten gehört, die sieben rosafarbene und blaue Ballons beschriftete. Auf einem stand »Du wirst Papa«, auf dem zweiten »Ich liebe dich« und auf dem dritten »Endlich«. Auf die vier anderen schrieb sie Kindernamen, die sie schön fand. Mit den Ballons im Kofferraum fuhr sie zur Firma ihres Mannes und ließ sie vor seinem Bürofenster im siebten Stock in den Himmel steigen. Nicht ohne ihn kurz vorher per Handy aufzufordern, er möge doch bitte einmal aus dem Fenster schauen. Ihr Mann sah die Ballons, rannte die sieben Stockwerke auf der Nottreppe hinunter, stürzte seiner Frau in die Arme und wirbelte sie herum. Was für eine Riesenfreude! Ich wäre wahrscheinlich im Erdboden versunken – vor Scham. So viel Romantik löst bei mir Allergien aus.

Wenn Stefan, mein ehemaliger Freund, mich ärgern wollte, sagte er, dass er Linda de Mol anrufen würde, um mir vor der ganzen Fernsehnation einen Heiratsantrag zu machen. Für mich war das kein Versprechen, sondern eine wüste Drohung.

Mir rasten die verrücktesten Überlegungen durch den Kopf: Wow, ich bin schwanger – ohne verheiratet zu sein. Toll, ich werde ein Kind bekommen. Aber kann ich jemals wieder auf Partys gehen? Wie kann ich es eigentlich verantworten, ein Kind in diese grausame Welt zu setzen? Ha, ich sorge dafür, dass Deutschland nicht ausstirbt. Der ganz normale Gedankenterror einer Neuschwangeren eben!

Ich bekam also ein Kind, und bisher wussten nur zwei Menschen davon – meine beste Freundin Julia und ich. Einer, der an dieser Aktion besonders intensiv beteiligt war, hatte allerdings noch keine Ahnung. Ali!

Doch ich hatte immer noch keine Vorstellung davon, wie ich es ihm sagen sollte. Nur eines war klar: selbstverständlich ohne Babyschühchen und bunte Luftballons!

In den nächsten Tagen stand ich häufig vor dem Spiegel und übte unterschiedliche Verkündungsversionen:

»Herzlichen Glückwunsch! Du wirst Vater!«

Das hörte sich an, als sagte man: »Herzlichen Glückwunsch, Sie haben gerade ein Topfset gewonnen.«

Oder: »Hallo, Papa!« Und dazu konnte ich ein großes Joker-Grinsen aufsetzen.

Nein, das ging auch nicht.

Oder sollte ich ihm die Schwangerschaftstests unter die Nase halten? Einen als Geschenk eingepackten Schnuller auf den Teller legen? Ein aus dem Internet ausgedrucktes Formular zur Vaterschaftsanerkennung?

Es gibt unendlich viele Möglichkeiten, aber egal, wie man einem Mann verkündet, dass er Vater wird, ob mit deutlichen Worten, mit Gebrüll oder rührseligen Einfällen – es braucht immer gleich lang, bis die Mitteilung im männlichen Gehirn angekommen ist. Warum also sich anstrengen? Es gibt jedoch ein türkisches Sprichwort, das besagt: »*Güler yüzlü sirke satıcısı, ekşi yüzlü bal satıcısından fazla kazanır* – ein lachender Essigverkäufer macht bessere Geschäfte als ein Honigverkäufer mit griesgrämiger Miene.« Also gut, dachte ich, ich werde mich ins Zeug legen.

Ich nahm mir vor, noch ein bisschen zu üben und ein paar Tage zu warten, denn diese Botschaft wollte gut vorbereitet sein. Ich hatte einen Tisch in dem Restaurant reserviert, in das er mich bei unserem ersten Date eingeladen hatte.

»Warum willst du unbedingt ins Da Marco?«, fragte er mich neugierig. »Ich dachte, du magst Wilmersdorf nicht.«

»Ach, ich habe eben Lust auf scharfe Pasta all'arrabiata! Und schließlich kann das Restaurant ja nichts dafür, dass es in diesem piefigen Stadtteil liegt.«

Ich hätte auch sagen können, dass mir die Art gefällt, wie dort die Servietten gefaltet werden. Ali ist so gutgläubig, er hätte auch das akzeptiert. Also zogen wir ins Da Marco. Ich bestellte wie immer Prosecco mit einem Schuss Aperol und versuchte, ein lockeres Gespräch anzufangen.

»Und, wie war es im Büro?«

»Was ist denn mit dir los? Seit wann willst du mit mir über das Büro reden? Fehlt nur noch, dass du sagst: ›Na, Schatz, wie war dein Tag?‹ Muss ich mir Sorgen machen, habe ich wieder einmal etwas angestellt, was dir nicht gelegen kam? Dir nicht das richtige Kompliment gemacht? Nicht sofort bemerkt, dass du beim Friseur warst? Oder dir nicht oft genug gesagt, dass du schlank bist?«

Oh, ja, mein Lieber! Das kann man wohl sagen, dass du diesbezüglich eine Menge falsch gemacht hast. Türkische Frauen wollen beispielsweise immer hören, dass sie sehr schlank sind. Aber um diese Dinge ging es jetzt nicht, deshalb sagte ich:

»Ali, *hayatım*, wie lange sind wir jetzt zusammen?«

»Mmm, nach meiner Rechnung sind es genau sechs Monate und vierzehn, nein, sechzehn Tage.«

Ali wusste es wieder einmal genau, ganz genau. So wie er seinen Geburtstagskalender führte, so konnte er über unsere Beziehung Buch führen. Hätte ich ihn nach Ort, Bewölkungsdichte und Zahl der Stunden gefragt, die an dem Tag unseres ersten Dates die Sonne schien (oder nicht), er hätte es mir mit Sicherheit beantworten können. Wichtig ist ihm auch, dass er vier Monate und zwei Tage älter ist als ich.

Mir sind solche präzisen Daten egal. Ali aber legt sehr großen Wert darauf. So großen, dass er an seinem neuen Auto nicht nur unsere Initialen HA auf das Nummerschild setzen ließ, sondern auch das Datum des Tages, an dem wir uns das erste Mal geküsst haben. Das war für ihn das Zeichen, dass wir zusammenbleiben.

Autokennzeichen mit Personenbezug sind unter türkischen Männern weit verbreitet und ein gängiger Liebesbeweis. Mein Bruder Mustafa liebt es, damit anzugeben. Früher hatte er die ganze Heckscheibe seines BMWs mit Sprüchen wie: »*Var mı ulan bana yan bakan* – was guckst du?« beklebt. Oder: »*Amma gaz yaptın* – gib Gas!« Und als er einmal kurzzeitig in Bochum wohnte, schwörte er auf sein neues Nummernschild: BO-EY. Ungelogen.

An das Datum auf Alis Autokennzeichen – der Tag unseres ersten Kusses – kann ich mich allerdings kaum erinnern. Vielleicht liegt es daran, dass der erste Kuss für mich nicht bedeutete, dass ich mit diesem Mann zusammenbleiben wollte. Erst als

Kopf und Herz endlich Frieden miteinander geschlossen hatten und ich entschlossen war, es mit diesem Mann zu versuchen, da war es um mich geschehen. Und das war eben ein anderer Tag, aber den verrate ich Ali nicht. Von dem Tag, den Ali für sich notiert hat, weiß ich nur, dass wir mit vielen Freunden in einem Berliner Club gefeiert haben. Ich kann mich noch daran erinnern, dass ich mit meinem russischen Freund Alexej zu »Moskau, Moskau« von Dschinghis Khan getanzt habe. Und wie es das Lied verlangt, schmiss ich am Ende Gläser an die Wand.

»So lange sind wir schon zusammen?«, sagte ich nun verwundert. »So schnell wollte ich nicht mit dir alt werden.« Mist, dachte ich, eigentlich wollte ich hier unsere Beziehung nicht mit der Krönung aller deutschen Liebesbeziehungen auf den Arm nehmen. Es ging mir um etwas anderes, viel Wichtigeres.

Ich versuchte nun, das Gespräch mit dem türkischen Kosewort *hayatım* in die richtige Richtung zu lenken. *Hayatım* bedeutet so viel wie »mein Leben, mein Ein und Alles, du bist der Grund, warum ich morgens aufstehe, der letzte Gedanke vor dem Schlafengehen«. So ist das mit türkischen Kosenamen. Ein Wort sagt mehr als tausend Sätze.

»Schau mal, *hayatım*«, nahm ich jetzt Anlauf, wusste dann aber nicht weiter. »*Scusi*«, rief ich in meiner Verzweiflung dem Kellner zu: »Könnte ich noch ein Wasser bekommen? Und einen Grappa für meinen Freund?«

Das verschaffte mir ein paar weitere Minuten, um mir die richtigen Worte einfallen zu lassen.

Du bist doch sonst nicht auf den Mund gefallen, dachte ich. Du wirst doch kein Problem haben, deinem Freund zu sagen, dass du ein Kind von ihm erwartest.

Aber in diesem Fall merkte ich, dass ich sehr wohl ein Problem hatte.

»*Canım*«, rief ich plötzlich, was ähnlich verwendet wird wie *hayatım.* »Lass uns anstoßen, anstoßen auf uns, auf unsere Liebe, auf unsere kleine Familie!«

Jetzt war es raus. Ich hatte gehofft, dass Ali diesen Wink mit einer ganzen Brigade an Zaunlatten verstehen würde. Doch da unterschied er sich kaum von einem deutschen Hans. Wie es das türkische Sprichwort so treffend sagt: »*Anlayana sivri sinek saz, anlamayana davul zurna az* – dem Verständigen ist das Summen der Mücke ein Trommelgewitter, dem Begriffsstutzigen nicht mal ein Orchester ausreichend.« Er lächelte freundlich, warf mir einen Kuss zu und erhob sein Glas. Ich wartete noch einen Moment, aber es kam keine weitere Reaktion von ihm.

»Also, *hayatım*, du hast ja gesehen, dass es mir seit einigen Wochen nicht so gut geht.«

»Bist du krank? Warst du beim Arzt?«, fragte er mit besorgter Miene. Natürlich waren ihm meine Stimmungsschwankungen nicht entgangen, aber eine solche Feststellung wäre ihm nie über die Lippen gekommen.

»Nein, beim Arzt war ich nicht, nur in der Apotheke.«

»Was willst du damit sagen?«

»Ich weiß jetzt, warum mir immer so übel ist und ich dich morgens grundlos beschimpft habe.«

»Das ist schon okay. So bist du eben.«

»Jetzt unterbrich mich bitte nicht!«

»Ich sage ja schon nichts mehr«, lenkte er ein.

»Also, *canım*, wir bekommen ein Baby!«

Ali starrte mich an. In nur wenigen Sekunden wechselte seine Gesichtsfarbe analog zur gesamten Farbpalette eines Regenbogens. Er wurde rot, rosa, weiß bis kreidebleich. Seine Hand schien am Glas festgewachsen zu sein.

»*Ben baba*?«, stammelte er nur, was so viel bedeutet wie: »Ich Vater?«

»*Ben baba*, ja, du, nicht ich. Ich Mutter.«

»*Ben baba.*« Ali wiederholte sich, doch nach einer kurzen Pause schrie er: »*Heeeeeyt, ben baba oluyorum*!« und kippte den ganzen Grappa auf einmal in sich hinein. Das könnte man übersetzen mit: »Hossa, ich werde Vater.«

Plötzlich, ohne Vorwarnung, sprang er auf seinen Stuhl, schwang seine Hüften vom Orient bis zum Okzident und tanzte wie der türkische Sänger Tarkan in seinen besten Videos. Dazu rief er, nein, sang er: »Wir bekommen ein Baby. *Ben baba oluyorum. Otteniamo un bambino*!«, bis auch der letzte Anwesende im Lokal gemerkt hatte, was los war.

Der Kellner griff zur Grappa-Flasche, kam angerannt und schenkte sich und Ali großzügig ein und schmetterte: »*Congratulazioni!*«

Als sich die Lage wieder etwas beruhigt hatte, wollte ich einen großen Schluck aus meinem Prosecco-Glas nehmen. Doch Ali nahm es mir aus der Hand und sagte energisch: »Damit ist jetzt Schluss!«

Statt Prosecco gab es ab sofort nur noch Pellegrino. Bitter, aber nur zu verständlich. Am Ende des Abends rief er dann auch noch öfter: »*I am the king of the world*!« Aber das hatte, glaube ich, eher etwas mit seinem Grappa-Konsum zu tun.

Und ich? Ich war glücklich. Denn ich hatte einen Freund, der zuverlässig war wie ein Deutscher, sich kleidete wie ein Italiener, feierte wie ein Russe und sich freute wie ein Türke – über unser gemeinsames Kind.

Noch am nächsten Tag fingen wir an, nach Namen zu suchen. Bis zu diesem Zeitpunkt war ich davon ausgegangen, dass ich einen Freund mit Stil hatte. Niemals hätte ich vermutet, dass der Mann, mit dem ich Bett, Tisch und Leben teilen wollte, einen derart unmöglichen Geschmack hatte, was Kindernamen betraf. Diese Namensfindung wurde zur ersten großen Herausforderung für unsere Beziehung.

Als wir Namen wie Nagehan, Acuner und Gamze überstanden hatten, schien es mir, als könnte uns keine Katastrophe der Welt mehr auseinanderbringen. Nichts gegen diese Namen, im Türkischen haben sie wunderbare Bedeutungen. Nagehan ist der Ausruf für »plötzlich« oder »unerwartet«, was in unserem Fall sogar treffend gewesen wäre. Acuner verheißt Großes, nämlich einem »weltweit bekannten jungen Helden«, und Gamze steht für das »Wangengrübchen«. Aber für Deutsche klingen die Namen wie Figuren aus Science-Fiction-Filmen. Was hatte ich früher immer darunter gelitten, dass hierzulande niemand meinen Namen richtig aussprechen konnte.

Will man die Bedeutung deutscher Vornamen herausfinden, muss man in einem Namenslexikon nachschauen. Türkische Vornamen hingegen stehen häufig für Begriffe, die im Alltag verwendet werden. Deshalb reicht für eine Recherche meist ein Wörterbuch. Melek zum Beispiel ist ein beliebter weiblicher Vorname und ist mit »ein Engel« zu übersetzen. Deniz ist »das Meer« und Lale »die Tulpe«.

Nachdem also Nagehan, Acuner und Gamze ausgestanden waren, konnten Ali und ich uns dennoch nicht einigen. Jedes Mal, wenn einer von uns einen neuen Vorschlag unterbreitete, brach heftiger Streit aus. Deshalb beschlossen wir, Freunde und Verwandte um Hilfe zu bitten. Aber das war eine ganz schlechte Idee. Viele Wochen war Eda mein Favorit, weil dieser Name sowohl ein türkischer als auch ein deutscher weiblicher Vorname ist, bei der Aussprache konnte man nichts falsch machen. Die türkische Schreibweise ist jedoch nur mit einem »d«, und der Name bedeutet in etwa »eine liebenswerte Art«.

»Eda? Das geht gar nicht«, protestierte Julia lautstark, als ich davon erzählte. »Bei Eda sehe ich ein kleines Mädchen mit dicken Beinen, das auf dem Spielplatz die Jungs verprügelt.« Damit war auch dieser Name von der Liste gestrichen.

Bei den Jungennamen bevorzugte ich Kaan. Aber Ali behauptete, dass ein alter Schulfreund von ihm so heißt, und den könne er überhaupt nicht ausstehen. Also beschloss ich, über meine weiteren Favoritennamen zu schweigen. Ich wusste nur eins: Mein Kind wird in Deutschland groß werden, und es braucht einen Namen, den auch Deutsche nichttürkischer Herkunft mühelos richtig aussprechen können. Ich war durchaus bereit, es nach meiner Mutter oder sogar Alis Mutter zu nennen, aber erst an dritter oder vierter Stelle. Der Rufname jedoch musste schön klingen, nicht zu gewöhnlich sein und gut zum Nachnamen passen. Und es war mir egal, sollte er so europäisch klingen, dass unsere Verwandten sagen würden, dies sei kein muslimischer Name, das Kind käme nicht ins Paradies. Es kann ja immer noch ins deutsche Paradies, dachte ich, da ist es bestimmt auch ganz schön.

Nach einigen Wochen legte sich allmählich die Übelkeit. Dafür fühlte sich die Gegend um meinen Jeansknopf an wie nach dem Verzehr eines ganzen Lammes. Meine Mutter wusste noch immer nichts von meiner Schwangerschaft, aber wie bei jedem meiner Besuche in dieser Zeit fuhr sie Gerichte auf, als gelte es, die gesamte Sippe zu verköstigen. Auf dem Tisch standen Schalen mit dampfenden, reich gewürzten Speisen, knusprige *sigara böreği*, mit Schafskäse gefüllte Teigröllchen, *sarma*, mit Reis gefüllte Weinblätter, dazu *karnabahar kızartması*, gebackener Blumenkohl, *patlıcan ezmesi*, Auberginenmus und *puf böreği*, die Puff-Pastete – ein himmlisches Teiggericht, das beim Backen sehr schön aufgeht, daher der ungewöhnliche Name.

Im Unterschied zu sonst sprach ich dem üppigen Speisenangebot freudig zu. Was hatte ich plötzlich für einen Appetit! Aber es hinterließ eben seine Spuren: Eine Hose, die ich letzte Woche noch problemlos tragen konnte, passte plötzlich nicht mehr. Konnte es sein, dass nach so kurzer Zeit diese kleine liebe Kugel in mir schon so kräftig heranwuchs? Wenn Tim, mein Fitnesstrainer, das gesehen hätte, er hätte mich sadistisch gequält. Konnte er aber nicht, weil ich einfach nicht mehr hinging. Mein Wunsch nach dem Trizeps von Madonna rückte dadurch endgültig in unerreichbare Ferne. Sechs Kilo hatte ich schon zugenommen. Und ich wusste ganz genau, dass man in den ersten drei Monaten einer Schwangerschaft nicht so viel an Gewicht zulegt, außer wenn man zu viel isst. Und genau das tat ich.

Anfangs konnte ich noch auf Schwangerschaftskleidung verzichten. Ich wandte einfach den Gummitrick an, indem ich ein ganz besonders elastisches Haargummi nahm, es um den Hosenknopf wickelte, durch das Knopfloch zog und anschließend wieder zurück um den Knopf schlang. So rutschten mir die Hosen nicht vom Po, saßen aber vorne nicht mehr so eng. Ich musste nur längere Oberteile anziehen, weil die Hose oben offen stand.

Allein schon dieses Wort: Umstandsmode. Entweder man sieht aus wie ein laufendes Einfamilienzelt oder wie ein zu dickes Girlie. Meine Schwestern trugen so weite Kleidung, dass sie ihre Schwangerschaften locker bis zum neunten Monat verheimlichen konnten. Meine deutschen Freundinnen hingegen waren da schon etwas mitteilungsbedürftiger. Eine von ihnen holte während ihrer Schwangerschaft die Hippie-Zeit nach: Als ihre normalen T-Shirts vorne herum zu kurz wurden, drapierte sie einfach eine bunte Bauchbinde um die Haut zwischen Hosenbund und T-Shirt-Rand. Manchmal überraschte sie auf einer Party die Gäste auch mit selbst entworfenen T-Shirts, auf denen Sprüche wie »Made in Berlin« oder »Lieferzeit: Neun Monate« standen. Oder besonders originell: »Baby an Bord«, mit einem roten Pfeil, der nach unten zeigte. Ich wollte nicht so herumlaufen wie meine Schwestern, aber die bauchfreien Modelle waren für mich auch keine Alternative.

Meine Mutter ist – erwartungsgemäß – ebenfalls der Ansicht, dass die Kleidung einer Schwangeren ihren Bauch kaschieren sollte. Das hatte sie bei meinen Schwestern oft genug betont. Sie nähte die Kleider, die sie während ihrer sechs Schwangerschaften trug, noch selbst. Sie waren, wenn ich mir die entsprechenden Fotos betrachtete, lang, weit, also ohne Taille, aus schwerem Samt oder Baumwolle und mit reichlich orientalischen Mustern versehen. Aber das war mir zu viel Tradition. In den Spezialgeschäften für werdende Mütter fand ich allerdings nur Kleidung, die jede Frau in einen unförmigen Sack verwandelte.

Nach Meinung streng muslimischer Männer sind die weiten Outfits perfekt geschnitten. Kein Schlüsselreiz stört die Wahrnehmung. Und noch einen anderen großen Vorteil haben diese Sachen: Locker kann man unter ihnen eine ganze türkische Großfamilie mit fünf Kleinkindern über die Grenze schmuggeln.

Ich war verzweifelt. Bedeutete eine Schwangerschaft nun, nicht mehr schön und chic sein zu dürfen? Schlossen Mutterschaft und Eleganz einander aus? Lustlos streifte ich durch die Kleiderläden, fand das eine oder andere, doch alles waren nur Kompromisse.

Am schlimmsten waren die Schlangen vor den Umkleidekabinen. Dutzende Frauen, mindestens zwanzig Teile Umstandsmode im Arm, warteten genervt auf eine freie Kabine. Normalerweise kann man sich in der Schwangerschaft schnaufend und mit Leidensmiene an solchen Schlangen vorbei nach vorne drängeln und rufen: »Ich kann nicht mehr stehen!« Das ließ ich hier lieber bleiben. Die Frauen hätten mich wahrscheinlich gelyncht.

Was die normale Mode in diesem Sommer anging, da hatte ich allerdings Glück. Zur Wahl standen Hängekleidchen, Oberteile mit unter der Brust gezurrten Empiretaillen, Tunika und Blusen, die weit über den Hintern gingen. Damit sah man sogar schwanger aus, wenn man über Modelmaße verfügte. Für einen Sitzplatz in der U-Bahn war diese Mode allemal geeignet.

Ach, wie liebte ich diese Kleider! Voller Gnade breiteten sie sich über die immer runder werdende Mitte aus.

6 »*Sag doch* anne *zu mir*«

Ali und ich hatten uns sehr deutsch kennengelernt, aber ziemlich schnell türkisch weitergemacht: Im sechsten Monat unserer Beziehung war ich schwanger geworden.

Ich wusste, was geschehen würde, sobald wir meine Eltern einweihten. Die Frage war nur, ob sie erst von Ali oder von Ali und dem Kind erfahren sollten. Wir entschieden uns für Ali solo. Teilten wir ihnen seine Existenz mit, wusste ich: In wenigen Minuten würden die Telefonleitungen zuerst in der Türkei und dann in der restlichen Welt heiß laufen, um auch den entferntesten Verwandten darüber in Kenntnis zu setzen, dass endlich die letzte Tochter mit einem Mann versorgt war. Natürlich konnte dieser Mann nichts anderes als ein zukünftiger Ehemann sein. Mein Vater würde sofort seinen Teppich ausrollen, ein paar Gebete in den Himmel schicken und anschließend bei seinem Lieblingsschafhändler das kräftigste Tier aussuchen, um ein Dankesopfer darzubringen. Meine Mutter würde anfangen, in alten Kisten nach brauchbarer Aussteuer zu suchen, meine Tante Esma würde den ganzen Tag Kaffeesätze deuten, und meine Schwestern würden darüber diskutieren, welcher Mann so verrückt sein kann, sich mit ihrer Schwester einzulassen.

Wenn dies erledigt war, würden sie mich mit Anrufen terrorisieren, um alles über Ali in Erfahrung zu bringen. Bisher hatte ja weder meine Familie Ali zu Gesicht bekommen, noch kannte Alis Familie mich.

Hätten Ali und ich eine normale deutsche Liebesbeziehung, wären wir damit nicht konfrontiert. Wir hätten erst einmal gesehen, ob wir überhaupt zusammenpassen, hätten uns Zeit genommen, um uns richtig kennenzulernen. Bei Gelegenheit wären wir gemeinsam bei unseren Eltern vorbeimarschiert, erst bei meinen, dann bei seinen. Und irgendwann hätten wir ihnen von meiner Schwangerschaft erzählt. Auch das wäre wesentlich einfacher verlaufen, als es bei Türken üblich ist, vor allem unverbindlicher.

Normalerweise hätten sich meine Eltern freuen müssen, dass ihre Tochter jetzt ein Kind bekommt. Endlich konnten sie in Ruhe sterben. Sie wurden ja nicht müde zu betonen, dass es ihnen bei den Nachkommen nur um meine Absicherung im Alter ginge. Und sei es auch nur die emotionale. Für meine Mutter ist es wichtig, dass eines ihrer sechs Kinder an ihrem Bett sitzt und ihr das Glas Wasser bringen wird, wenn sie alt ist. Aber unter den gegebenen Umständen würden sie sich über die Nachricht, Großeltern zu werden, weder freuen, noch könnten sie es verstehen. Denn für sie hätte die Reihenfolge nicht gestimmt: Man heiratet zuerst, und dann bekommt man ein Kind.

Auf das Treffen mit deutschen Eltern kann man sich gut vorbereiten. Sie lassen sich grob in drei Kategorien einteilen: Da gibt es erstens die Zwangsduzer, die einen mit »Du, setz dich doch« begrüßen, einem stolz grünen Tee anbieten, der mit dem Siegel für fairen Handel versehen ist und von guatemaltekischen Kleinbäuerinnen mit der Hand gepflückt wurde. Weihnachten boykottieren sie, weil sie entweder Atheisten sind oder weil sie den Kommerz nicht unterstützen möchten. Ihre Kinder haben sie schon mit drei Jahren aufgeklärt, und für ein ge-

gesundes Körperbewusstsein läuft die ganze Familie nackt durch die Wohnung. Die Mutter ist begeisterte Bauchtänzerin, und der Vater hat die komplette Plattensammlung von The Mamas and the Papas. Man kann sich mit ihnen wunderbar über opportunistische Politiker unterhalten und darüber, dass nur noch die »Heuschrecken« der DAX-Unternehmen schlimmer sind.

Die zweite Kategorie sind feine Leute, die stolz darauf sind, dass man ihren Stammbaum bis ins 14. Jahrhundert lückenlos zurückverfolgen kann. In ihrem Nachnamen ist entweder die Präposition *von* oder *zu* enthalten, im schlimmsten Fall beide. Ihre Kinder waren auf einem Eliteinternat, sprachen schon mit fünf Jahren Englisch, Französisch und Italienisch. Mit sechs Jahren lernten sie Chinesisch, weil China die wirtschaftliche Weltmacht von morgen ist. In ihrem Wohnzimmer, das so groß ist wie ein halbes Fußballfeld, präsentiert sich die ganze Ahnengalerie mit Ururgroßvater und Ururgroßmutter aus Ostpreußen.

Und die letzte Gattung ist die »Wir-sind-eine-rheinische-Frohnatur«-Familie. Diese Eltern haben immer einen Spruch parat, über den sie selbst am lautesten lachen. Sie begrüßen ihre Gäste gern mit »Kommse rein, könnse rausgucken«. Nach jedem Bier sagen sie: »Einen noch, dann ist aber Ende Gelände.« Mit Vorliebe stoßen sie mit »Prostata« an und verabschieden sich mit »Tschüssikowski«. Beim Italiener bestellen sie *»due Espressi«*. Und nach dem dritten Stück Buttercremetorte sagt die Frau des Hauses zu ihrem Gast: »Sach doch Mutti zu mir.«

Die Vorbereitungen auf diese Begegnungen sind überschaubar. Bei Familie eins erwähnt man einfach, dass man selbst nur im Dritte-Welt-Laden einkauft. Familie zwei spricht man am besten nur in der dritten Person an, und bei Familie drei antwortet man auf sämtliche Fragen mit: »Das kann man halten wie ein Dachdecker.«

Eine türkische Familie hingegen ist unberechenbar. In einem Moment lieben sie dich, im nächsten jagen sie dich aus dem Haus. Sie sind so herrlich emotional und können ihre Gefühle nicht kontrollieren. Doch sobald der Rauch verzogen ist, bereuen sie es. Und nie kann man genau sagen, was der Auslöser für das eine oder andere eigentlich gewesen war.

Betritt man als Mann einer jungen Liebe das Haus der türkischen Freundin, ist man der Eindringling und stößt zunächst auf Ablehnung. Nicht selten fragt man sich als Heiratsanwärter, wie es sein kann, dass die zukünftige Frau von dieser Familie abstammt und ob die Auserwählte später auch so sein wird. Leider kann ich keine Tipps geben, wie man sich auf eine türkische Familie vorbereitet. Ich kann jedem, dem ein solches Treffen bevorsteht, nur viel Glück wünschen. Doch eines kann nie schaden: Am besten man sagt zu jeder passenden und unpassenden Gelegenheit: »Die Griechen haben alles von den Türken gestohlen.«

Türkischen Eltern geht es immer nur um eine einzige Frage: Wann heiratet ihr? Sie sehen in der Freundin oder dem Freund sofort die zukünftige Ehefrau oder den Ehemann. Wenn man also beschließt, seinen Partner mit nach Hause zu bringen, kommt dies einer Entscheidung gleich. Und die ist endgültig. Das ist der Grund, warum die meisten türkischen Frauen und Männer ihren Partner vor ihren Familien zunächst einmal geheim halten. Es sollte nicht Sinn der Erziehung sein, dass Kinder Geheimnisse vor ihren Eltern haben. Aber eigentlich ist ihre Reaktion verständlich, besonders wenn die Freundin oder der Freund den Eltern gefallen.

Eine Eheschließung bedeutet in der türkischen Gesellschaft nicht nur, dass sich Mann und Frau vereinen, sondern es ist auch eine Verbindung zweier Familien. Ich habe es in der Vergangenheit so gehalten, dass ich meinen Freund zu Hause erst vorgestellt habe, wenn es mir – wenigstens in dieser Zeit – todernst mit ihm war. Leider war das nicht häufig der Fall. Und seit Stefan haben meine Eltern keinen meiner Freunde mehr zu Gesicht bekommen.

Mit Ali war es mir nicht nur todernst, ich war vor allem schwanger. Das war das eigentliche Problem. Wenn meine Eltern erfahren würden, dass ich ein Kind von einem ihnen unbekannten Mann erwarte, würde das passieren, was ich eine Türken-Tragödie nenne. Meine Mutter würde sich auf den Kopf schlagen, sich die Haare raufen, mit den Fäusten gegen die Brust trommeln, »ach, ach, ach, ach« rufen, schimpfen, fluchen, mich verstoßen. Das ginge wochenlang so, und am Ende würde niemand mehr genau wissen, weswegen sie sich eigentlich aufgeregt hat. Mein Vater würde so lange nicht mehr mit mir reden, bis er irgendwann vergessen hätte, weswegen er mich eigentlich die letzten Wochen ignoriert hat.

Ali hatte ähnliche Sorgen. Seine Eltern würden, sagte er, seit vielen Jahren darauf warten, dass ihr einziger Sohn ihnen endlich eine Braut vorstellte. Er befürchtete aber, dass seine Mutter die Tatsache, dass sie gleichzeitig Schwiegermutter und Großmutter wurde, auch nicht verkraften könne.

Meistens sind solche Tragödien harmlos. Türken haben ein überschäumendes Temperament und ein großes Herz, das sie direkt auf der spitzen Zunge tragen. Ich habe lange nicht das Temperament meiner Mutter, ich bin auch nicht so überschäumend wie Türken, die in der Türkei leben. Mein Temperament ist im Laufe der Jahre einer deutschen Gelassenheit gewichen. Julia meint sogar, ich gleiche immer mehr Altkanzler Helmut Kohl in seinen letzten Regierungsjahren: alles aussitzen, bis es sich von selbst erledigt.

Aber für deutsche Gelassenheit hatte ich jetzt keine Zeit mehr. In einigen Wochen würde ich meinen Babybauch nicht mehr so leicht unter einer Tunika verstecken können. Meine Eltern würden eine deutsche Kennenlernphase mit dem Lebensabschnittsgefährten sicher nicht akzeptieren. Und erst recht nicht, dass ich nur einen Freund haben wollte und keinen Ehemann, auch wenn ich von ihm schwanger war. Das wäre so absurd, als würde ich versuchen, meine Mutter von den Vorzügen des Golfsports zu überzeugen. Ich musste mir etwas einfallen lassen.

»Ich habe nachgedacht«, sagte Ali eines Abends.

»Warum? Gab es einen Anlass?«

»Sehr lustig, ich meine es ernst, Hatice.«

»Und zu welchem Ergebnis bist du gekommen?«

»Wir fliegen in die Türkei.«

»Und warum?«

»Deine Eltern sind gerade in ihrem Sommerhaus in Izmir, meine Eltern in ihrem Haus in Gönen. Das ist etwa dreihundertfünfzig Kilometer von Izmir entfernt. Lass uns die beiden spontan in Izmir zusammenbringen. Dann haben wir mit einem Schlag alle Probleme gelöst.«

Ich wusste, dass Ali recht hatte. Eine unvermittelte Familienzusammenführung war das Beste, was wir tun konnten. Meine Eltern, aber auch die von Ali, würden erst im Herbst nach Deutschland zurückkehren, da wäre es zu spät gewesen, ich würde schon einen dicken Bauch haben. Also willigte ich ein, die pragmatischen Aspekte durften nicht außer Acht gelassen werden. Wir wollten ja Schritt für Schritt vorgehen. Ali musste mir nur versprechen, dass es ein unverbindliches Zusammentreffen sein sollte, Thema Hochzeit tabu. Wie unter echten Deutschen. Ali gab mir sein Wort.

Ich wusste, er hätte es gern gesehen, alles offiziell zu machen. Ein Trauschein ist für ihn ein Beweis, dass man sich liebt. Aber was sollte das für ein Beweis sein, wenn in Deutschland so ungefähr jede zweite Ehe geschieden wird? Und die Scheidungsrate türkischer Paare ist mittlerweile genauso hoch. Ich kann auch ohne Trauschein lieben, das sagte ich ihm wieder und wieder.

Am nächsten Tag hängten wir uns ans Telefon. Ali buchte einen Flug zu seinen Eltern, ich einen nach Izmir. Anschließend führte ich ein langes Gespräch mit meiner Schwester Fatma. Ich gab ihr den Auftrag, meinen Eltern Bescheid zu geben. Von meiner Schwangerschaft erzählte ich ihr – es schockierte sie bei mir nichts mehr –, meinen Eltern sollte sie aber nur von Ali berichten und den Besuch seiner Familie ankündigen. Damit es eben nicht zur Türken-Tragödie kam, mussten wir als Großstrategen alles genauestens planen.

Fatma ist ein Genie darin, Hiobsbotschaften so zu verpacken, dass sie sich anhören, als würde sofort der Weltfrieden in Kraft treten. Als ich meinen Eltern vor vielen Jahren meinen Freund Stefan vorstellen wollte, war es Fatma, die sie davon in Kenntnis setzte. Sie berichtete ihnen, dass er Ingenieur sei und sein Vater ein großer Mercedes-Fan. Das machte meine Eltern, besonders meinen Vater so glücklich, dass sie gar nicht mehr richtig hinhörten, als Fatma hinzufügte, Stefan sei übrigens leider kein Türke, sondern Deutscher.

Jetzt erzählte meine Schwester ihnen freudestrahlend am Telefon – am Telefon fiel es ihr leichter, gute Miene zum bösen Spiel zu machen –, ich hätte endlich einen Mann gefunden. Er sei gut aussehend, höflich und zuverlässig. »*Çok efendi*«, beschrieb meine Schwester Ali. Ich mag dieses wunderschöne türkische Wort *efendi* sehr. Eigentlich bedeutet es »Herr« und wird als höfliche Anrede verwendet. Aber man kann auch einen gebildeten und anständigen Mann mit diesem Begriff bezeichnen. Leider wird er nicht mehr so häufig benutzt, höchstens am Telefon, wenn man sich nicht mit seinem Namen meldet, sondern mit *efendim?*, was so viel heißt wie »ja, bitte?«

Und dann sagte Fatma etwas, womit sie einen Eisberg zum Schmelzen hätte bringen können: »*Baba*, ich habe Ali auf einem Foto gesehen, und er sieht aus wie du als junger Mann.« Stille in der Leitung. »Ali und seine Familie sind in meinem Haus sehr willkommen«, meinte mein Vater nach einer Pause. Wie Fatma mir später erzählte, konnte sie sein breites und zufriedenes Lächeln förmlich durchs Telefon hören.

Zwei Tage vor der perfekt durchdachten Familienzusammenführung flog ich nach Izmir. Ich verbrachte die verbleibende Zeit damit, mich wieder auf meine türkische Seite zu besinnen, denn ich wollte bestmöglich auf das bevorstehende Ereignis vorbereitet sein. Das heißt, ich vertändelte die Tage damit, zu entspannen, ein wenig in der Sonne zu liegen und die köstlichen *böreks* meiner Mutter zu essen. Den ersten Tag ging ich mit meiner Schwester Fatma zum *Kemeraltı Çarşısı*, einem der größten und beliebtesten Basare von Izmir. Ich liebe diesen Ort, der auch »Goldstraße von Izmir« genannt wird. Und hier ist tatsächlich vieles Gold, was glänzt.

Die schmalen Gassen sind verwinkelt, einige mit bunten Zeltplanen überdacht, und überall duftet es herrlich. Gewürze, Fleisch, Süßigkeiten, edle Stoffe, Schmuck und viele andere prächtige Waren werden von den Verkäufern unüberhörbar angeboten. Die Vielfalt des Basars ist verlockend, und in jeder Gasse stößt man auf neue Düfte, Stimmen und Farben.

Am nächsten Tag ging ich sogar in ein *hamam*, um mich endlich wieder richtig abschrubben zu lassen. Ich lag auf dem warmen Marmor und atmete tief ein, als die *natır*, die Bademeisterin, eine Frau mit kräftigen Oberarmen, herantrat, mich anlächelte und dabei ihre Goldzähne blitzen ließ. Anschließend schlug sie mir auf den Rücken und zog mir im wahrsten Sinn des Wortes das Fell über die Ohren. Ich dachte, es müsste ein Gemüsehobel vom Basar sein, mit dem sie meinen Rücken bearbeitete. Aber wie ich später sah, als ich wieder aus dem Marmor herausgekrochen kam, in den sie mich hineingedrückt hatte, handelte es sich nur um einen gemeinen Ziegenhaarhandschuh. Da lag ich nun frisch gepellt und trank genüsslich meinen Tee.

In Alis Familie brach jedoch Nervosität aus. Bei unseren Telefonaten erzählte Ali, seine Mutter würde auf der Suche nach passenden Geschenken für meine Eltern und mich alle Geschäfte ihrer Heimat aufsuchen. Komisch. Hatten wir nicht verabredet, dass es nur ein kurzer Besuch werden sollte, nur ein Kennenlernen? Hatten wir uns nicht klar ausgedrückt? Es ist eine typische Eigenart türkischer Familien, sich nicht an derlei Abmachungen zu halten. Und das nur deshalb, weil man vor anderen Türken nicht schlecht dastehen möchte. Auch meine Mutter war plötzlich intensiv damit beschäftigt, ein Dreiundzwanzig-Gänge-Menü zu planen.

Wahrscheinlich sprach auch Ali mit seinen Eltern in einer Sprache, die sie nicht verstehen wollten. Wie sonst lässt sich erklären, dass meine Bitte, keine Geschenke mitzubringen, von seiner Mutter einfach ignoriert wurde? Am frühen Morgen ging sie zum Goldhändler, um das erste Geschäft des Tages mit ihm zu machen. Das nennt man in der Türkei *siftah*, und es bedeutet in etwa »Segen« oder »Einnahme«. Der erste Kunde des Tages erhält die Ware zu einem besonders guten Preis, denn der Aberglaube besagt, dass die erste Einnahme des Tages Wohlstand verheißt. Dazu muss der Kunde das Geld übrigens auf den Boden werfen. Der Boden ist für Türken heilig, denn er bringt Segen und lässt den Samen aufgehen. Wundern

Sie sich also nicht, wenn der Verkäufer Sie bei Ihrem nächsten Türkeiurlaub bittet, das Geld vor seine Füße zu werfen. Aber Vorsicht! *Siftah* funktioniert nur beim ersten Geschäft des Tages. Danach schlägt der Verkäufer den Verlust vom Morgen einfach bei den deutschen Touristen auf den Preis wieder drauf.

Nichts ist schlimmer für eine moderne Frau als der gelbgoldene Schmuck, den es tonnenweise in türkischen Schmuckgeschäften gibt. Damit ich davon verschont bleibe, hatte ich Ali geraten, seiner Mutter zu sagen, ich hätte eine Metallallergie. Das stimmt zwar nicht, aber es erhöht die Wahrscheinlichkeit, dass ich nicht mit Dutzenden von diesen extrem kitschigen Schmuckstücken behängt werde.

In der Türkei hat Gold eine besondere Tradition und wird zu allen Gelegenheiten verschenkt. Zur Hochzeit, zur Geburt oder einfach nur als Mitbringsel. Das liegt daran, dass man in der Türkei für jedes Goldstück noch Jahre später den gleichen Preis erhält.

Ali erzählte mir, dass seine Mutter ihm nicht glaubte, als er ihr sagte, wir hätten in Izmir nur ein unverbindliches Treffen unserer Familien geplant. Er musste sich zwei Ringe aussuchen, damit wenigstens das Ewige-Liebe-Band zum Einsatz kommen konnte. Und seine Mutter bestand schließlich doch darauf, mir einen goldenen Armreif zu kaufen. Ali versuchte, sie davon abzubringen, weil er wusste, dass ich ihn niemals tragen würde. Aber seine Mutter antwortete ungehalten: »Ich werde meiner zukünftigen Schwiegertochter doch nicht mit leeren Händen gegenübertreten!«

Ali schwieg.

In der Türkei ist es üblich, beim ersten Besuch *baklava* als Geschenk mitzubringen. Es ist ein zuckersüßes Gebäck aus Dutzenden hauchdünnen Teigblättern, die übereinandergeschichtet werden. Dazwischen füllt man sie mit fein gehackten Pistazienkernen, Walnüssen oder Mandeln. Das hört sich zunächst einmal sehr köstlich an. Doch leider wird über den warmen Teig noch literweise Zuckersirup gegossen. *Baklava* wäre kein türkisches Dessert, wenn man davon keine Karies bekäme. Zum Schluss werden die Teigblätter in Rautenform geschnitten. Gutes *baklava* erkennt man an der Farbe. Niemals würde meine Mutter dieses Gebäck in Deutschland kaufen. Sie ist der festen Überzeugung, dass ein deutscher Backofen nicht in der Lage ist, echtes türkisches *baklava* zustande zu bringen.

Der ganze Nahe Osten und sogar die Balkanländer streiten sich seit Jahrhunderten darüber, wer das Gebäck erfunden hat. Alle Länder behaupten natürlich, dass ihre Variante die ursprüngliche sei. Die Armenier sagen, dass ihr *baklava* bis auf das 10. Jahrhundert zurückzuverfolgen sei und somit sie einen Anspruch auf das Originalrezept hätten. Sie fügen dem Zuckerwasser Zimt und Nelken hinzu. Die Araber hingegen verfeinern ihren Sirup mit Kardamon. Und die Griechen melden natürlich auch ihren Anteil an der Kreation an. Sie sind der Meinung, dass sie es waren, die die Technik perfektionierten, den Teig hauchdünn auszurollen.

Alis Eltern kauften gleich fünf Schachteln des süßen Desserts im besten Geschäft der Stadt. Noch konnten sie nicht wissen, dass meine Mutter darüber nur die Nase rümpfen würde – sie besteht darauf, dass *baklava* selbstgemacht sein muss.

Schließlich kam der große Tag. Da auch meine beiden anderen Schwestern, Gönül und Elif, in Izmir waren, verbrachten wir und fünf Nichten den ganzen Vormittag in einem Schönheitssalon. Es wurde enthaart, gezupft, geföhnt, gewickelt, und zwischendurch wurde gesungen, und vor Freude führten wir ein paar Bauchtänze auf.

Meine Mutter hatte sich mit Fatmas Schwiegermutter seit den frühen Morgenstunden in der Küche verschanzt, und gemeinsam bereiteten sie das Essen zu. Als wir zurückkehrten, stand meine Mutter immer noch dort und sah aus, als hätte sie soeben Speisen für vierhundert Gäste allein zubereitet. Ihre Hände waren umhüllt von Teig, ihre Schürze mit Tomatenmarkspritzern übersät, und ihre Wangen glühten von den Flammen des Gasherds.

»*Anne*«, sagte ich erschrocken. »Wieso bist du noch nicht umgezogen? Sie sind in einer halben Stunde da.«

»Na und«, antwortete meine Mutter gelassen. »Sie werden ja nicht um meine Hand anhalten.«

»Ihr immer mit eurem Handanhalten«, sagte ich aufgebracht. »Heute werden hier keine Hände gehalten.«

Mein Vater allerdings verhielt sich so, als sei er der Bräutigam höchstpersönlich. Schon nach dem Morgengebet hatte er sich ins Badezimmer zurückgezogen, was lange Schlangen vor dem Gästebad auslöste. Es müssen Stunden gewesen sein, die mein Vater mit Duschen, Rasieren und dem Richten seiner fünfzehn Haare zubrachte. Erst zum Mittagsgebet ließ er sich wieder im Wohnzimmer blicken.

Endlich zog sich auch meine Mutter um, verschwand aber gleich danach wieder in der Küche. Sie trug ihre geliebte Pumphose, den traditionellen *şalvar*. Pumphosen sind typisch türkische Hosen mit weitem, tiefhängendem Schritt, die unten zusammengebunden werden. Meist sind sie aus feinen und blumenbunten Samtstoffen.

Langsam wurde ich nervös und lief zwischen Haus und Garten hin und her. Meiner Mutter gefiel das gar nicht, und sie rief aus dem Küchenfenster: »*Ne dolaşıyorsun ipi kopmuş dana gibi* – was rennst du herum wie eine Kuh, die sich von ihrer Leine losgerissen hat?«

Alis Eltern waren in ihrem Haus in Gönen noch früher aufgestanden. Schließlich hatten sie eine längere Autofahrt vor sich. Alis Mutter trug ihr schönstes Kopftuch, ein Geschenk von Alis Schwester, das sie vor vielen Jahren bei Hermès gekauft hatte. Nie hatte es die Mutter aufgesetzt, weil sie immer auf einen besonderen Anlass gewartet hatte. Nun war er gekommen. Alis Vater trug sein schönstes Hemd, hatte eine Krawatte umgebunden und seine Schuhe frisch geputzt. Die Reise in eine neue Zukunft hatte begonnen.

Von Gönen ging es über die Provinzhauptstadt Balıkesir, dann weiter nach Akhisar, Manisa und schließlich nach Izmir. Nach knapp drei Stunden waren sie angelangt. An einer Autobahnausfahrt waren sie mit Fatma verabredet, vorher hatten sie genau Automarke und -farbe beschrieben. Im Grunde wäre das nicht nötig gewesen, denn Ali hätte sie auch ohne diese Vorsichtsmaßnahme erkannt. Fatma ist sehr sexy, superhübsch und sehr selbstbewusst. Vom Typ her sieht sie aus wie Königin Rania von Jordanien. Jeden Tag geht sie zum Friseur, und sie gibt gern das Geld ihres Mannes für die neuesten Kleider aus.

Damit Ali und seine Familie nicht zu früh eintrafen, legten sie unterwegs eine längere Pause ein. Den Wagen hatten sie von Alis Onkel Sedat geliehen. Ali musste ihn nicht lange dazu überreden. Schließlich war eine Braut für den Onkel Grund genug, die Familie nach Izmir zu begleiten. Ein Türke kommt eben selten allein. Der Onkel hatte das Auto sogar vorher gewaschen, was absolut überflüssig war, denn schon nach wenigen Minuten war es wieder in Staub gehüllt.

»Fahr nicht so schnell, Neffe«, rief der Onkel. Selbstverständlich hatte Ali das Steuer übernommen. »Du kannst es wohl nicht erwarten, deine Schwiegereltern kennenzulernen.« Ali versuchte, höflich zu lächeln. Die alte Kiste fuhr schließlich nicht viel schneller als 120 Stundenkilometer.

Als Ali Fatma an der Autobahnausfahrt stehen sah, bekam er plötzlich weiche Knie. Er begrüßte sie mit Handzeichen, sie gab Gas, und als er ihr folgen wollte, war er so aufgeregt, dass er den Motor erst einmal abwürgte. Der Onkel sagte nichts. Mit verlegenem Lachen startete Ali neu, und bald parkten sie vor dem Haus meiner Eltern. Als sie eintraten, sah Ali sehr irritiert aus. Vielleicht lag es daran, dass meine fünf Nichten ihn hemmungslos angrinsten. Ich merkte, dass ihm die Situation peinlich war, weil er wohl dachte, dass sie ihn auslachen würden. Habe ich Löcher in den Socken? Oder hängt noch ein letzter Rest *börek* an meinem Kinn?, schien er sich zu fragen.

Aber mein Vater ließ keine Verlegenheit aufkommen. Er stürmte auf Ali zu, umarmte ihn und schrie: »Willkommen, mein Sohn!« Ali erzählte mir später, er habe gespürt, wie glücklich mein Vater darüber war, dass ich einen Ali mitgebracht hatte und keinen Hans. Ich halte das für absoluten Unsinn. Bei meinem mittlerweile hohen Alter glaubte mein Vater nicht mehr daran, dass mich überhaupt noch ein Mann nehmen würde, zumal einer, der beide Augen, alle zehn Finger und zwei Beine hatte. Und dass dieser auch alle fünf Sinne beisammenhaben sollte, damit rechnete er am wenigsten. Das muss also der glücklichste Tag im Leben meines *baba* gewesen sein, als die personifizierte Altersvorsorge seiner auf dem Heiratsmarkt bislang unvermittelbaren Tochter zur Tür hereinspazierte. Wenn das kein Grund war für eine überschwängliche Begrüßung.

Ich sah sofort, dass das Wort »Paschatum« in dem Leben von Alis Mutter keine Rolle spielte. Sie hatte die Hosen an, obwohl sie, wie ich später bemerkte, nie welche trug. Ihr Schritt war stramm, als hätte sie den Militärdienst absolviert und nicht ihr Mann, die Zunge schnell und frech. Wenn Ali und ich uns streiten, ergreift sie, auch das habe ich im Nachhinein erfahren, immer meine Partei. Ganz gleich, um was es geht. Und wenn Ali und seine Schwester eine Auseinandersetzung führen, ist sie auf der Seite von Ebru. Frauen führen bei ihr das Regiment.

Alis Vater sah meinem *baba* nicht unähnlich – wie ein gut in die Jahre gekommener Filmschauspieler mit silbergrauen Haaren. Er wirkte an der Seite seiner Frau sehr zurückhaltend. Auf ihre Ausführungen sagte er immer nur: »Ach so.« Mir erschien er als der gutmütigste und warmherzigste Mensch, dem ich je begegnet war. Was wohl auch daran lag, dass er im Gegensatz zu seiner schmalen Frau einiges mehr auf den Rippen hatte.

Unsere Eltern näherten sich zunächst vorsichtig an. Aber nach einer halben Stunde erzählten sie sich schon von ihren Pilgerreisen nach Mekka, diskutierten darüber, welche Düngemittel für den Gemüsegarten am besten seien und woran man gutes *baklava* erkennt.

Meine Mutter servierte den ersten Gang, *mercimek çorbası,* eine rote Linsensuppe. Dieses beliebte türkische Gericht ist zwar sehr einfach, aber sie hatte ihm einen besonders raffinierten Geschmack verliehen, indem sie Paprikapulver ganz langsam in viel Butter erhitzte und kurz vor dem Servieren über die Suppe gab. Suppe wird übrigens bei Türken getrunken und nicht gegessen, aber das heißt nicht, dass man sie vom Teller schlürft. Türken »trinken« ihre Suppe ganz normal mit einem Löffel.

Anschließend tischte meine Mutter die Vorspeisen auf. Sie kam mit immer mehr Schüsseln aus der Küche, stellte unzählige warme und kalte Gerichte aus Gemüse, Joghurt, Leberstückchen, gefüllten Weinblättern und mit Schafskäse gefüllten Blätterteigröllchen auf den Tisch. Gut die Hälfte der Zeit, die der Türke mit dem Abendessen verbringt, kann er bei den Vorspeisen verweilen. Wir hatten noch gar nicht aufgegessen, da kam sie auch schon mit *dolma* aus der Küche. *Dolma* ist alles, was gefüllt ist, und alles, was *dolma* genannt wird, schmeckt wunderbar. *Patlıcan dolması*, mit Reis, Pinienkernen und Korinthen gefüllte Auberginen; *biber dolması*, mit Reis und Fleisch gefüllte Paprika; *imam bayıldı*, mit Tomaten und Zwiebeln gefüllte Auberginen.

Danach aßen wir Fleischgerichte mit Reis, und gekrönt wurde das Essen mit dem Lieblingsdessert meiner Mutter: *aşure*. Das Dessert besteht aus Kichererbsen, getrockneten Aprikosen, Rosinen und Nüssen. Es wird zubereitet, indem man alle Zutaten vermischt und kocht. *Aşure* hat eine hohe Symbolik in der türkischen Kultur, denn es erinnert an Noah und seine Landung auf dem Berg Ararat – weshalb *aşure* auch »Noahs Suppe« genannt wird. Noah, der zehnte Urvater nach Adam, soll, nachdem die große Sintflut vorüber war und er wieder festen Boden betreten hatte, mit den letzten Resten seiner Vorräte diese Süßspeise zubereitet haben.

Aşure steht für großen Segen, und so muss es mindestens sieben Zutaten enthalten und an sieben Freunde weitergereicht werden. Manchen Türken ist sogar das noch zu wenig, und sie bestehen darauf, dass man einundvierzig Zutaten verwenden muss. Aber im Grunde geht es nicht um die Zahl, sondern einfach nur darum, reichlich zu kochen, damit man »Noahs Suppe« mit vielen anderen teilen kann.

Ich hatte gerade den letzten Löffel gegessen, da sagte Alis Onkel Sedat plötzlich: »Wir sind natürlich nicht ohne Grund gekommen.«

Er hatte den Satz kaum ausgesprochen, da griff Alis Mutter schon unter den Tisch und kramte mehrere Schachteln aus ihrer Handtasche. Ich starrte wütend Ali an, der mit den Achseln zuckte, danach warf ich meinen Schwestern einen erbosten Blick zu, aber die grinsten nur wie anatolische Honigkuchenpferde. Alis Mutter holte zwei Ringe heraus, die mit dem Ewige-Liebe-Band verbunden waren. Sie griff sich Alis und meine Hand, stülpte uns schnell die Ringe über und warf sich anschließend meiner Mutter weinend in die Arme. Selten ist so rasch der türkische Brauch zur Vorbereitung einer Hochzeit vollzogen worden. Schneller ist nicht einmal ein Reifenwechsel für Michael Schumacher bei der Formel 1 gewesen.

Türkischen Eltern kann man tausendmal sagen, dass es nur ein Kennenlernen ist – sie gehen einfach davon aus, dass es sich um eine Heirat handelt. Und sobald die Ringe übergestreift sind, ist man als Frau augenblicklich die Versprochene, eine Vorstufe der Verlobung. Es folgt die Verlobungsfeier, danach die Hochzeit. Türken müssen alles doppelt und dreifach festschnüren.

Ich bedachte Ali mit einem Blick, der so scharf war, dass man damit die *baklava* hätte anschneiden können. Dann nahm ich mir Alis Fuß vor. So einen Tritt hatte ihm sicher nicht einmal der Esel seiner Großmutter im Dorf verpasst. Die Tradition will es zwar, dass das Paar sich nach dem Ringtausch unter dem Tisch auf den Fuß tritt. Es heißt, dass derjenige nach der Hochzeit zu Hause das Sagen hat, der den anderen bei dieser Gelegenheit zuerst anstupst. Aber mir ging es in diesem Moment nicht um Traditionen. Am liebsten hätte ich Ali die Hochzeitsringe durch die Nase gezogen.

Ali streifte die Ringe schnell von unseren Fingern, nahm meine Hand und zerrte mich aus dem Haus. Wir liefen schweigend Richtung Meer, und ich überlegte die ganze Zeit zornig, wie ich diese unsinnige Zwangsversprechung wieder rückgängig machen konnte. Unten am Strand holte er eine hellblaue Schatulle von Tiffany aus der Tasche, öffnete sie, nahm einen Weißgoldring mit einem einkarätigen Diamanten heraus, steckte ihn mir an den Finger und sagte: »Für die Mutter meines Kindes.«

Ich starrte ihn fassungslos an. Dann fiel ich ihm um den Hals.

Als wir zurück ins Haus meiner Eltern kamen, erwarteten uns zwei heulende Mütter, zwei stolze Väter, grinsende Schwestern und Nichten und jede Menge Abwasch. Meine Mutter vergaß dennoch nicht, mir einen bösen Blick zuzuwerfen und mit dem Kopf in Richtung Küche zu deuten. Damit wollte sie mir sagen, dass ich nun gefälligst den türkischen Mokka kochen solle, eine weitere Tradition, die es nun zu absolvieren galt.

Gleich fing ich wieder an mich zu ärgern. Ich überlegte, ob ich einen emanzipatorischen Aufstand anzetteln sollte, aber meine Schwester Fatma hatte meinen Zorn bemerkt und zog mich schnell in die Küche. Sie redete ununterbrochen auf mich ein, erinnerte mich daran, was für ein wunderbarer Mann Ali sei, so attraktiv und freundlich und großzügig. Längst hatte sie den kostbaren Ring an meinem Finger entdeckt. Also gab ich auf, erhitzte über einer kleinen Flamme im *cezve*, dem langstieligen Kupferkännchen, Wasser, Zucker und Mokkapulver. Anschließend gab ich das schäumende Gebräu in kleine Tassen.

Vier Varianten gibt es, wie der türkische Mokka serviert werden kann: *sade* (ungezuckert), *az şekerli* (leicht gezuckert), *orta şekerli* (mittelsüß) oder *şekerli* (sehr süß). Ein Sprichwort besagt: »*Bir kahvenin kırk yıl hatırı vardır* – türkischer Mokka ist so ein Genuss, dass man sich vierzig Jahre lang an nur eine Tasse davon erinnern wird.« Schafft die Braut es, sehr viel Schaum aufzubrühen, ist es ein Zeichen dafür, dass sie fleißig und geschickt ist.

Im Umgang mit angehenden Schwiegersöhnen gibt es noch einen weiteren Brauch bei der Zubereitung von Mokka. Dieser Tradition folgte ich gern und schüttete einen Esslöffel Salz in Alis Tässchen. Ich servierte allen ihren Kaffee, danach setzte ich mich unauffällig neben Ali. Meine Nichten merkten sofort, was ich getan hatte, und wandten keinen Blick mehr von ihm. Trinkt der Zukünftige den Mokka, ohne sein Gesicht zu verziehen, bedeutet es, dass er nach der Hochzeit unter der Regentschaft seiner Ehefrau stehen wird. Stellt er den Mokka unberührt zur Seite, zeigt er, dass er nicht nach der Pfeife der Frau tanzt. Obwohl ich von derlei Hokuspokus bekanntermaßen nichts halte, war ich neugierig, wie Ali reagieren würde. Und er tat etwas, was niemand erwartet hatte: Er nahm einen Schluck, verzog keine Miene, stellte die Tasse zurück auf den Tisch und sagte:

»Vielen Dank, das war köstlich.«

Diese Tasse Mokka wird er sicher mehr als vierzig Jahre im Gedächtnis behalten.

Nach knapp drei Stunden fuhren Ali und seine Familie wieder zurück. Beim Abschied fielen sich die Eltern um den Hals. Das ist das Merkwürdige an türkischen Familien: Vor einigen Stunden waren sie sich noch fremd, und nun lagen sie sich in den Armen, als hätten sie ihre Kindheit in dem gleichen Dorf verbracht. Ali küsste die Hände meiner Eltern, und ich tat es bei seinen Eltern. Als Ali schon fast im Auto saß, lief meine Mutter ihm nach und beugte sich zu ihm: »Sag doch *anne*, Mutter, zu mir.«

Einige Wochen später erzählten wir unseren Eltern am Telefon, dass wir ein Kind bekommen. Mein Vater sagte, er habe letzte Nacht geträumt, dass ich schwanger sei. Er freute sich auf sein neuntes Enkelkind. Alis Mutter hingegen verschlug es die Sprache. Nicht, weil es ihr erstes Enkelkind war, sondern weil sie keine Lösung für die Rechenaufgabe fand, die sie reichlich beschäftigte. Ich verstand gar nicht, wo das Problem lag. Wir bekommen eben ein Sieben-Monats-Baby.

7 *Wer braucht schon einen Heiratsantrag?*

Es waren nur noch wenige Wochen bis zur Geburt, und da ich Alis Heiratsanträge bisher alle abgelehnt hatte, mussten wir uns nun um das gemeinsame Sorgerecht für unser Kind kümmern. Ich konnte mich noch sehr gut an seinen ersten Versuch erinnern. Für eine Lesung wurde ich nach Rom eingeladen, und wir beschlossen, noch einen Tag länger zu bleiben, um uns die ewige Stadt anzuschauen. Wir spazierten zu den Sehenswürdigkeiten – zum Petersplatz und der Sixtinischen Kapelle, weiter zur Fontana di Trevi, dem berühmten Brunnen, und schlenderten zur Piazza di Spagna mit der Spanischen Treppe. Ich lief wie alle Touristen die Stufen hinauf, um ein Foto zu machen. Nur leider war ein Großteil der Treppe unter einem Baugerüst versteckt. Als ich gerade meinen Unmut darüber ausdrücken wollte, hielt Ali mich am Arm fest, drehte mich zu sich und sagte: »Werde meine Frau!«

Sein Antrag hatte mich so unerwartet und kalt erwischt, dass ich antwortete: »Ich bin doch schon deine Frau.«

Bevor er etwas erwidern konnte, lief ich die Treppen schnell herunter. Die nächsten Stunden sprachen wir kein Wort über seinen Antrag und taten so, als ob es diese Szene auf der Spanischen Treppe neben dem Baugerüst niemals gegeben hätte.

Sein zweiter Versuch war schon etwas ausgereifter. Wir verbrachten Silvester bei Freunden in Köln, und nach einem tollen Essen in einem Restaurant, das sich in der dreißigsten Etage eines Hochhauses befand, gingen wir für das Feuerwerk auf die Außenterrasse. In 108 Meter Höhe, vis-à-vis zum Kölner Dom, mit Blick ins Siebengebirge rheinaufwärts und bis zum Fernsehturm in Düsseldorf rheinabwärts, nahm er meine Hand und sagte: »Heirate mich!«

Ich hatte mir fast gedacht, dass der zweite Antrag in dieser Silvesternacht kommen würde. Irgendwie war er schon den ganzen Tag über so komisch. Da ich gut vorbereitet war, sagte ich nur: »Ali, ich verspreche es dir hier und jetzt und ein für alle Mal: Ich werde es mir überlegen.«

Nach seinem dritten Antrag, den er mir irgendwann zwischen Bodenwischen und Bügeln machte, murmelte er beleidigt: »Das war das letzte Mal, Hatice, überlege es dir gut, was du antwortest.«

Er tat mir fast schon leid. Aber was sollte ich tun? Es war ja nicht so, dass ich ihn nicht grundsätzlich heiraten wollte. Ich war einfach noch nicht so weit. Oder vielmehr: Ich hätte mir gewünscht, dass er wartet, bis ich ihn frage. Nicht, dass ich schon einmal darüber nachgedacht hätte, ihn zu fragen, aber jetzt, nachdem er mir schon dreimal einen Antrag gemacht hatte, war es mir doch lieber, die Initiative ginge von mir aus.

Heiratsanträge setzen unweigerlich ein Ja oder Nein voraus. Also eine eindeutige Entscheidung – etwas, was mir bekanntermaßen nicht behagt. Die Möglichkeit, dass ich mich für das Falsche entschließen konnte, erschien mir zu groß. Kind, Mann – die Situation war schon undurchschaubar genug.

Um sie etwas klarer zu machen, gingen wir aufs Jugendamt. Es war mir wichtig, dass unsere Tochter ganz amtlich einen Vater und eine Mutter hatte, auch wenn ihre Eltern nicht verheiratet waren.

Herr Knopp war für die Vaterschaftsanerkennungen zuständig. Ali, der schon den ganzen Vormittag über schlechte Laune verbreitete, hätte dem Beamten am liebsten auf den Tisch geknallt, dass er viel lieber bei seinen Kollegen auf dem Standesamt wäre. Und dass er mich doch einmal fragen solle, warum ich ihn nicht heirate. So viel konnte ich an seinem Gesichtsausdruck erkennen. Aber zum Glück hielt er sich zurück, seufzte nur und warf mir einen Blick zu, der mich stark an den Blick eines weidwunden Rehkitzes erinnerte.

Während wir auf die Beglaubigung warteten, erzählte Herr Knopp in breitem Berlinerisch von seinem Sohn: »Der macht ooch in Medien, wie Sie. Und ick freu mich, wenn so Leute wie Sie so juut deutsch sprechen. Machen Se rischtisch juut. Ick kenn da janz andre Fälle.«

Ja, ja, die kenne ich auch, Herr Knopp. Schlimm ist das, so lange leben die schon in diesem Land und sprechen die Sprache immer noch nicht einwandfrei. Und, Herr Knopp, haben Sie schon darüber nachgedacht, dass Sie auch einmal Hochdeutsch lernen sollten? Immerhin arbeiten Sie auf einem Amt. Das aber habe ich nicht gesagt, sondern nur gedacht.

Nach einer Weile öffnete sich die Bürotür, ein Mitarbeiter kam herein und übergab Herrn Knopp die Urkunde für die Vaterschaftsanerkennung. Herr Knopp las sie sich ganz genau durch.

»Wat 'n ditte? Da hat sich wohl 'nen Fehlerteufel in die Urkunde jeschlichen. Dit jeht aber nicht, det müssen wa nochma korrijieren.«

Er nahm das Telefon und rief einen seiner Rechtspfleger an: »Hüsi, ja ick bins. Ja, ick wees, is Mittagspause, aber du musst mir 'nen Jefallen tun. Kannste ma bei mir kurz rinkieken? Ick hab mir vertippt uff der Urkunde. Bringste mir ma noch en Formular. Ja, ick wees, du bist der Beste. Jenau, ick nich!«

Er legte auf, entschuldigte sich noch einmal bei uns und

versprach, bei der nächsten Urkunde vorsichtiger zu sein. Mir schoss ein böser Gedanke durch den Kopf: Anscheinend konnte Herr Knopp nicht einmal richtig Deutsch schreiben. Aber ich wusste ja, dass er es nur gut mit uns meinte.

Kurz darauf klopfte es an der Tür, und herein kam diesmal ein schwarzhaariger Mann mit einem Kinnbart, höchstens sechsundzwanzig Jahre alt und gut gekleidet.

»Ja, dann will ick ma kurz vorstellen«, sagte Herr Knopp: »Dit is unsa Rechtspfleger Hüseyin Öztoprak!«

Herr Öztoprak nickte, schüttelte Ali und mir die Hand und sagte in bestem Deutsch: »Merhaba, freut mich, Sie kennenzulernen!«

Während Herr Knopp nun die neue Vaterschaftsanerkennung unterschrieb, lobte er uns erneut: »Ick find det echt juut, wie se sich in ihre zweeten Heimat intejriert haben.«

»Unsere zweite? Deutschland ist unsere einzige Heimat, ganz sicher. Vielen Dank noch einmal für die schnelle Bearbeitung. Wir wissen das sehr zu schätzen. Und nun genießen Sie Ihre Mittagspause, Sie haben sie sich wirklich verdient.«

»Dit mach ick jetzt ooch.«

Als wir das Jugendamt verließen, fragte mich Ali leise: »Wer von uns vieren war jetzt eigentlich der Ausländer?«

Es lohnt sich also, einfach einmal auf ein Amt zu gehen, um festzustellen, wie facettenreich die deutsche Sprache doch ist und wie viel Freude sie bereitet.

Wir beide lieben Dialekte. Ali zum Beispiel fängt sofort an, Berlinerisch zu sprechen, wenn er diese vertraute Mundart hört – außer er ist auf einem Amt. Er ist eben ein waschechter Berliner. Manchmal höre ich ihn wochenlang Hochdeutsch sprechen, aber ein einziges Telefonat mit einem alten Berliner Weggefährten – und plötzlich habe ich das Gefühl, Harald Juhnke würde in unserer Wohnung stehen, von den Toten erwacht.

Und sobald ich das Ruhrgebiet betrete, passiert es wie von Geisterhand. Ich rede Ruhrpöttisch, oder wie viele scherzhaft sagen: Kumpeldeutsch. Es »regnet« plötzlich nicht mehr, sondern es »reeechnet«. »Hasse ma, kommse ma« sprudelt nur so aus meinem Mund. Aber Leute, die ich nicht gut kenne, würde ich niemals mit »hömma« ansprechen, sondern höchstens mit einem »hönnsema«. Wenn ich auf Ali wütend bin, schleudere ich ihm den Satz »Geez halt ma den Rand« entgegen. Und er kontert auf Berlinisch: »Mann, du hast heut aba wieda 'ne Kodderschnauze.«

Und wegen dieser waren wir auf dem Jugendamt gelandet – und nicht auf dem Standesamt.

Was das Thema Ehe anging, war es meinem Vater mittlerweile egal, ob wir heirateten oder nicht. Resigniert sagte er dazu: »Die Reihenfolge stimmt bei euch sowieso nicht. Man heiratet zuerst und bekommt dann ein Kind. Jetzt ist es auch schon egal, ob ihr eine Hochzeit feiert oder nicht.«

Eigentlich war er nur froh, dass es endlich einen Mann in meinem Leben gab. So kam es ihm nicht in den Sinn, weiter an diesem Thema zu rütteln, wohl weil er befürchtete, dass ich Ali daraufhin verlassen könnte. Das wollte er nun auf gar keinen Fall.

Meine Schwester Fatma konnte auch kaum fassen, dass ein Mann an meiner Seite blieb.

»Unglaublich, Schwester, wie hast du es geschafft, Ali in deinen Bann zu ziehen?«, fragte sie schnippisch am Telefon.

»Was willst du damit sagen? Dass ich ihn nicht verdiene?« Ich war beleidigt.

»Doch, doch«, antwortete Fatma. »Nur dachten wir alle, dass du in deinem Alter einen Mann einzig überzeugen kannst, indem du *aşk büyüsü* machst.«

»Sehr witzig«, fauchte ich meine Schwester an.

Wie konnte sie es wagen, so etwas zu vermuten? Niemals würde ich *büyü* an einem Mann praktizieren. Ich weiß nicht einmal, wie ich das anstellen müsste. *Aşk büyüsü* ist eine Art Liebes-Voodoo, der in der Türkei häufig angewendet wird, um den zu gewinnen, in den man verliebt ist. Man benötigt hierfür ein einzelnes Haar, ein Stück Fingernagel, einen Tropfen Blut oder ein beliebiges Kleidungsstück des Liebesopfers. Daraus wird dann eine Medizin hergestellt, die man der Person, die sich verlieben soll, verabreicht. Meine Mutter glaubt ganz fest daran und behauptet, dass man mit *büyü* den freien Willen eines Menschen beeinflussen könne.

Alis Familie allerdings war nicht so gelassen wie meine und versuchte hartnäckig, mich von den Vorzügen einer Hochzeitsfeier zu überzeugen. Ebru, Alis Schwester, versprach mir sogar ein Armani-Hochzeitskleid, wenn ich heiraten würde. Aber nicht einmal das konnte mich verlocken, denn ich wusste, dass auch das schönste Designerkleid an einer schwangeren Frau aussehen würde wie Tüll, den man schonend über einen Elefanten geworfen hatte.

Und warum hetzen? Falls ich mich doch noch entschließen sollte zu heiraten, konnte ich das immer noch nach der Geburt tun.

Julia musste sich natürlich auch einmischen. Sie meinte, dass es wunderschöne Umstandshochzeitskleider gäbe, und nur weil Nachwuchs unterwegs sei, müsse das nicht heißen, dass ich meinen Hochzeitstag in einem weiten Schlabbersack verbringen müsse. Sie hätte erst vor einigen Tagen nach speziellen Kleidern für schwangere Frauen geschaut und ein Brautkleid im vorteilhaften Empirestil mit hochgebundener Taille gesehen. In einem solchen Gewand würde mein Babybauch so richtig in Szene gesetzt werden.

Julia ging es im Grunde aber gar nicht darum, dass ich meinen Status als ledige Frau aufgab. Letztlich war ihr das egal. Sie war nur scharf auf eine türkische Hochzeit. Auf der letzten, die wir gemeinsam besucht hatten, war sie der Mittelpunkt der ganzen Gesellschaft gewesen. Ihre blonden Haare und blauen Augen waren ein echter Hingucker unter lauter Dunkelhaarigen und Braunäugigen.

Doch ich wusste mir zu helfen. Bevor Julia zu weiterer Überzeugungsarbeit ansetzen konnte, nahm ich sie kurzerhand auf die Hochzeit einer meiner zahllosen Cousinen mit. Es versprach, ein amüsantes Fest zu werden. Immerhin hatte sich mein Bruder Mustafa feierfreudig von Duisburg aus mit all seinen ledigen Freunden auf den Weg nach Berlin gemacht, um dem Fest beizuwohnen.

Unter anderem hatte Mustafa Cem im Schlepptau, den vierten Sohn eines Onkels dritten Grades mütterlicherseits – unter Türken zählt das noch zur nahen Verwandtschaft. Cem war von Julia schwer beeindruckt. Die Männer saßen am Nebentisch, und ich bekam folgenden Dialog zwischen Mustafa und Cem mit:

»Ulan Cem, kuck ma, lan, şu saçlara bak, yerim seni yavrum. Vay, anasını satayım, şu güzelliğe bak!«, sagte Mustafa. In etwa bedeutete dies: »Was für eine wunderschöne Frau.« Tatsächlich sollte man diese Sätze wegen Unzüchtigkeit nicht wortwörtlich übersetzen.

Cem war die Situation sehr unangenehm, obwohl auch er häufig in dieser Art über Frauen sprach, an denen er interessiert war. Er sagte aber diesmal nur: »Alta, pssst, die versteht uns bestimmt.«

Julia verstand sie nicht, ich dafür umso besser. Ich drehte mich um, schaute die beiden Männer mit einem giftigen Blick an und fauchte: *»Ne sanıyorsunuz kendinizi, utanmazlar,* *babanızın malıymış gibi konuşuyorsunuz. Çok ayıp!* – was denkt Ihr, wer Ihr seid? Ihr sprecht, als würdet ihr über das Hab und Gut eures Vaters urteilen, schämt euch.«

Das Wort *ayıp* ist ein Phänomen in der türkischen Sprache, denn es vermag wahre Wunder zu bewirken. Man kann es mit »schäm dich!« oder »ich weiß, dass deine Mutter dich nicht so erzogen hat!« übersetzen. Aber das Besondere an diesem Begriff ist, dass es, in einer unangenehmen Situation angewandt, sofort Aufmerksamkeit erregt. Wenn man »*Ahh, ama çok ayıp*« ruft, drehen sich alle neugierig nach dem Gescholtenen um, und falls notwendig, wird einem jemand zu Hilfe eilen.

Man sagt zum Beispiel *ayıp*, wenn männliche Besucher die Frau des Freundes zu intensiv bestaunen. *Ayıp* benutzen Türken auch, wenn Frauen zu knapp bekleidet sind oder wenn man in der Öffentlichkeit Küsse austauscht. Die Eltern schlecht zu behandeln, ist *çok ayıp*, sehr unanständig. Und wenn Kinder vor ihren Eltern rauchen, selbst wenn sie längst aus dem Haus sind und eine eigene Familie haben, dann fällt einem ebenfalls nur dieser Ausdruck ein. Übrigens ist es auch *ayıp*, seine Nase in der Öffentlichkeit zu putzen. Türken verlassen das Zimmer oder gehen auf die Toilette, um dies zu tun.

Man könnte meinen, dass Türken ein sehr manierliches Volk sind. Aber es gibt einiges, was jeder deutsche Bürger als extrem *ayıp* ansehen würde, während es dem Türken gleichgültig ist. Wie sonst lässt sich erklären, dass Naseputzen in der Öffentlichkeit verpönt ist, aber sich niemand daran stört, wenn auf die Straße gespuckt wird? Aber eines ist ganz sicher aus Prinzip schon *ayıp*: wenn ein windiger Freund meines Bruders meine beste Freundin anmacht. Nur weil er vielleicht ein wenig zurückhaltender als mein Bruder ist, heißt das noch lange nicht, dass er ein guter Typ ist.

Für türkische Männer ist eine türkische Hochzeit das, was

für Deutsche das Münchner Oktoberfest ist: Frauen anbaggern, Hähnchen essen, tanzen, trinken und am Ende eine Schlägerei provozieren. Doch als Cem Julia auf der Tanzfläche sah, waren Hähnchen, Johnny Walker und die Brüder der verfeindeten Sippe, die er draußen noch verprügeln wollte, plötzlich vergessen. Und auch Julia schwärmte nur noch von Cem:

»Er hat so funkelnde Mandelaugen«, sagte sie.

»Nein, Julia, das sind schmierige Ölaugen«, erwiderte ich und versuchte, sie zur Vernunft zu bringen. Hatte sich, seit ich mit Ali befreundet war, etwa ihre Einstellung zu türkischen Männern gewandelt?

»Und so glänzendes Haar«, säuselte sie weiter.

»Ja, weil er drei Kilo Gel hineingeklatscht hat.«

Ich muss zugeben, Cem ist einer der netteren Freunde meines Bruders. Er ist für einen Türken ziemlich groß, also etwa ein Meter achtundsechzig, spricht ganz ordentliches Deutsch und ist für türkische Verhältnisse sogar fast zurückhaltend. Mustafa versucht ihm schon seit Jahren, seine Anmachtricks bei Frauen beizubringen, aber Cem weigert sich strikt, sie umzusetzen. Auch Mustafas aktuellen Spruch wollte er partout nicht bei Julia ausprobieren, obwohl mein Bruder ihm eine hundertprozentige Trefferquote garantierte: »Ey, Alda, isch schwör, dieser Spruch klappt immer. Hab isch schon selbst probiert: ›Weißt du eigentlisch, dass Türken und Indianer die besten Liebhaber sind? Ach ja, mein Name ist übrigens Mustafa Winnetou.‹«

Ich kannte den Spruch bereits und war mir sicher, dass meine Freundin niemals auf ihn reagieren würde. Als Julia sich nach ihrer Tanzeinlage wieder an den Tisch gesetzt hatte, kam Cem herüber, atmete tief durch, beugte sich zu Julia hinunter und flüsterte: »Ich weiß, dass Milch schön macht, aber, heeeeey, wie viel hast du davon getrunken?«

Julia war hin und weg, lächelte Cem hingebungsvoll an. Ich

konnte es gar nicht glauben, dass meine Freundin auf diesen Kitsch hereinfiel. Kurze Zeit später verschwanden die beiden nach draußen. Julia erzählte mir später, dass sie eine Tour in Cems Auto unternommen hätten und dass es wunderbar war.

»Was, bitte, habt ihr getan?«, rief ich entsetzt.

»*Tur attık*, wir sind mit dem Auto herumgefahren. Du bist doch Türkin, kennst du das etwa nicht?«, fragte sie mich so überrascht, als ob sie in ihrem Leben noch nie etwas anderes gemacht hätte.

»Und wahrscheinlich habt ihr auch noch diesen schmalzigen Tarkan gehört.«

»Nein. Aber dafür Ferdi Tayfur und anschließend Orhan Gencebay«, antwortete sie und sprach die türkischen Namen so perfekt aus, dass ich aus dem Staunen nicht mehr herauskam. Sogar das türkische »*c*« sprach sie so stimmhaft und weich wie ein »dsch« aus, dass ich fast neidisch auf sie war. Besser hätte selbst ich es nicht hinbekommen.

Tur atmak ist auch die Lieblingsbeschäftigung meines Bruders Mustafa, der am Tag in seinem 3er BMW gut und gern hundert Kilometer macht, und das gerade einmal auf drei Straßen, die er ständig rauf- und runterfährt. Immer sitzt noch einer seiner Kollegen mit im Auto, aber meistens sind sie zu dritt oder zu viert. Sie reden nicht miteinander, sie schauen sich nicht an, und sie haben auch kein konkretes Ziel. Sie halten nur an, wenn ein anderer Wagen an ihnen vorbeirollt, in dem auch Türken sind. Dann wird das Fenster heruntergekurbelt, und man wechselt ein paar coole Machosprüche. Die beiden Autos blockieren so lange die Straße, bis jemand wütend hinter ihnen hupt und verlangt, endlich vorbeifahren zu können.

Das Einzige, was diese Männer verbindet, ist das Dauerfußwippen und Kopfnicken zur Musik, denn die dröhnt pausenlos aus den Lautsprecherboxen – vier sollten es in jedem

Wagen schon sein. Türkische Popmusik ist auch in Deutschland nicht mehr zu überhören. Und seitdem Sertab Erener mit ihrem Sieg beim Eurovision Song Contest 2003 in ganz Europa bekannt wurde, sind selbst hiesige Straßen vor ihren Schlagertexten nicht mehr sicher. Wer einmal Türkisch gelernt hat, wird jetzt dafür bestraft. »Abschiede bleiben wie Tränen, Erinnerungen halten nicht still«, seufzt Tarkan pathetisch. Und Mustafa Sandal beschwört in seinem Popschmalz: »Liebe braucht Herz, schau mich an, ich bin der Schmerz.«

Obwohl Julia sich immer über die vollbesetzten Türkenautos geärgert hat, die ziellos durch die Straßen fahren, fand sie diese Musik nun auf einmal großartig. Und Cem, sagte sie, sei ganz anders als die anderen Türken. Er sei gar nicht eifersüchtig und käme auch gut damit zurecht, sollte sie nach der Hochzeit erfolgreicher sein als er. Hochzeit? Ich hörte wohl nicht richtig.

»Schätzchen, Cem ist ein Türke! Kaum sitzt du in deren Angeberkutsche, schon denken sie, sie besitzen dich.« Ich versuchte, Julia mit aller Macht davon zu überzeugen, dass sie sich mit keinem Mann einlassen solle. »Im Ernst: Oft sagen türkische Männer beim ersten Date, dass sie kein Problem mit einer erfolgreichen Ehefrau haben. Es wird überhaupt beim ersten Date sehr häufig etwas gesagt, was man besser nicht ignorieren sollte. Zum Beispiel: ›Ich will fünf Kinder mit dir.‹ Oder: ›Wenn du mich heiratest, werde ich mit dir in unser anatolisches Dorf ziehen.‹ Vergiss das nicht.«

Natürlich gibt es türkische Frauen, die Jura oder Medizin studiert haben, als Anwältinnen und Ärztinnen arbeiten – und ihre türkischen Männer sind stolz auf sie, obwohl sie selbst keine Universität besucht haben. Bekannt ist auch, dass sich so mancher deutsche Mann von seiner Freundin trennt, wenn diese Karriere macht. Geheiratet wird dann eine Frau, die ihnen intellektuell unterlegen ist.

Unabhängig von diesen Fällen blieb ich skeptisch und hielt mich auch nicht zurück mit entsprechenden Bemerkungen, erklärte Julia, dass man mit der Mentalität eines türkischen Mannes niemals klarkäme. Aber sie hörte mir gar nicht zu. Wie sollte sie auch. Jederzeit konnte sie mir meinen türkischen Freund vor die Nase halten. Irgendwie hatte ich den Eindruck, als wollte Julia ihre ganz persönliche Form der Völkerfreundschaft umsetzen. Nicht nur, dass sie plötzlich anfing, türkische Musik zu hören, nein, ich fand in ihrer Tasche sogar eine Anmeldung bei der Volkshochschule Neukölln. Der Kurs, an dem sie teilnehmen wollte, nannte sich: »Türkisch für deutsche Ehepartner«. Hatte ich etwa meiner Freundin zu viel türkischen Mokka eingeschenkt?

In diesen Sprachkursen sitzt in der Regel ein einziger Mann, der beruflich in die Türkei versetzt werden soll. Dazu kommen zwölf verliebte Frauen. Niemand scheint diese Sprache aus Neugier oder gar zum Vergnügen zu erlernen. Dafür gibt es schließlich Französisch, Italienisch und Spanisch.

Dabei ist Türkisch eine wunderbare Sprache. Zwar mag ihr Klang für manche nicht gerade einladend sein, aber sie hat zu Unrecht einen schlechten Ruf. Allein schon türkische Liebeserklärungen sind es wert, sie zu erlernen. Denn in welcher Sprache nennt man seine Angebetete oder seinen Angebeteten *kara gözlüm*, was in etwa »meine Schwarzäugige« bedeutet, oder *evimizin direği*, »der Balken, der unser Haus zusammenhält« oder *can damarım*, »meine Lebensader«?

Zum Glück stellte Julia nach einigen Wochen fest, dass Cem eigentlich viel zu jung für sie war, und trennte sich von ihm. Leider hatte sie jetzt wieder Zeit, sich ungefragt in mein Leben einzumischen.

»Und zu welchem Geburtsvorbereitungskurs hast du dich angemeldet?«, fragte Julia eines Tages.

»Wie bitte?« Ich hatte noch keinen Moment an Dinge dieser Art gedacht.

»Heutzutage geht es nicht mehr allein darum, ein Kind nur auf die Welt zu bringen, sondern auch, wie du dich in der Zeit davor verhältst.« Unbeirrt fuhr sie fort: »Für den Einstieg gibt es Schwangeren-Yoga. Diesen Kurs kannst du aber auch sehr gut mit Schwangeren-Shiatsu verbinden. Wenn du deine anatolischen Wurzeln ausleben möchtest, kannst du auch einen Kurs mit Schwangeren-Bauchtanz besuchen.«

Ich vermutete, dass Julia sämtliche Freundinnen mit Kindern angerufen hatte, als sie von meiner Schwangerschaft erfuhr. Wie sonst sollte meine unverheiratete, kinderlose Freundin über diese Kurse Bescheid wissen? Und natürlich war klar, dass sie sich in ihrem Kopf wieder einmal eine Liste gemacht hatte.

»Seit wann liegt Anatolien im Ruhrgebiet?«, antwortete ich schnippisch.

Sie sah mich verständnislos an und zählte weiter auf: »Du kannst ebenso meditativen Tanz ausprobieren. Und wenn dein Bauch groß ist und du dafür schon zu schwer bist, empfiehlt sich Wassergymnastik für Schwangere.«

»Ich denke nicht im Traum daran, auch nur einen dieser Kurse zu besuchen. Und wer sagt, dass ich zu schwer bin? Erst vor einigen Tagen hat ein Mann mir zu verstehen gegeben, ich erinnere ihn an die schwangere Angelina Jolie.«

»Ist ja gut. Hauptsache, du siehst kurz vor der Entbindung nicht aus wie Katie Holmes.« Die Ehefrau von Tom Cruise ähnelte am Ende ihrer Schwangerschaft täuschend dem Walross Antje.

Als mir klar geworden war, dass ich ein Kind bekam, blätterte ich sämtliche Klatschblätter durch, um herauszufinden, welche prominente Frau zur gleichen Zeit schwanger war wie ich und welcher ich besonders ähnlich sah – natürlich nur um den Bauch herum. Mit Heike Makatsch und Julia Roberts konnte ich nicht mithalten. Sie sahen in den letzten Monaten noch immer aus wie zarte Elfen. Unglaublich, aber Beine und Po waren bei ihnen komplett von der Schwangerschaft ausgeschlossen. Sie hatten lediglich einen runden Bauch, den man gut unter einem Herrenhemd hätte verstecken können. Mit Franzi von Almsick konnte ich schon wegen ihres breiten Schwimmkreuzes nicht mithalten, und Heidi Klum war zwar der Kategorie »schwanger« zuzuordnen, hatte aber trotzdem noch Modelmaße. Ich fühlte mich eher der Fraktion Sandra Maischberger zugehörig: Bauch rund, Po rund, Busen rund.

»Julia, denk doch mal nach. Das, was du mir da vorschlägst, ist Unsinn.« Ein für alle Mal wollte ich, dass meine beste Freundin mich verschonte mit ihren sonderbaren Kursen. »Meine Mutter brachte sechs Kinder auf die Welt, ganz ohne Yoga und Geburtsvorbereitungskurs. Und jede Geburt dauerte nicht länger als dreißig Minuten. Sie hat sogar, als sie mit mir schwanger war, bis kurz vor der Geburt die Ernte eingeholt. Und meine Schwestern haben diesen Quatsch auch nicht mitgemacht. Dennoch haben sie es geschafft, ihre Kinder zu entbinden. Und was ist mit all den Frauen in den anatolischen Dörfern? Die würden mich doch auslachen, wenn ich ihnen erzähle, was eine schwangere Frau in Deutschland vor der Geburt alles veranstaltet.«

»Wir sind aber nicht in Anatolien«, erwiderte Julia hartnäckig. »Und du arbeitest auch nicht auf dem Feld. In Deutschland wird einfach kollektiv gehechelt und gestöhnt – und du hast das gefälligst auch zu lernen.«

Konnte ich nicht einfach nur Mutter werden, ohne Heirat, ohne Geburtsvorbereitungskurse?

8 *Knoblauch, Gold und Blumensträuße*

Julia terrorisierte mich monatelang weiter. Ihr nächste Attacke: Wenn ich mir nicht bald einen Klinikkoffer, fertig gepackt, neben die Wohnungstür stellte, würde sie mir die Freundschaft kündigen. Sicher, selbst Hebammen empfehlen werdenden Müttern diesen albernen Klinikkoffer. Ich halte ihn jedoch für vollkommen überflüssig. Meiner Meinung nach reicht eine mittlere Reisetasche, weil die meisten Frauen drei bis vier Tage nach der Geburt nach Hause gehen können. Aber Julia ließ nicht locker. Schließlich besorgte sie einen Hartschalenkoffer, der so groß war, dass man mit seinem Inhalt mühelos einen dreimonatigen Auslandsaufenthalt überstehen konnte. Strahlend schleppte sie ihn in meine Wohnung, klappte ihn auf und platzierte ihn beherzt mitten im Schlafzimmer. Dann zückte sie eine eigens für mich angefertigte Liste, die sie laut vorlas. »Langes, kochfestes T-Shirt aus Baumwolle, bequeme Hausschuhe, warme Socken, Lippenpflegestift, Haargummi, Bademantel, Traubenzucker, Fotoapparat für das erste Bild vom Baby, Brille (deine Kontaktlinsen müssen raus), zwei bequeme Nachthemden, Oberteile, die sich zum Stillen vorne öffnen lassen, Stillbüstenhalter (eine Nummer größer wegen Milcheinschub), Stilleinlagen, acht kochfeste Slips (am besten Einmalslips), Waschlappen (sehr praktisch: Einmalwaschlappen), Kleidung für die Heimfahrt, Kulturtasche mit den üblichen Toilettenartikeln, etwas

Geld, Notizbuch und Kugelschreiber, iPod, Adressbuch mit den wichtigsten Telefonnummern, etwas zu essen für Ali.«

»Wieso etwas zu essen für Ali? Bekommt er das Kind oder ich? Willst du mir nicht auch noch sagen, was ich Ali konkret servieren soll? Döner oder türkische Pizza, was meinst du?«

Manchmal konnten Julias Listen einen wirklich verrückt machen.

»Werdende Mütter benötigen sogar noch mehr.« Unbeirrt fuhr Julia fort mit ihrer Aufzählung: »Mutterpass, Personalausweis, Familienstammbuch, Krankenkassen-Versicherungskarte, Einweisungsschein des Frauenarztes, Erstlingsausstattung für das Baby.« Julia hielt einen Moment inne und schaute mich eindringlich an. »Wo ist die eigentlich?«

»Was?«

»Die Erstlingsausstattung?«

»Habe ich nicht!«

»Was? Wir müssen eine Erstlingsausstattung besorgen. Im Internet finde ich bestimmt eine entsprechende Liste.«

»Aber die Babysachen kann auch Ali mitbringen.«

»Nein, die müssen in den Klinikkoffer.«

»Wer sagt das?«

»Leute, die was davon verstehen.«

»Herr Google und Frau Yahoo, oder wie?«

»Zieh deinen Mantel an, wir gehen jetzt die Erstlingsausstattung einkaufen.«

Also fuhren wir los und erstanden eine Garnitur Babyhemdchen und -höschen, Bodys mit langem Arm, kurzem Arm und keinem Arm. Strampler, Schnuller, Jacke und Kopfbedeckung für den Heimweg.

»Meinst du, ich sollte nicht auch noch eine Milchpumpe, einen Pürierstab und einen Schneeanzug besorgen?« Julia sah mich mit einem vernichtenden Blick an.

Türken treffen vor der Geburt keinerlei Vorbereitungen – sie sind viel zu abergläubisch. Sie denken, dass es Unglück bringt, wenn vor der Niederkunft schon alles für das Baby vorbereitet wird. Natürlich gibt es auch dafür ein türkisches Sprichwort: »*Doğmadık çocuğa don biçilmez* – dem ungeborenen Kind schneidert man keine Höschen.« Nicht selten werden kurz nach der Geburt sämtliche männliche Familienangehörige zusammengerufen, um kurzerhand das Kinderzimmer einzurichten, die Wände zu streichen, Vorhänge aufzuhängen, das Babybettchen und die Wickelkommode aufzustellen. Mein Bruder Mehmet beschwert sich noch heute, dass Mutter, Schwiegermutter und Ehefrau ihm verboten hatten, auch nur einen Finger zu rühren, bevor sein Kind geboren war. Es blieb ihm nichts anderes übrig, als die Kinderzimmermöbel heimlich im Keller meiner Eltern zusammenzubauen, damit zumindest das schon einmal erledigt war.

Meine Mutter pflegt die Geburtsbräuche hingebungsvoll und ist nicht davon abzubringen, sie fleißig von Generation zu Generation weiterzugeben. Notfalls reagiert sie mit tagelangem Beleidigtsein, wenn man es als Tochter riskiert, sie nicht ernst zu nehmen.

»*Allah seni davul etsin*«, sagte sie einmal zu mir, als ich es wagte, sie zu kritisieren. Das war wirklich nicht nett, mir zu wünschen, dass Allah eine Trommel aus mir machen soll, damit alle auf mich einschlagen können. Dabei hatte ich nur erwähnt, dass es Unglück bringt, wenn man abergläubisch ist.

Meine Schwester Fatma erzählte mir später, dass meine Mutter kurz vor der Geburt meines Kindes alle Türen im Haus aufgemacht habe und sogar meinen Schwestern befahl, ihre Haare zu lösen, weil es die Öffnung meiner Gebärmutter unterstützen würde. Stundenlang durfte keiner die Beine und Arme überkreuzen, ihr Enkelkind sollte sich schließlich nicht in der Nabelschnur verfangen. Und während meiner gesamten Schwangerschaft zwang mich meine Mutter, mir schöne Menschen anzuschauen. Wer das tut, bekommt ihrer Meinung nach ein hübsches Kind. Manchmal brachte sie mir sogar Fotos von gut aussehenden türkischen Schauspielerinnen und Sängerinnen mit, die sie aus Zeitungen ausgeschnitten hatte!

In der türkischen Kultur spielen Bräuche eine große Rolle. Aus dem Kaffeesatz zu lesen oder Liebesbänder zu verspeisen sind nur zwei Beispiele eines umfangreichen Repertoires. Knotet man beispielsweise winzige Stoffstreifen an einen Baum, verbindet sich damit die Hoffnung, dass ein Wunsch in Erfüllung geht. Findet ein türkischer Mann Arbeit, muss er von seinem ersten Geld Süßigkeiten für die Familie kaufen – sonst verliert er seinen Job bald wieder. Weit verbreitet und sehr beliebt ist die Vorstellung, dass »fließendes Wasser« dabei hilft, sicher eine Reise zu überstehen. Daher schüttet meine Mutter, wenn wir Geschwister sie nach einem Besuch wieder verlassen, immer einen halben Eimer Wasser auf die Straße hinter uns her.

Zurück vom Kauf der Erstlingsausstattung setzte ich mich erschöpft auf einen Stuhl, nachdem ich mir ein Glas Wasser aus der Küche geholt hatte. Julia nahm die Babysachen an sich und legte sie mit Feuereifer in den Klinikkoffer, den sie neu ordnete.

»Sei bloß froh, dass ich für dich mitdenke. Der Koffer hätte längst fertig gepackt sein müssen.« Julia blickte von ihrer Arbeit auf und schaute mich vorwurfsvoll an.

»Ich habe immerhin noch dreizehn Wochen Zeit bis zum errechneten Geburtstermin«, rechtfertigte ich mich.

»Du musst dir auf jeden Fall ein zweites Paar Pantoffeln besorgen. Wenn ihr mitten in der Nacht losfahrt, lässt du sicherlich das erste Paar vor lauter Aufregung neben dem Bett stehen.«

Ich seufzte: »Julia, ich habe dir schon hundertmal gesagt, dass ich das Kind per Kaiserschnitt bekomme. Da verlässt man nicht fluchtartig bei Nacht und Nebel das Haus. Ich habe einen genauen Termin in der Klinik. Außerdem trage ich keine Pantoffeln, sondern nur Socken.«

Julia hielt einen Augenblick inne: »Erwähne das Wort nicht.«

»Socken?«

»Nein, nicht Socken. Das K-Wort. Es ist mir schleierhaft, warum du überhaupt einen Kaiserschnitt willst.« Sie sagte es in einem Ton, als hätte ich vor, eine Atombombe an Ahmadinedschad zu verkaufen.

»Du wirst niemals mitreden können, wenn andere Frauen erzählen, wie sie ihr Kind auf natürlichem Weg geboren haben.«

»Das erzählt mir jemand, der schon einen halben Kindergarten zur Welt gebracht hat«, erwiderte ich schnippisch. Schließlich bekam ich keinen Wunschkaiserschnitt, wie es heutzutage viele Promis machen lassen, sondern mein Frauenarzt hatte mir aufgrund einer Beckenendlage dazu geraten: Das Kind lag im Mutterleib mit dem Kopf nach oben.

»Du versäumst eine Spontanentbindung. Eine Geburt ist doch etwas Heiliges und ganz Individuelles.« Julia sah mich mit ihrem verträumt-spirituellen Blick an, den ich gar nicht an ihr leiden konnte.

»Eine Geburt ist doch nicht dafür gedacht, dass ich als Mutter einen Selbsterfahrungstrip mache. Wir sollten dankbar sein, dass es die Medizin ermöglicht, ein Kind, das im Bauch verkehrt herum liegt, lebend auf die Welt zu bringen.«

Jetzt wurde ich sogar richtig wütend auf meine Freundin. Ich war der Ansicht, dass schon genügend türkische Frauen ihre Kinder auf normalem Weg bekommen, auch wenn es sich um eine Steißgeburt handelt. Schon allein deshalb, weil es in ihren anatolischen Dörfern gar nicht anders geht – selbst wenn ein Arzt es anders verordnet hätte. Unweigerlich musste ich an die Geschichten meiner Mutter aus ihrem Dorf denken. Viele Babys mussten sterben, weil sie nicht mit einem Kaiserschnitt geholt werden konnten.

»Julia, werde selbst erst einmal Mutter, dann reden wir weiter.«

Ali hatte auch seine Einwände gegen einen Kaiserschnitt: »Eigentlich langweilig zu wissen, dass wir um neun Uhr in der Klinik sein müssen. Was wäre es toll, wenn du zu mir sagen würdest: ›Schatz, ich glaube, es geht los.‹ Ich könnte dich die Treppen hinuntertragen, direkt hinein ins Auto. Ich würde mich hinters Steuer werfen und dich mit überhöhter Geschwindigkeit und quietschenden Reifen ins Krankenhaus fahren. Schon immer habe ich davon geträumt, dem Polizeibeamten, der uns aufzuhalten versucht, aus dem fahrenden Auto zuzurufen: ›Herr Wachtmeister, meine Frau bekommt ein Baby.‹«

Die Geschichte fing an, mir zu gefallen. »Natürlich alles zur Rushhour, und ich schreie mit dir um die Wette: ›Weg da, wir kriegen ein Kind.‹ Aber was ist, wenn ich sage: ›Fahr nicht so schnell, es hat keinen Sinn. Wir schaffen das nicht. Das Kind kommt schon‹?«

»Auch klasse. Dann können wir die nächsten Jahrzehnte auf jeder Party die Story erzählen, dass ich unser erstes Kind im Auto auf die Welt gebracht habe.«

Der Tag der Entbindung nahte. Ob Kaiserschnitt oder normale Geburt – ich war inzwischen so dick und unbeweglich, dass mir alles egal war. Ich wollte nur noch, dass das Kind schnell und gesund zur Welt kommt. Mühsam schleppte ich mich an dem vereinbarten Tag morgens ins Auto. Ali wuchtete Julias Hartschalenkoffer auf den Rücksitz und setzte sich ans Steuer. Da er als Geburtshelfer nicht den großen Helden spielen konnte, wie wir uns das so schön ausgemalt hatten, er aber deswegen nicht zu traurig sein sollte, tat ich so, als sei es doch ein Notfall. Ich jammerte ein wenig, rief ein paarmal: »Fahr schneller, es kommt, es kommt gleich.«

Auch wenn ich mit Sicherheit keine gute Schauspielerin abgab – Ali ließ sich nicht lange bitten. »Halte durch, Baby, wir sind gleich da«, rief er mir zu und trat aufs Gaspedal. Gerade wollte er auf der Stadtautobahn einen Lkw überholen, da scherte dieser aus und setzte seinerseits zum Überholmanöver an. Ali hupte wie verrückt, fluchte und schimpfte, doch ihm blieb nichts anderes übrig, als auf der linken Spur dem Lastwagen zu folgen. Plötzlich kam jedoch von hinten ein Porsche angerast und fuhr so dicht auf, dass ich im Rückspiegel die Nasenhaare des Fahrers erkennen konnte. Es folgte die Lichthupe, der Warnblinker, schließlich ein Hupkonzert. Vor uns der Lkw, rechts neben uns ein weiterer Lastwagen mit Anhänger, links die Leitplanke und hinter uns ein Verrückter – spätestens jetzt wäre bei einer normalen Geburt meine Fruchtblase geplatzt. Bei einem geplanten Kaiserschnitt konnte ich relativ gelassen reagieren: »Sollen wir fliegen, oder was?«

Wie in einem Hollywoodfilm ging alles gut aus. Der Lkw beendete in Ruhe sein Überholmanöver, wir zogen an ihm vorbei und machten Platz für den rasenden Porschefahrer. Ich hatte wirklich nicht das Gefühl, dass ich in drei Stunden ein Kind zur Welt bringen würde. Keine Wehen, die Fruchtblase war noch intakt. Als wir vor dem Krankenhaus hielten, war Ali wieder ganz der werdende Vater: »Zu zweit gehen wir da hinein, aber als Familie werden wir wieder hinauskommen«, sagte er stolz.

Ich stieg aus dem Auto, schwankte langsam zur Entbindungsstation und meldete mich am Empfang. Hinter mir ächzende Geräusche, die nur ein schwer arbeitender Mann von sich geben kann: Statt glanzvoller Retter trug Ali heftig atmend Julias Hartschalenkoffer. Die Schwester wies uns an, auf einem der Stühle im Flur Platz zu nehmen. Mein erster Blick fiel auf eine türkische Frau. Mit schmerzverzerrtem Gesicht lief sie den Flur auf und ab. Alle fünf Minuten rief eine Krankenschwester: »Laufen Sie, Frau Yilmaz, laufen Sie weiter.« Dieser Anblick machte mich ein wenig nervös. Ob ich bald auch solche Schmerzen haben würde?

Ich musste daran denken, was mir meine Mutter von meiner eigenen Geburt erzählt hatte. Als sie mich in unserem anatolischen Dorf zur Welt brachte, muss sie unheimlich laut geschrien haben, aber das lag nicht nur an ihren Schmerzen. Es war in den ländlichen Gebieten der Türkei so üblich. Es gehörte einfach zur Geburt dazu. Man schrie.

Die Frauen bringen ihre Kinder zu Hause zur Welt, meist in hockender Stellung. Die einzige medizinische Hilfe, die sie erhalten, bekommen sie von der Dorfhebamme. Im Türkischen heißt sie *ebe*. Meine Mutter und mein Vater hatten große Angst, dass sie meine älteste Schwester Gönül und mich verlieren könnten, da sie bei Komplikationen nicht einfach in ein Krankenhaus fahren konnten.

Hebamme und Gebärende sind bei der Geburt nie allein. Immer sind zahlreiche weibliche Angehörige der Familie mit zugegen. Der werdende Vater ist meist auch nicht fern, er hält sich in der Nähe des Hauses auf, muss aber draußen bleiben. Erst wenn das Kind auf der Welt ist, wird er hineingerufen.

Als meine erste Nichte geboren wurde, die Tochter meiner Schwester Gönül, wollte mein Schwager Burak unbedingt dabei sein. Ich begleitete die beiden, blieb aber draußen auf dem

Flur. Gönül schrie sicherlich so laut wie meine Mutter damals, aber in ihrem Fall lag es tatsächlich an den furchtbaren Schmerzen. »Ein Zug fährt in meinen Unterleib«, brüllte sie, ich konnte es noch auf meinem Stehplatz vor der Tür hören. Mein Schwager versuchte, sie zu beruhigen, aber sie fauchte ihn nur an: »Ich würde gern wissen, wie du reagierst, wenn dir ein Elefant auf deine Männlichkeit tritt!« Vielleicht hätte mein Schwager lieber bei mir bleiben sollen.

Während ich die Frau mit dem schmerzverzerrten Gesicht auf dem Gang der Entbindungsstation beobachtete, musste ich auch daran denken, dass in der Türkei behauptet wird, scharfes Essen sei wehenfördernd. Noch heute erinnert sich Burak mit Schrecken an die letzten Tage vor der Geburt von Aylin. Meine Schwester war überfällig. Sie kochte die schärfsten Gerichte, die die türkische Küche je hervorgebracht hat, und Burak musste sie selbstverständlich mitessen. Nach zwei Bissen waren beider Zungen taub, die Tränen liefen ihnen übers ganze Gesicht, aber sie aßen tapfer weiter. Gebracht hat das alles nichts. Aber das weiß man ja vorher nie.

Bald hatte ich keine Zeit mehr, über diese Geschichten nachzudenken. Ich wurde in den OP gebracht, und der Anästhesist bereitete mich auf die Periduralanästhesie vor. Ein letztes Mal ging ich auf die Toilette und schaute in den Spiegel. Meine Gefühle fuhren Achterbahn. Ich wusste nicht, was mir mehr Angst bereitete, der bevorstehende Kaiserschnitt oder der Ballon mit Augen, der mich aus dem Spiegel anschaute.

Bevor mir das Betäubungsmittel mit einer dünnen Kanüle in den Rücken gespritzt wurde, musste Ali das Zimmer verlassen. Wie der Arzt uns erklärte, passiert es häufig, dass werdende Väter bei diesem Eingriff in Ohnmacht fallen. Die türkischen Männer, erzählte er, als Ali schon draußen war, seien besonders zimperlich. Ich habe gelacht und gab ihm recht: »Unsere lieben türkischen Männer sind wie ein guter Döner: außen knusprig und innen ganz weich.« Anschließend erhielt ich eine Infusion, ein Wehenschreiber wurde am Bauch befestigt, und Ali durfte wieder hereinkommen.

Kurz nach dem Stich in den Rücken wurde ich müde. Ali zwickte mich in die Wange und ermunterte mich, nicht einzuschlafen. Aus dem Augenwinkel sah ich, dass jemand an der Infusionsflasche hantierte. Ich schlief kurz ein, war dann aber wieder hellwach. Der Arzt erklärte Ali gerade, dass mein Kreislauf nicht so gut auf die Narkose reagieren würde. Danach spürte ich ab der Bauchnabelgegend nichts mehr und wunderte mich nur, dass die Ärzte viel mehr mit Ali sprachen als mit mir. Meinen Bauch konnte ich nicht sehen, da er hinter einem Vorhang verborgen war, ich hörte aber komische Geräusche. So ähnlich wie der Lärm, der aus dem Keller dröhnt, wenn mein Vater wieder einmal versucht, etwas zu reparieren. Plötzlich vernahm ich einen Schrei. Das war mein Baby!

Als die Oberärztin uns das kleine schreiende Knäuel entgegenhielt, sagte sie: »Herzlichen Glückwunsch, es ist ein prachtvolles Mädchen!« Mir kamen die Tränen, und Ali machte mir eine Liebeserklärung: »*Hayatım, çiçeğim, meleğim benim. Sana sevgim sonsuz* – mein Leben, meine Blume, mein Engel. Meine Liebe für dich ist unendlich.« Anschließend weinte auch er, und seine Freudentränen tropften auf mein Gesicht.

Ich gebe es zu, ich kann gar nicht oft genug Liebeserklärungen bekommen. Aber in dieser Situation hatte ich nur noch Ohren für das Geschrei des Kindes. Ich rief immer nur: »Ist alles dran? Ali, schau genau hin. Ist alles dran?«

Und als er mir noch einmal sagte, wie sehr er mich liebt, zischte ich nur: »Du lässt sie nicht aus den Augen, okay? Lass die Kleine auf keinen Fall allein. Merke dir eine Stelle an ihrem Körper.«

Seitdem ich einmal gelesen hatte, dass sogar in Deutschland Säuglinge nach der Geburt vertauscht werden, war das in diesem Moment meine größte Angst.

Da die Assistenzärztin kein Türkisch konnte und seine Tränen falsch deutete, fragte sie Ali, ob er traurig sei, dass das Baby kein Junge ist. Ali war auf diese Frage gut vorbereitet. Lächelnd sagte er: »Wissen Sie, eine Königin habe ich bereits. Jetzt ist noch eine Prinzessin dazugekommen.«

Sofort merkte die Ärztin, dass sie eine Bemerkung gemacht hatte, die eher unangebracht war.

»Wie soll Ihre Tochter heißen?«, fragte sie schnell, und Ali antwortete:

»Merve Johanna.«

»Ist das die Übersetzung für Schreihals?« Alle lachten. Merve schrie tatsächlich wie ein Döner am Spieß. Nein, Merve ist nicht die Übersetzung für »Schreihals«. Es ist der Name eines heiligen Bergs in der Nähe von Mekka, der Geburtsstadt des Propheten Mohammed. Johanna hingegen ist hebräischen Ursprungs und bedeutet: »die Gottbegnadete«. Mehr Respekt vor den Weltreligionen geht nun wirklich nicht.

Ich hatte einmal gelesen, dass einige Mütter nach einem Kaiserschnitt enttäuscht sind, weil sie damit kämpfen, nichts oder zu wenig geleistet oder sogar versagt zu haben. Dieses Problem hatte ich überhaupt nicht. Ich fühlte mich wie die mutigste, verdienstvollste und bewundernswerteste Frau überhaupt. Hatte ich nicht etwas Großartiges zustande gebracht? Ich war die Heldin des Kreißsaals, ach, was rede ich, des ganzen Krankenhauses.

Die anderen Frauen im Kreißsaal wollten wissen, ob wir unsere Tochter zweisprachig erziehen würden. Noch benebelt von der PDA antwortete ich politisch korrekt: »Mein Freund wird Türkisch mit ihr sprechen, ich Deutsch.« Merve Johanna ist unser Beitrag zur Völkerverständigung.

Fast wäre ich wieder eingeschlafen, doch in diesem Moment brachte mir die Hebamme meine Tochter. »Schauen Sie, das ist sie.« Ich versuchte, mich ein wenig aufzurichten, und sah für etwa zehn Sekunden ein schrumpeliges Monchichi-Gesicht mit sehr viel Haaren. Monchichis sind kleine Stoffäffchen, die in den achtziger Jahren in Deutschland ein Riesenhit waren, und das nicht nur bei Kindern. Sie haben dunkles Fell und große braune Augen. Das Besondere an ihnen ist, dass sie ihre Daumen und Zehen in den Mund stecken konnten.

Unser kleines Gorilla-Baby wurde anschließend zur Untersuchung weggebracht, und kurz darauf lag ich mit zwei anderen Frauen in einem Zimmer. Später kam Ali und schob ein Bettchen vor sich her, in dem unser Baby lag. »3640 Gramm, zweiundfünfzig Zentimeter, meine Haare und dein Gesicht«, sagte er. Vorsichtig beugte ich mich über Merve. Sie schlief tief und fest. Ich näherte mich ihr noch mehr und hörte sie atmen. Mir fiel auf, dass sie eine sehr helle Haut hatte. Vielleicht, dachte ich, wird sie mit dieser hellen Haut nie nach ihrer Herkunft gefragt werden. Vielleicht wird niemand von ihr wissen wollen, ob sie sich türkisch oder deutsch fühlt. Vielleicht kann sie irgendwann selbstverständlich und mit Stolz sagen: »Ich bin Deutsche.« Und vielleicht wird Merve Johanna Fatma Hanım dann Regierende Bürgermeisterin von Berlin.

Ich hätte es eigentlich wissen müssen. Unsere Familien schienen nur darauf gewartet zu haben, bis ich wieder zugenäht war, um endlich die Wochenbettstation zu stürmen. Es ist üblich, dass sich die Sippe – möglichst vollständig – im Krankenzimmer häuslich einrichtet, mit Hausschuhen, Zeitungen und Strickzeug. Das hat aber durchaus auch seinen Sinn. Krankheit und Bedürftigkeit innerhalb der Familie werden bei Türken als etwas Verbindendes erlebt. Der Kranke soll sich der Fürsorge seiner Familie sicher sein, ihn zu besuchen ist eine heilige Pflicht – so heißt es zumindest im Koran. »Und wer nicht komme, lasse den Kranken im Stich.« Die Bitte, man möge lieber allein sein, gilt als große Unhöflichkeit. Und wenn man sie – wie in meinem Fall – trotzdem äußert, beschwichtigte meine Mutter die Verwandten: »Ach, sie meint es nicht so.«

Im Bett nebenan lag Frau Schulze, die maximal von zwei Personen gleichzeitig Besuch erhielt. Offensichtlich hatten sich die Familienangehörigen untereinander abgesprochen, die frischgebackene Mutter zu schonen. Das konnte mir nicht passieren. Außerdem hatte sie ungefähr zwanzig Blumensträuße geschenkt bekommen. An meiner Bettseite gab es nicht einmal ein vertrocknetes Gänseblümchen, dafür stapelten sich die Plastikbehälter. Die Ankunft unserer Tochter auf der Säuglingsstation musste mit einer rauschenden Tupperparty gefeiert werden.

Alles Flehen und Bitten meinerseits, keine knoblauchgewürzten Speisen und schon gar nicht in diesen Mengen mitzubringen, nützte nichts. Stattdessen bekam ich als Antwort nur ein »*tamam, tamam*« zu hören. Übersetzt heißt das sinngemäß: »Natürlich respektieren wir deinen Wunsch.« Doch tags darauf standen sie wieder mit Töpfen im Zimmer, gefüllt bis zum äußersten Rand.

Einmal bat ich Ali, seiner Mutter auszurichten, dass ich beim nächsten Besuch bitte nur einen Obstkorb wolle. Die arme Frau war einen ganzen Tag lang verzweifelt. Am Abend rief sie ihren Sohn an: »Wo soll ich denn an einem Sonntagabend einen Korb herbekommen?«

Und wenn es kein Essen war, das sie kiloweise anschleppten, brachte meine Verwandtschaft Gold in den unterschiedlichsten Ausführungen mit: Münzen, Armbänder, Ringe und Anhänger. Das typische Geschenk für Neugeborene. Nach fünf Tagen hatte ich zwar keinen Blumenladen, dafür aber eine solide Basis für die Studiengebühren unserer Tochter.

Mit dem Aberglauben ist es nach der Geburt noch längst nicht vorbei. Vierzig Tage dürfen Mutter und Kind weder das Haus verlassen, noch soll das Baby gewaschen werden. Erst am einundvierzigsten Tag wird feierlich ein Waschritual durchgeführt. Bei der Prozedur *kırklama* legt man Rosenblätter, Salz, Geldstücke und einen Kieselstein in das Badewasser. Rosenblätter, damit das Kind immer gut duftet, Salz, damit es niemals nach Schweiß riecht, Geldstücke, damit es später reich wird, und der Kieselstein symbolisiert einen starken Körper.

Wie so vielem widersetzte ich mich auch diesem Wunderglauben. Statt das Bett zu hüten und zu Hause zu bleiben, fuhren wir mit Merve schon eine Woche nach der Geburt in ein Geschäft für Kinderkleidung und erstanden neue Babysachen. Die Erstlingsausstattung, die Julia mit mir ausgesucht hatte, war viel zu groß. Schnaubend vor Wut rief meine Mutter an, als sie davon erfuhr. Natürlich hatte meine Schwester Fatma es ihr gesteckt. Ich hatte ihr am Telefon davon erzählt und sie gebeten, es auf keinen Fall unserer Mutter zu sagen. Sie rief natürlich gleich bei ihr an, beschwor sie aber, so zu tun, als ob sie nichts wisse. Türkinnen fällt es sehr schwer, Geheimnisse für sich zu behalten. Ich kenne das sehr gut.

»Wieso hörst du nicht auf mich?«, schrie meine Mutter ins Telefon. »*Alkarısı* wird dich und das Kind holen.« *Alkarısı* ist eine hässliche alte Frau mit riesigem Busen, die Krankheiten bringt, wenn man zu früh das Haus verlässt. Es heißt, die alte Frau würde die Lunge der Mutter holen. Diese falle in Ohnmacht, halluziniere, bekomme hohes Fieber und rote Flecken am ganzen Körper und könne das Kind anstecken.

Natürlich wurden weder Merve noch ich krank, aber meine Mutter befahl mir dennoch, ihre Enkelin sofort von Kopf bis

Fuß rot einzukleiden. Das sei das Einzige, was hilft, denn angeblich kann *Alkarısı* diese Farbe nicht ausstehen. Ich lehnte das kategorisch ab. Auch weigerte ich mich, eine Zwiebel, einen Spiegel, einen Kamm, ein Stück Brot und ein Messer unter mein Kissen zu legen, weil meine Mutter der festen Überzeugung ist, dass das alles Gegenstände sind, vor denen die großbusige Frau Angst hat. Nur auf den Kompromiss, einen Besen hinter unsere Schlafzimmertür zu stellen, ließ ich mich ein. Angeblich soll dieser alles Böse aus dem Raum fegen.

Aber das war noch harmlos, verglichen mit dem, was mich erwartete, als meine und Alis Mutter mich zum ersten Mal zu Hause besuchten. Ich konnte nicht verhindern, dass beide Frauen Dutzende *nazar boncuğu*, jene blaue Augen, die vor dem bösen Blick schützen sollen, an der Kleidung, dem Kinderwagen, dem Babysitz und an sämtlichen Jacken unserer Tochter befestigten. »Reine Vorsichtsmaßnahme«, sagten sie lapidar. Ich konnte nur dafür sorgen, dass Merve nicht einen der gläsernen Steine erwischte und in den Mund steckte. Schließlich sehen sie aus wie glänzende Bonbons.

Ich weiß nicht recht, ob ich erwähnen soll, was diese beiden verrückten türkischen Frauen, die ich über alles liebe, meinem Kind noch alles angetan haben. Ich habe ein wenig Sorge, dass man sie vielleicht verhaften könnte. Deutsches Sicherheitsdenken ist der türkischen Seele in diesem Fall zutiefst fremd. Aber ein Trost für all die jungen, modernen türkischen Mütter in Deutschland: »Ihr seid nicht allein. Andere leiden mit euch.«

Und den deutschen Frauen möchte ich zurufen: »Freut euch, dass der Aberglaube es hierzulande nur verbietet, kleine Kinder durch ein Fenster zu heben, über sie hinwegzuspringen oder über sie zu steigen, denn sonst würden sie nicht wachsen. Ihr ahnt nicht, was einem türkischen Kind alles widerfährt, sobald es auf der Welt ist: Mehl haben sie meiner Tochter auf den Kopf gestäubt. Wenn unser erstes Kind ein Junge geworden wäre, hätte man das Mehl im Gesicht verteilt. Und warum tun Türken das? Angeblich wird das Kind dann steinalt. Die weiße Farbe des Mehls steht für graue Haare auf dem Kopf des Mädchens und für einen grauen Bart beim Jungen.

Übrigens: Ein Messer unter dem Babybett gilt als Beschützer. Und wem das nicht Sicherheit genug sein sollte, der lege einfach den Inhalt einer Windel unter die Fußmatte, dadurch werden die bösen Blicke der Menschen, die zu Besuch kommen, nicht mit hineingetragen. Ich denke eher, es werden einfach wesentlich weniger Menschen in die Wohnung treten, weil es unter der Matte so stinkt.

Ach ja, bevor ich es vergesse: Mein nächstes Kind wird ganz sicher ein Junge. Das behauptet zumindest Alis Mutter, denn zwischen den Augenbrauen unserer Tochter verläuft eine blaue Vene.«

9 *Bevor du ein Haus kaufst, gewinne die Nachbarn*

Merve war geboren, und endlich konnte ich mich unbefangen Alis Familie nähern. Die Großeltern waren nun so beschäftigt mit ihrem ersten Enkelkind, dass mir die befürchteten Heiratsgespräche erspart blieben. Ich hatte vermutet, Alis Eltern seien so ähnlich wie meine, aber ich wurde eines Besseren belehrt. Das Einzige, was unsere Mütter verbindet, ist die Tatsache, dass beide Analphabetinnen sind. Im Gegensatz zu meiner Mutter war Alis Mutter allerdings in Deutschland stets berufstätig. Sie und ihr Mann blieben bis zur Rente bei Siemens beschäftigt.

Ihren Arbeitsalltag verbrachten sie in Siemensstadt, jenem Stadtteil im Nordwesten von Berlin, der seinen Namen dem Konzern verdankt. Die Siedlung ist von Werkanlagen und Fabrikgebäuden geprägt und erinnert mich an meine Heimat Duisburg mit den riesigen Hochöfen und den stillgelegten Fördertürmen der Kohlezechen. Alis Vater baute Schalter zusammen, die Mutter montierte Halbleiter, die für Elektroanlagen in Flughäfen und Krankenhäusern benötigt wurden. »Leistungsschalter von Siemens bieten für jede Anforderung die optimale Lösung«, sagt der Vater heute noch, wenn man ihn auf die Qualitäten seines ehemaligen Arbeitgebers anspricht.

Alis Eltern sprechen dadurch besser Deutsch als meine. Seine Mutter, gleichwohl Analphabetin, hatte keine Schwierigkeiten, die vielen Halbleiterteile zu montieren. Der Meister zeigte ihr die Pläne mit der Montageanleitung, die sie auswendig lernte, und dann baute sie die Festkörper aus dem Gedächtnis zusammen. Man muss dazu wissen, dass diese Instruktionen sehr kompliziert sind, nur ein ausgezeichnetes Gedächtnis kann sich all diese Details einprägen. Doch damit nicht genug. Obwohl sie am Anfang kaum Deutsch sprach, machte Alis Mutter sehr schnell Verbesserungsvorschläge. Trotz ihres geringen Wortschatzes unterbreitete sie ihrem Vorgesetzten ihre Ideen und gewann zahlreiche Prämien für ihre innovativen Vorschläge.

Alis Vater kam kurz nach der Geburt seines Sohns nach Berlin. Ein halbes Jahr später bezog er eine eigene Wohnung und holte seine Frau und Ali aus einem kleinen Dorf in der Nähe von Balıkesir nach, einer Stadt im Westen der Türkei. Zuvor hatte er wie mein Vater in einem Männerwohnheim gewohnt.

Ali war knapp ein Jahr alt, als ihn seine Mutter in eine Kindertagesstätte gab. Sie wollte wie ihr Mann bei Siemens arbeiten. Im Kindergarten wurde nur Deutsch gesprochen, zu Hause mit den Eltern ausschließlich Türkisch. Ali sprach schon bald wesentlich besser Deutsch als seine Eltern, aber das machte ihn nicht glücklich. Im Gegenteil, es war ihm sogar peinlich. Schließlich waren es seine Eltern, und als Kind wollte man von ihnen lernen und zu ihnen aufschauen. Als er fünf Jahre alt war, nahm ihn seine Mutter das erste Mal mit an ihren Arbeitsplatz, damit er für sie übersetzte. »Ich bin der jüngste Dolmetscher Deutschlands«, sagte er, um davon abzulenken, wie sehr er sich gewünscht hätte, dass seine Eltern genauso gut Deutsch gelernt hätten wie er.

Als Kind fühlte ich ähnlich wie Ali. Wenn mein Vater mir früher bei den Rechenhausaufgaben half, schrieb ich zwar auf, was er diktierte, aber nur, weil ich ihn nicht verletzen wollte. Ich glaubte nicht, dass seine Ergebnisse richtig waren. Es erschien mir zu unlogisch, dass ein Mann, der nicht richtig Deutsch sprach, mir Mathematik beibringen konnte. Wie glücklich war ich, als mich meine Lehrerin für die fehlerfreien Hausaufgaben lobte, denn nun wusste ich, dass ich mich für meinen Vater nicht schämen musste. Er sprach zwar schlecht Deutsch, aber er hatte trotzdem recht.

An dem Abend, an dem ich zum ersten Mal auf dem Sofa von Alis Eltern saß, wir Tee tranken und *poğaça*, kleine mit Käse gefüllte Teigtaschen, aßen, erfuhr ich von der großen Leidenschaft, die Alis Mutter hatte. Sie liebte Tennis. Und sie vergötterte Boris Becker und Steffi Graf. Kein Spiel der beiden hat sie je verpasst. Beim Finale 1985 in Wimbledon, als Boris Becker das Endspiel gegen Kevin Curren gewann, sprang sie vom Sofa, riss die Arme in die Luft und schrie: *»Benim koçum, benim aslanım* – mein Widder, mein Löwe.«

Neben Boris und Steffi kannte sie auch Ivan Lendl, Henri Leconte, Pete Sampras, Martina Navrátilová und all die anderen Tennisspieler, nach denen halb Deutschland in den achtziger Jahren verrückt war. Jedem Spieler hatte Alis Mutter einen ganz speziellen Namen gegeben: Agassi war »Pampers«, weil er ihrer Meinung nach so lief, als trüge er Windeln. Pete Sampras nannte sie »Augenbraue«, weil sie der Ansicht war, dass er nur eine Augenbraue besaß. Leconte bezeichnete sie als »den Mann ohne Lippen«, und Boris war natürlich *oğlum*, ihr Sohn, Steffi *kızım*, ihre Tochter.

Steffi Graf ist noch heute ihr Liebling: »So schöne Frau«, schwärmte sie von ihrer *kızım*. »So glücklich mit Andre.« Ich pflichtete ihr bei.

Aber ihr unumstrittener Liebling war Boris Becker. Von ihm erzählte sie mir so ausführlich, als hätte sie nie etwas anderes in ihrem Leben getan, als jede Woche *Gala* und *Bunte* zu lesen. Aber als Analphabetin wusste sie alles aus dem Fernsehen. Sogar die Namen seiner Söhne hatte sie parat: Elias Balthasar und Noah Gabriel. Als Becker mit dem Tennis aufhörte, verfolgte sie weiter mit großer Anteilnahme sein Leben. Bis zu jenem Tag, als sie von seinen Aktivitäten in einer Besenkammer erfuhr.

»Ach, Boris hatte so schöne Frau. Wenn man hat so schöne Frau, man macht keine Dummheiten«, zischte sie.

»Was denn für Dummheiten?« Ich tat, als sei ich ahnungslos. Unbedingt wollte ich hören, wie eine türkische Mutter die »Besenkammer-Affäre« von Boris Becker beschreiben würde.

»Böser Boris, böse russische Frau«, sagte sie und verschwand kopfschüttelnd in die Küche. Mehr wollte sie darüber nicht sagen.

Ich war sehr enttäuscht, dass ich Alis Mutter nicht mehr entlocken konnte. Später fragte ich mich, was sie dazu eigentlich hätte sagen können. Wahrscheinlich einfach nur: »*Çok ayıp, çok çok ayıp* – sehr unanständig, sehr, sehr unanständig.« Eben jenes hilfreiche türkische Wort *ayıp*, das nichts sagt, aber dennoch alles beschreibt.

Als Merve sechs Wochen alt war, wurde Alis Großmutter plötzlich sehr krank. Sie war fast neunzig Jahre alt und wünschte sich inständig, ihre Urenkelin kennenzulernen, bevor sie sterben würde. Mein Vater konnte uns von einem befreundeten Reisebürobesitzer sehr günstige Flüge besorgen. Also gaben wir der Bitte nach und machten uns mit der Kleinen auf den Weg in die Türkei.

Für eine Erstmutter ist es schwierig genug, einen Säugling innerhalb der eigenen vier Wände zu versorgen, wie sollte ich das erst in der Fremde schaffen? Außerdem war es Februar, als wir reisten, also relativ kühl. Ich machte mir Sorgen, dass sich mein Kind erkälten könnte. Gibt es dort unten überhaupt sauberes Wasser, fragte ich mich. Wie koche ich es ab? Wie sterilisiere ich Schnuller, Flaschen und Sauger? Völlig aufgelöst packte ich unsere Sachen. Auf dem Weg zum Flughafen fiel mir ein, dass ich vergessen hatte, das Meersalznasenspray für Merves verstopfte Nase mitzunehmen. Wo würde ich so etwas bekommen? Und was passiert, wenn uns die Windeln ausgehen?

Ali konnte meine Aufregung vor der Abreise überhaupt nicht nachvollziehen und schüttelte nur verständnislos den Kopf.

»Hatice, hast du schon einmal von einem Massensterben türkischer Babys in den Nachrichten gehört, weil es keine Windeln gibt? Also, kannst du dich bitte entspannen«, versuchte er mich zu beruhigen.

»Du hast doch überhaupt keine Ahnung. Musstest du jemals Meerwassernasenspray und hyperallergene Säuglingsanfangsnahrung in der Türkei kaufen? Hast du dort nicht immer nur in Fünf-Sterne-Hotels übernachtet?«

»Erinnere dich: Du hast die ersten drei Jahre deines Lebens, die du in der Türkei warst, auch überlebt. Und sollte das türkische Volk nicht in die EU aufgenommen werden, dann sicher nicht deswegen, weil es seine Babys nicht versorgen kann.«

Ich musste zugeben, dass Ali recht hatte. Aber ich konnte einfach nichts dem Zufall überlassen. Diese Charaktereigenschaft war mir neu. Normalerweise bin ich ein sehr spontaner Mensch, aber seit ich Mutter bin, hat sich das geändert. Ich wollte es zwar nicht wahrhaben, wenn Ali mir sagte, dass er mich kaum wiedererkenne, aber es stimmte. Ich hatte Verantwortung übernommen.

Als wir in der Maschine auf unseren Plätzen saßen, kamen kurz nacheinander alle Flugbegleiter sowie der Pilot und der Co-Pilot zu uns, um unserer Tochter ein »*Maşallah, na-*

zar değmesin« oder ein »*Analı babalı büyüsün«* zu bekunden. *Maşallah* lässt sich mit »Was Gott gewollt hat« übersetzen, es ist eine Art abergläubischer Zusatz, den man zum Schutz einer Person ausspricht, die bei anderen Neid und Missgunst wecken könnte. Zugleich ist es aber auch ein Ausruf von großer Freude oder Huldigung eines Menschen. *Nazar değmesin* heißt: »Möge das Baby vom bösen Blick verschont bleiben.« *Analı babalı büyüsün* mag ich persönlich am liebsten. Man sagt es zu einem Paar, das gerade ein Baby bekommen hat, und es bedeutet: »Möge euer Kind mit Mutter und Vater aufwachsen.«

Wir dankten ausführlich für die guten Wünsche, und Ali lachte stolz und glücklich.

Türkische und deutsche Flugreisende verhalten sich in einem Flieger vollkommen unterschiedlich. Der Deutsche will einfach nur einen Fensterplatz und bis zur Ankunft am Bestimmungsort möglichst in Ruhe gelassen werden. Er bläst sein Nackenkissen auf und zieht sich eine Schlafmaske über die Augen.

Kaum ein Türke setzt sich dagegen auf seinen reservierten Platz. Er lässt sich auf den erstbesten Sessel fallen, der sich anbietet. Das Boarding wird dadurch zu einer Reise nach Jerusalem. Kaum hat sich jemand niedergelassen, kommt der, dem der Platz zusteht. Die erste Person muss aufstehen und sich eine neue Sitzgelegenheit suchen. Wieder wählt sie den falschen Platz, und in Kürze geht das Spiel von Neuem los. Wenigstens haben die türkischen Piloten Humor. »Meine Damen und Herren, auch der hintere Teil der Maschine fliegt nach Izmir«, schallte es durch den Lautsprecher.

Schlafen im Flugzeug kommt für den Türken nicht in Frage, denn er könnte das Getränk, den Imbiss oder den Duty-Free-Verkauf verpassen. Das Bordmenü will er gleich zweimal (mit der Begründung, er habe nicht gefrühstückt), und am liebsten wäre es ihm, wenn die Stewardess die Cola-Flasche gleich ganz dalassen würde. Er kauft zehn Stangen Zigaretten für die Verwandten, muss aber bei der Kontrolle neun davon verzollen, so dass er am Ende den dreifachen Preis bezahlt.

Unser Flieger, sowohl der vordere wie auch der hintere Teil, landete tatsächlich in Izmir. Fatma holte uns am Flughafen ab, eine Nacht wollten wir bei ihr bleiben und erst am nächsten Tag nach Gönen aufbrechen. Alis Eltern hatten die Großmutter zu sich in ihr Haus geholt, in dem sie sich seitdem fast ausschließlich aufhielten.

Am Abend, als Merve im Bett lag und Ali es sich vor dem Fernseher bequem gemacht hatte, nahm ich meine Schwester Fatma zur Seite: »Gibt es eigentlich auch Pampers in der Türkei?«

»Wieso willst du das wissen?«

»Nun ja, es ist die einzige Windelsorte, die Merve gut verträgt.«

»So, so. Deine Tochter ist wohl etwas Besonderes, weil sie in Deutschland geboren wurde und hat einen Gold-Popo, der nur von den teuersten Windeln umhüllt sein will?«, fragte sie spöttisch.

»Sehr witzig. Natürlich hat sie das nicht. Aber ich habe alle Marken durchprobiert, und Pampers sind nun einmal die besten«, versuchte ich mich zu rechtfertigen.

»Mach dir keine Sorgen, große Schwester«, sagte Fatma. »Auch wir in der Türkei haben Windeln, die deinen deutschen Ansprüchen genügen dürften. Allerdings heißen sie bei uns Pümpüs.«

Laut lachend ging sie ins Wohnzimmer zu Ali und erzählte ihm kopfschüttelnd die Geschichte. Typisch für meine Familie – wieder machten sie Witze auf meine Kosten. Ich konnte ihre Reaktion nicht nachvollziehen, schließlich machte ich mir nur

Sorgen um das Wohlergehen meines Kindes. Meine Schwester zeigte mir einmal mehr, wie deutsch ich bin und dass mir die Gelassenheit einer türkischen Mutter fehlte.

Während der Fahrt am nächsten Tag nach Gönen erzählte mir Ali, wie liebevoll seine Mutter sich um die Großmutter kümmern würde. Sie würde sie füttern, waschen, ihr auf die Toilette helfen. Tag und Nacht sei sie für die alte Dame da. Sie schliefen sogar zusammen im Ehebett, während Alis Vater auf der Couch übernachten müsse. Schon beim Zuhören kamen mir die Tränen. »Meine Großmutter ist wie ein kleines Kind«, fuhr Ali fort. »Nach dem Tod ihres Mannes vor sechs Jahren hat sie sämtlicher Lebenswille verlassen. Siebzig Jahre lang war sie mit meinem Großvater verheiratet gewesen.«

Als ich Alis Großmutter gegenübertrat, wirkte sie so, als bekäme sie nicht mehr viel mit, aber wir hatten uns getäuscht. Sie merkte nicht nur, dass ihr Enkel sie besuchte, sondern sie wusste auch sofort, dass ich Alis Frau bin und das Baby ihre Urenkelin. Wir legten ihr Merve in den Arm. Es war schwer für sie, das Kind zu halten, obwohl es höchstens fünf, sechs Kilo wog. Sie hob das Gesicht der Kleinen nah an das eigene und küsste ihre Augen, während Tränen über ihre Wangen liefen. Es war herzzerreißend. Als Merve einmal weinte, rief die Großmutter mir zu: »Sie will deine Brust, mein Mädchen. Sie hat Hunger, lass sie nicht warten, füttere sie.«

Aber zumeist war sie so schwach, dass sie einfach nur auf dem Sofa lag und schwieg. Immer saß Alis Mutter bei ihr. Dieses Bild rührte mich sehr. Die Loyalität gegenüber den eigenen Eltern ist eine große Tugend bei den Türken. Deshalb gibt es immer noch einen sehr starken Familienzusammenhalt in türkischen Großfamilien. Vieles, was in Deutschland vom Staat geregelt wird, fangen die Türken innerhalb der Familie auf – eben auch die Pflege der Alten.

Dabei ist es nicht so, dass es für die Kinder eine lästige Pflicht ist, sie tun es gern. Ich lebe ein sehr deutsches Leben, aber wenn ich mich mit dem Älterwerden meiner Eltern beschäftige, ist für mich klar, dass ich sie später pflegen werde. Auch Ali denkt so. Und insgeheim wünschen wir uns, dass unsere Tochter eines Tages ähnlich denkt.

An einem sonnigen Nachmittag setzten wir uns mit Alis Vater auf den Balkon. Sorgsam schmierte ich alle freien Hautstellen meiner Tochter mit einer dicken Schicht Sonnenschutzcreme ein, Lichtschutzfaktor 50. Meine Hysterie, es könnte in der Türkei im Februar für Merve zu kalt sein, stellte sich als vollkommen überflüssig heraus. Auch alle anderen Ängste, denn schließlich ist die Türkei kein Dritte-Welt-Land. Anscheinend verdrängte ich das manchmal.

Alis Vater saß entspannt auf einem Gartenstuhl, wie immer trug er eine Krawatte: »Sie wärmt den Hals«, sagte er einmal, als ich ihn fragte, warum ich ihn noch nie ohne Schlips gesehen habe.

»Wisst ihr, was meine allererste Schallplatte war?«, fragte er uns unvermittelt.

Ali und ich schüttelten den Kopf.

»›Tränen lügen nicht‹, von Michael Holm.«

»Und warum gerade Michael Holm?«, fragte ich nach.

»Er ist ein guter Junge und hat schöne Musik gemacht.«

Ich musste zugeben, dass ich seine größten Hits als Kind laut mitgesungen hatte.

Alis Eltern sind ein Phänomen, was ihren Musikgeschmack betrifft. Als die Gruppe ABBA 1974 den Grand Prix d'Eurovision de la Chanson gewann, hatten sie sich mit dem Kassettenrecorder vor den Fernseher gesetzt, um »Waterloo« aufzunehmen. Auch lieben sie die *Deutsche Schlagerparade* über alles.

Während meine Eltern *Köln Radyosu* hörten, eine türkischsprachige Hörfunksendung des Westdeutschen Rundfunks für Arbeitsmigranten – es war überhaupt die erste regelmäßige Radiosendung in türkischer Sprache –, saßen Alis Eltern vor dem Fernseher und schauten sich die *Hitparade* mit Dieter Thomas Heck an.

Inzwischen hatte Alis Mutter die Großmutter versorgt und kam zu uns hinaus auf den Balkon, um zu fragen, ob sie uns etwas anbieten könne. Als wir ihr berichteten, worüber wir gerade sprachen, sah sie ihren Mann verliebt an und fing plötzlich an zu trällern: »Er gehört zu mir wie mein Name an der Tür!« Wir lachten, und Alis Vater erzählte, wie gern seine Frau früher Marianne Rosenberg gehört hätte. »Sie kam gleich nach Steffi Graf«, fügte er hinzu. Anschließend blickte er verlegen zu ihr hoch und summte: »Tränen lügen nicht…«

So kann es passieren, wenn ein junges deutsches Paar türkischer Abstammung mit seiner kleinen deutschen Tochter zur türkischen Urgroßmutter in die Türkei kommt. Dann singen die türkischen Schwiegereltern zur Begrüßung deutsche Schlagerlieder.

Ich war sehr glücklich, dass wir diese Reise mit Merve noch unternommen hatten. Vier Wochen nach unserer Rückkehr nach Berlin ist Alis Großmutter gestorben. Sie ist ganz friedlich eingeschlafen. Einen Abend zuvor hatte sie Alis Mutter noch etwas gesagt, das sie mir ausrichten sollte: »Sag Hatice, sie soll aus ihrer Tochter eine starke Frau machen. Wir brauchen starke türkische Frauen. Auf unsere türkischen Männer kann man sich immer weniger verlassen.«

Ich wunderte mich sehr über diesen Satz einer fast neunzigjährigen türkischen Frau. Ich hätte eine andere Aussage erwartet. Dass ich dafür sorgen solle, dass Merve einen guten Mann findet. Aber vielleicht hatte ich mich in der türkischen Seele wieder einmal getäuscht.

Kurz nachdem wir wieder in Berlin waren, fuhren wir nach Wilmersdorf, um in der Wohnung von Alis Eltern nach dem Rechten zu sehen. Unterwegs erzählte mir Ali, dass er im Alter von zehn Jahren mit seinem Vater zum Tag der offenen Tür bei Siemens gegangen sei, um sich den Arbeitsplatz seines Vaters anzuschauen. Ali ekelte sich ein wenig vor dem Schmieröl und all den Fetten, die benutzt werden mussten, um die Schalter richtig zu präparieren. Sein Vater gab ihm damals einen Satz mit auf den Weg, der sein weiteres Leben prägte: »*Senin elin kalem tutsun!* – möge deine Hand bei der Arbeit immer einen Stift halten!«

Der Sohn sollte später einmal nicht in der Fabrik stehen wie die Eltern, sollte keine schwere und schmutzige Arbeit verrichten. Also meldeten ihn die Eltern auf dem Gymnasium an. Sie wussten, dass man diese Schule besucht haben muss, wenn man studieren will.

Ali wuchs völlig anders auf als ich. Während wir zu Hause zu sechst waren, hatte er nur eine Schwester, mit der er sich reiben konnte. Ebru ist sieben Jahre jünger als ihr Bruder und von den Eltern ganz anders behandelt worden. Zumindest sagt das Ali: »Alles, was ich nicht durfte, wurde Ebru erlaubt. Ich durfte erst mit siebzehn in die Disco, meine Schwester schon mit vierzehn.« Auf Ebru können wir uns verlassen, auf dich nicht, hatte der Vater zur Erklärung gesagt.

Die Familie zog Mitte der siebziger Jahre nach Wilmersdorf. Damals gab es noch kaum Türken in der Gegend. Beim Sonntagsspaziergang drehten sich die Menschen nach ihnen um, weil sie überrascht waren, dass eine Frau mit Kopftuch in ihrem Stadtteil wohnte. Noch waren Alis Eltern ihren deutschen Nachbarn fremd, aber es dauerte nicht lange, bis sie den Kontakt zu ihnen aufnahmen. Bald wurden sie von der Bäckersfrau gegrüßt, vom Mann am Kiosk und den Verkäuferinnen im Supermarkt. Meine Eltern hatten sich nie mit Deutschen angefreundet.

Bevor wir die Wohnung von seinen Eltern betraten, bat mich Ali, mit ihm kurz bei der Nachbarin Frau Krüger vorbeizuschauen, seine »zweite Oma«. Wir klingelten, sie begrüßte uns herzlich und bat uns ins Wohnzimmer.

»Über Ali kann ich so viele Geschichten erzählen«, sagte sie, nachdem wir Platz genommen hatten. »Eines Tages, er war gerade fünf Jahre alt, kam ich die Treppe hinauf und sah, dass der Junge die Wohnungstür nicht öffnen konnte. ›Guten Tag, Frau Krüger‹, begrüßte er mich. ›Können Sie mir bitte helfen? Die Tür geht nicht auf.‹ Ich war sehr überrascht, von einem Fünfjährigen so viel Höflichkeit zu erfahren. Ich schloss ihm die Tür auf, er bedankte sich brav und verschwand in der Wohnung.«

Nachdem wir uns noch eine Weile sehr herzlich unterhalten hatten, verabschiedeten wir uns wieder und versprachen, immer bei ihr vorbeizuschauen, wenn wir in der Nähe wären.

Beim Hinuntergehen öffnete sich die Haustür gegenüber der Wohnung von Alis Eltern. Hans und Hilde Gericke traten heraus. Obwohl beide bestimmt schon Mitte sechzig sind, steckten sie von Kopf bis Fuß in Motorradanzügen. »Mensch, tach, Ali«, rief Hans, und Hilde umarmte Ali heftig.

»Wer isn ditte? Deine Frau?«, fragte der Nachbar und wies auf mich.

»Nee, hab ich euch doch jesacht, dass wir nicht verheiratet sind. Dit is meene Freundin«, antwortete Ali.

»Mensch, und da is ja ooch die Kleene. Ach Jott is die schnuckelig!«, sagte Hilde und beugte sich über Merve.

Hans Gericke hatte früher eine kleine Druckerei, die er inzwischen seinem Sohn Christoph übergeben hat. Christoph war Alis Freund aus Kindertagen. Sie spielten zusammen Fußball oder fuhren mit dem Fahrrad zum Tiergarten.

»Na, wieder uff Achse?«, fragte Ali die beiden.

»Klar, weeste doch, sobald die Sonne kommt, sind wa draußen!«

Hans ist leidenschaftlicher Motorradfahrer und legt im Jahr fast zehntausend Kilometer mit seiner Maschine zurück. Nach einer fröhlichen Verabschiedung betraten wir schließlich die Wohnung von Alis Eltern.

In Ruhe konnte ich mich umschauen, niemand erwartete meine Aufmerksamkeit. Das Wohnzimmer ähnelt dem meiner Eltern sehr. Es gibt eine Schrankwand mit Mokka- und Teegläsern, mit Goldrandtellern, Fotos von Ali, Fotos von seiner Schwester Ebru. Ich entdeckte auch einen kleinen Pokal, und ich fragte Ali, was es damit auf sich habe.

»Das ist der Gentleman-Preis, den mein Vater bei einem Tavla-Turnier in seiner Abteilung bei Siemens gewonnen hat«, erklärte mir Ali. Tavla ist ein Brettspiel, vergleichbar mit Backgammon.

»Was, dein Vater hat ein Turnier gewonnen?«

»Nein, er wurde nur Zweiter. Er verlor absichtlich, um seinem Kollegen, den er sehr mochte, den Sieg zu überlassen.«

»Daher der ›Gentleman-Preis‹?«

»So ist es. Er hat sich tatsächlich wie ein Gentleman verhalten. Ich habe ihm aber noch Jahre später vorgeworfen, dass er nicht gewinnen wollte. Aber er ist eben sehr bescheiden.«

»Du scheinst nicht alles von ihm geerbt zu haben«, scherzte ich. Ali ist selbstbewusst und weiß, wie er seine Mitmenschen um den Finger wickeln kann. Es kommt vor, dass er nach einem gelungenen Arbeitstag einfach sagt: »Ich war heute super.« Das klingt bei ihm aber immer sehr charmant, und man kann es ihm nicht übel nehmen. Außerdem weiß er, dass er gut aussieht. Kein Wunder, die Frauen um ihn herum sagen oder zeigen es ihm ja auch immer.

Ich hatte noch nie einen Freund, dem die Frauen auf der Straße hinterherschauen. Früher haben sich die Männer nach mir umgedreht, heute muss ich mit ansehen, wie Frauen fast gegen einen Laternenpfahl laufen, wenn sie Ali begegnen. Einmal ging ich mit ihm in ein Restaurant, dass im vorderen Bereich eine Bar hatte. Dort saßen zwei sehr hübsche Frauen, die sich unterhielten. Als ich mit Ali den Raum betrat, verstummten sie gleichzeitig, und ihre Blicke verfolgten uns bis zu unserem Tisch. Ich konnte förmlich in ihren Gesichtern lesen: Wie hat es diese Frau nur geschafft, an einen solch blendend aussehenden Mann zu geraten?

Plötzlich klingelte es an der Tür. Ali öffnete und umarmte die nächste Frau, die ich noch nie gesehen hatte.

»Hast du uns gehört? *Kako si ti*, wie geht's?«, fragte er.

»Danke, gut! Schön, dich zu sehen. Wir haben dich vermisst.«

Jelena Milutinovic ist vor vielen Jahren mit ihrer Familie aus dem ehemaligen Jugoslawien nach Berlin gekommen. Sie sind neben Alis Eltern die einzigen »Nicht-Deutschen« im Haus. Schon nach kurzer Zeit wurden sie gute Freunde. Wenn Alis Eltern in der Türkei sind, hütet Jelena deren Wohnung, gießt die Blumen und schaut nach der Post. Einmal im Jahr fährt auch Familie Milutinovic in den Urlaub. Dann überreicht sie Alis Mutter ihren Wohnungsschlüssel. Doch diese belässt es nicht beim Blumengießen und Briefkastenleeren. Sie topft die Pflanzen um, wenn sie der Meinung ist, dass sie es dringend nötig haben, putzt die Fenster und wischt den Badezimmerboden feucht durch. Und am Abend, bevor die Nachbarn aus ihrem Urlaub zurückkehren, stellt sie ein großes Tablett mit *börek* auf den Tisch.

Jelena begrüßt jetzt auch mich mit einer Umarmung: »Ich gehöre zur Familie, wie du!«

Ich war sehr erstaunt. Dass sich eine türkisch-kroatische Integration rasch vollziehen kann, hätte ich nicht gedacht. Obwohl es ein türkisches Sprichwort gibt, das besagt: »*Ev alma, komşu al* – bevor du ein Haus kaufst, gewinne deine Nachbarn.«

»Soll ich einen Tee kochen?«, fragte ich.

Aber Jelena wollte nur kurz vorbeischauen. Sie war vor allem neugierig auf Merve, wusste sie doch, dass Alis Mutter sich seit Jahren eine Schwiegertochter und ein Enkelkind gewünscht hat.

»Jetzt müssen wir aber los«, sagte Ali plötzlich.

Unsere Einladung zum Kaffee wollten wir nicht versäumen. Ali war mit Anke, Katharina und Paul zur Schule gegangen. Für ihn waren die Geschwister mehr als nur Freunde, und die Eltern, Jürgen und Kordula, nannten Ali ihren »Adoptivsohn«.

Heute wohnen die Kinder längst nicht mehr bei ihren Eltern, aber wir hatten uns alle in deren Wohnung im Bayerischen Viertel verabredet, einem Stadtteil von Schöneberg.

»Na, der verlorene Sohn kommt mal wieder nach Hause«, begrüßte uns Mutter Kordula an der Wohnungstür.

»Irgendwann müsst ihr ja eure zukünftige Schwiegertochter kennenlernen«, scherzte Ali.

»Es freut uns sehr, endlich Alis Frau willkommen zu heißen«, empfing Kordula mich herzlich. Wieder umarmte ich eine wildfremde Deutsche, und wir küssten uns rechts und links auf die Wange, nach türkischer Tradition. Ich bedankte mich für den freundlichen Empfang: »Ali hat schon viel von euch erzählt.«

Die ganze Familie hatte sich im Wohnzimmer versammelt und erwartete uns freudig. Anke, ihr Mann Viktor, Katharina, ihr Freund Michael, dann Paul, seine sudanesische Frau Sabiha, die Oma der Familie, die Mutter von Jürgen, und natürlich Jürgen selbst.

»Bin ich in einer türkischen Großfamilie gelandet?«, fragte ich. Alle lachten.

Wir saßen zusammen am großen Tisch. Ankes Sohn Finn und Pauls Tochter Lina spielten mit Merve, und ich hörte mir Geschichten aus der Schulzeit an. Kordula erzählte, es sei seit 1990 Tradition in der Familie, dass Ali zu Weihnachten den Baum kauft. »Schließlich feiert er jedes Jahr Heiligabend mit uns«, sagte sie.

Vor der Bescherung würden sie gemeinsam Weihnachtslieder singen, erfuhr ich weiter, und Ali würde immer am lautesten »O, du fröhliche, o du selige …« schmettern.

»Ali kennt die Lieder besser als meine eigenen Kinder«, sagte Jürgen.

»Ich habe sie im Schulchor gelernt«, erklärte Ali.

Ich komme aus dem Staunen nicht mehr heraus: »Du hast nicht nur Weihnachten gefeiert, du hast auch im Schulchor gesungen?«

Ali nickte nur.

Ich staunte, wie stark er integriert war. Er hatte deutsche Freunde, verbrachte Zeit mit seinen deutschen Nachbarn und hatte ein inniges Verhältnis zu ihnen. Es gibt nicht nur Türken, die in Duisburg-Marxloh oder Berlin-Neukölln leben und kein Wort Deutsch sprechen, sondern auch Menschen wie Ali und seine Familie, die ganz selbstverständlich ein Teil dieser Gesellschaft sind und sich auch so fühlen. Wieder einmal spürte ich, wie ähnlich Ali und ich uns sind.

10 *Nasrettin trifft Rolf*

Ali und ich haben uns entschieden, Merve zweisprachig zu erziehen. Jahrelang hat mein Cousin Murat mir weismachen wollen, dass seine Kinder kein Türkisch lernen müssten, denn schließlich würden sie in Deutschland aufwachsen. Ich habe nie richtig verstanden, warum er so rigoros gegen alles Türkische war. Wenn er uns besuchen kam, verglich er Türkisches mit Deutschem, und immer schnitt das Türkische schlechter ab.

»Ja, Urlaub in der Türkei ist schön, aber man wird ständig über den Tisch gezogen. Das würde einem Touristen in Deutschland niemals passieren.«

Oder: »Ja, türkisches Essen ist sehr lecker, aber Türken essen Unmengen. Deutsche sind viel zurückhaltender, sie sind Genussmenschen.«

Schon als Kind war er der Einzige in unserer Verwandtschaft, der Hähnchen mit Messer und Gabel aß, während wir mit den Händen und Zähnen das Fleisch von den Knochen rissen. Mein Vater hat sich über ihn lustig gemacht und gesagt: »Bringt Murat ein Feuchttuch für seine Hände.« Und wir Kinder haben ihn ausgelacht.

Nun werde ich mich nicht auf die Seite der Türken stellen und skandieren: »Die Türken sind die Besten!« Auch lässt mein türkischer Nationalstolz im Vergleich zu dem meines Vaters sehr zu wünschen übrig. Aber es würde mir im Traum nicht einfallen, das Deutsche oder das Türkische miteinander zu vergleichen und dann eine Bewertung vorzunehmen. Dafür bin ich viel zu gern Türkin *und* Deutsche.

Das war nicht immer so, denn als Kind wollte ich keine Türkin sein. Ich habe mich dafür geschämt, dass ich einen Namen trug, den keiner meiner deutschen Freunde richtig aussprechen konnte. Meine Mutter sah mit ihrem Kopftuch komisch aus, und ich war traurig, dass wir nicht Weihnachten feierten. Ich war das Kind türkischer Eltern, das anders lebte, anders aß und seine Sommerferien immer in der Türkei verbrachte. Sogar unsere Wohnungseinrichtung unterschied sich von der meiner deutschen Freunde. Ich wünschte mir von Herzen, nicht anders zu sein.

Einmal schämte ich mich für meine Mutter so sehr, dass ich tagelang nicht mit ihr gesprochen habe. Ich war ungefähr zehn Jahre alt und kündigte an, dass ich eine deutsche Freundin zum Essen mitbringen würde. Inständig bat ich meine Mutter, die Suppe diesmal nicht gemeinsam aus *einer* großen Schüssel zu essen, wie wir es sonst immer taten. Für mich bedeutete das, keine Manieren zu haben, dörflich zu sein. Bei meinen deutschen Freundinnen wurde die Suppe auf Tellern serviert, jeder bekam seinen eigenen. Und das galt für mich als zivilisiert. Wenn sie nun sahen, dass wir aus einer Schüssel aßen, war für sie klar, wir gehörten nicht zu ihnen. Für mich als Türkin war das schlimm.

Als ich nach Hause kam, hatte meine Mutter den Tisch gedeckt – aber Suppenteller konnte ich nirgends entdecken.

Ich wollte mit dem Türkischen so wenig wie möglich zu tun haben. Das führte innerhalb meiner Familie natürlich zu Konflikten. Meine Mutter konnte es nicht ausstehen, wenn wir Geschwister untereinander zu Hause Deutsch sprachen. Wenn sie hörte, dass wir es dennoch taten, ermahnte sie uns streng, Türkisch zu reden, und das mit dem Hinweis, dies sei unsere Muttersprache.

Erst als ich schon von zu Hause ausgezogen war und an der Universität verschiedene Türkinnen kennenlernte, merkte ich, dass es auch andere Frauen gibt als jene, die Kopftuch tragen und deren Töchter früh heiraten oder höchstens eine Ausbildung zur Krankenschwester machen. Wenn man in Duisburg-Marxloh aufwächst, muss man lange suchen, um ein differenziertes Bild von türkischen Familien zu erhalten.

Durch die Bekanntschaften mit türkischen Kommilitoninnen wurde auch mein Interesse für die türkische Sprache neu geweckt. Und als ich mit vier Freundinnen das erste Mal in Istanbul war und die Menschen dort mein deutsch eingefärbtes Türkisch belächelten, besuchte ich in Duisburg einen Türkischkurs, um die Sprache aufzufrischen. Aber trotzdem freute es mich damals immer, wenn man mich für eine Italienerin oder Portugiesin hielt. Das war viel schicker, als eine Türkin zu sein. Türkische Familien galten im Gegensatz zu europäischen Familien als rückständig und unmodern. Viele hatten sofort das Bild der kopftuchverhüllten Mutter oder des schnurrbarttragenden Vaters vor Augen.

Wenn ich heute kein Türkisch sprechen würde, hätte ich eine ganz andere Vorstellung von der Heimat meiner Eltern. Wahrscheinlich wüsste ich gar nicht, welch große Unterschiede es unter den Türken gibt. Ich hätte bloß ein einziges Bild vor Augen: das Bild des Auswanderers, der mit seiner Familie aus einem anatolischen Dorf nach Deutschland gekommen ist, in einer konservierten Zeitblase seine Traditionen lebt und sich nicht weiterentwickelt.

Zweisprachig aufzuwachsen bedeutet für mich auch, dass ich die Muttersprache und Kultur des Landes, aus dem meine

Eltern stammen, als ebenbürtig erfahre. Das war mir natürlich als Kind nicht bewusst. Meine Eltern haben sich nie die Frage gestellt, warum ihre Töchter und Söhne in Deutschland Türkisch lernen sollten. Es war selbstverständlich. Schließlich wollten sie irgendwann einmal zurück, und natürlich sollten wir uns bei einem Besuch in der Türkei mit unseren Großeltern, Onkeln und Tanten und deren Kindern unterhalten können.

Ohne Kenntnis der türkischen Sprache wüsste ich zum Beispiel nicht, dass die von Deutschen als »Türkenkoffer« bezeichneten bunt gestreiften Taschen aus den Im- und Exportläden unter Türken »Polentaschen« genannt werden. Das kommt daher, dass diese Riesentaschen erstmals auf den sogenannten Polenmärkten in Berlin auftauchten. Amerikaner sollen die »Türkenkoffer« übrigens »Chinatown tote« nennen, in Großbritannien spricht man von einer »Bangladeshi bag«, und ein Freund aus Ghana schwört Stein und Bein, dass diese Tasche »Ghana must go bag« heißt. Mein Bruder Mustafa hat seine eigene Bezeichnung gefunden: »Türken-Samsonite«. Jeder Hartschalenkoffer ist dagegen eine Plage, kann man ihn doch nicht auf Handtaschengröße zusammenfalten.

Ali spricht mit Merve nur Türkisch, ich nur Deutsch – obwohl sie wahrscheinlich noch nicht viel versteht. Zwei Sprachen eröffnen jedoch zwei Welten, in denen man unterschiedlich feiert, Geschichten erzählt, spielt, isst, singt und denkt. Zwei Sprachen sprechen zu können, stärkt das Selbstwertgefühl eines Kindes. Und wir hoffen, dass unsere Tochter irgendwann erkennt, dass ihre Welt dadurch größer und reicher ist.

Meine Eltern sind dagegen, dass wir sie zweisprachig erziehen. Sie sagen, dass ihre Enkeltochter noch früh genug Deutsch lernt und dass in den ersten Jahren zunächst das Fundament für ihre Muttersprache gebildet werden sollte. Wenn ich ihnen entgegne, dass Merves Muttersprache Deutsch ist, werden sie böse und beschimpfen mich als »*alman* Murat«, als »deutscher Murat«. Damit spielen sie an auf meinen Cousin Murat, der sich gänzlich von den Türken abgrenzt und alles Türkische ablehnt. In unserer Familie ist es somit eine Beleidigung, wenn man »*alman* Murat« sagt. Außerdem hat dieser Begriff eine gewisse Doppeldeutigkeit: *alman* heißt »deutsch«, und Murat ist ein sehr türkischer Vorname. Man könnte ebenso gut von einem »türkischen Hans« sprechen, natürlich in negativer Ausrichtung.

Als kleines Kind habe ich mich in der türkischen Sprache zu Hause gefühlt, heute ist die deutsche Sprache mein Zuhause. Für meinen Bruder Mehmet, der Ingenieur ist, hat Muttersprache nichts mit Empfindungen zu tun. Er sagt, dass die ersten Worte, die ich gehört habe, Türkisch waren, und deshalb ist Türkisch meine Muttersprache. Die Sprache, die man in der frühen Kindheit ohne Unterricht erlernt hätte, ist die Erstsprache, und die prägt sich tief ein. Aber seine Erklärung ist mir viel zu sachlich und überzeugt mich nicht.

Deutsch ist meine erste Sprache, aber dennoch muss ich gestehen, dass es mir schwerfällt, unserer Tochter deutsche Kosenamen zu geben. Es fällt mir leichter, mit ihr auf Türkisch zu schmusen. Vielleicht liegt es daran, dass ich türkische Kosenamen nie auf Deutsch gehört habe – abgesehen von »Schatz« und »meine kleine Dönertasche«. Auf Türkisch zu herzen ist für mich wärmer, direkter und unverstellter. Deutsche Kosewörter wie »mein Schätzelein«, »du bist aber eine kleine Schnullerbacke«, »mein kleiner süßer Hosenscheißer«, »du kleines Mäuschen« und »du schnuckeliges Äffchen« klingen in meinen Ohren seltsam. Türken werden bei der Bekundung ihrer Zuneigung eher zu Kannibalen: »*Birtanem, önce seni dilim dilim keserim, sonra ham ham yerim* – meine Einzige, erst werde ich dich in Scheibchen schneiden und anschließend ham ham essen.«

Hat man bei der Spracherziehung noch Möglichkeiten der Wahl, so ist diese bei Babysachen weniger gegeben. Meine türkische Familie schleppt im Wochenrhythmus ihre neuesten Einkäufe an. Ich habe bisher noch kein Kleidungsstück erhalten, auf dem nicht ein Bärchen, ein Häschen oder das Konterfei von Barbie abgebildet ist. Türken verachten geradezu Kosenamen wie »Mäuschen« und »Bärchen«, aber Strampler und Hemdchen können gar nicht bunt genug mit diesen Motiven bedruckt sein. Meine große Schwester Gönül schenkte mir zwei Tüten mit Sachen, die einmal ihre beiden Töchter als Baby getragen haben. Als ich sie öffnete, blickte ich in einen ganzen Zoo hinein. Wenn sie Merve etwas davon überzieht, quietscht sie vor Freude und ruft ihrem Ehemann zu: »Ach, weißt du noch, wie süß unsere Kleine in diesem Biene-Maja-Strampler aussah?«

Ali meint, ich solle ihnen sagen, dass mir die Sachen nicht gefallen. Das wäre zwar im ersten Moment verletzend, aber vielleicht müsste ich dann nicht auf Dauer einen zweiten Keller anmieten.

»Nein, das kann ich nicht«, sage ich gequält.

»Wieso? Hast du etwa schon den Marienkäfer-Vierteiler vergessen, den sie uns letzte Woche geschenkt haben?«

So grausig der Geschmack der Türken bei Babykleidung ist, umso mehr schätze ich türkische Kindergeschichten und Lieder. Es gibt nichts Schöneres als die Legenden von Nasrettin Hoca, dem türkischen Volksweisen. Man erkennt ihn daran, dass er einen langen, weißen Bart hat und einen Turban auf dem Kopf trägt. Aber sein Markenzeichen ist der Esel, auf dem er verkehrt herum sitzt. Das hat einen Grund: Als Nasrettin eines Tages auf seinem Esel von der Moschee nach Hause zurückkehrte, blieb er plötzlich stehen und setzte sich rückwärts auf das Tier. Die Leute fragten ihn, warum er das tue, und der

Weise antwortete: »Ich habe beschlossen, so herum auf meinem Esel zu sitzen, weil ich keine Unhöflichkeiten mag. Wenn ihr vor mir geht, dreht ihr mir den Rücken zu, was nicht freundlich ist. Und wenn ich vor euch reite, dann drehe ich euch meinen Rücken zu, auch das ist nicht höflich. Aber wenn ich verkehrt herum auf dem Esel sitze, sehen wir uns in die Augen!«

Nasrettin Hoca soll im 13. Jahrhundert im anatolischen Akşehir gelebt haben. Seine Parabeln sind voller Ironie und kluger Gedanken, und er ist berühmt dafür, die Doppelmoral der Menschen zu entlarven. Eine besonders beliebte Geschichte heißt »Der Esel« und wird so erzählt:

Ein Mann kam zu Nasrettin Hoca, um sich einen Esel von ihm zu borgen.

»Sehr gern«, sagte Nasrettin. »Aber heute ist mein Esel nicht da!«

In diesem Augenblick schrie der Esel hinter dem Haus: »I-aaah«.

»Warum lügst du? Dein Esel ist doch zu Hause!«

»Wem glaubst du mehr? Mir oder einem Esel?«, fragte der Hoca.

Wenn Ali seiner Tochter Merve Geschichten von Nasrettin Hoca vorliest, klatscht sie begeistert in ihre kleinen Hände und verlangt lautstark nach mehr. Eine von Alis Lieblingsfabeln ist die von den »Auberginen«:

Nasrettin wurde zum engen Vertrauten und bevorzugten Günstling des Herrschers. Eines Tages nun bereitete der Koch einige Auberginen zu, die dem Herrscher so köstlich schmeckten, dass er dem Koch befahl, dieses Gericht jeden Tag aufzutischen. Auf den Aus-

ruf des Herrschers: »Ist dies nicht das beste Gericht auf der ganzen Welt?«, antwortete Nasrettin pflichtgemäß: »Ja, Eure Majestät! Das allerbeste!«

Als nun am fünften Tag wieder Auberginen aufgetragen wurden, brüllte der Herrscher: »Nehmt sofort dieses Essen hinfort! Es ist schauderhaft.«

»Ja, wirklich, Eure Majestät«, pflichtete Nasrettin bei, »wahrhaftig es ist das übelste Gemüse der Welt!«

»Aber Nasrettin«, wandte der Herrscher ein, »vor einigen Tagen noch priesest du dieses als allerbestes Gemüse?«

»Ja, schon wahr, Eure Majestät! Aber schließlich diene ich dem Herrscher und nicht dem Gemüse!«

Ich möchte sie nicht zu Nasrettin Hoca bekehren. Aber kennen Sie Rolf Zuckowski, den Autor von deutschen Kinderliedern? Wirklich, ich habe nichts gegen ihn, und seine Lieder sind beim ersten Hören auch sehr schön, aber wehe, wenn Kinder sie in einer Endlosschleife zu einer nervtötenden Angelegenheit machen. Dann kann es passieren, dass eine Mutter bei »Stups, der kleine Osterhase« oder »Du da im Radio« Amok läuft und die Kassetten im hohen Bogen aus dem Fenster wirft. Kinder können von diesen Liedern gar nicht genug bekommen, aber Mütter beißen gern in den Kindersitz, wenn die Tochter oder der Sohn nach tausend gefühlten Wiederholungen »noch mal, noch mal!« schreit.

Hat Ihr Kind Stimmungsschwankungen, ist es hyperaktiv oder hochbegabt? Fragen Sie den Kinderarzt. Der Grund ist bestimmt Rolf Zuckowski. Da bin ich mir ganz sicher.

Apropos hochbegabt: Wie ist es zu erklären, dass fast alle deutschen Mütter der Überzeugung sind, dass das eigene Kind mit allem, was es von sich gibt, viel früher dran ist als sämtliche anderen Gleichaltrigen und dementsprechend hochbegabt sein muss? Ich fürchte mich vor diesen Superkindern. Damit es nicht so arrogant klingt, klagen die Mütter dieser kleinen Superhirne mit leidender Stimme: »Ach, unser Sohn ist völlig unterfordert. Wir werden wohl einen anderen Kindergarten finden müssen, in dem man seine Fähigkeiten besser erkennt.« Anschließend halten sie kurz inne und fügen hinzu: »Seien Sie bloß froh, dass Sie ein normales Kind haben.«

Selbst Ali ist vor solchem Konkurrenzgehabe nicht gefeit. Vor einiger Zeit waren wir mit Merve beim Kinderarzt, und im Wartezimmer kam Ali sofort mit einer Mutter ins Gespräch. Die erwartbaren Themen: »Kann Ihre Tochter schon krabbeln? Kann sie sich schon aufrichten? Hat Ihr Kind schon die ersten Zähne?«

Am Ende verpassten wir fast den Aufruf ins Behandlungszimmer, weil die beiden sich noch gegenseitig demonstrieren mussten, wie toll ihre Kinder sich am Stuhl hochziehen können.

Schon während meiner Schwangerschaft entwickelte Ali für mich schwer nachvollziehbare Symptome, denn er sprach jeden an, der ein Kind bei sich hatte. Wildfremde Menschen fragte er auf der Straße, ob sie mit ihrem Kinderwagen zufrieden seien oder woher sie denn diesen warmen Lammfellfußsack für den Maxi Cosi hätten. Wenn er dann so richtig in Fahrt gekommen war und es sich in den Unterhaltungen um die Ausbildung von Synapsen und die beliebtesten Babybrei-Geschmacksrichtungen drehte, verschwand ich schnell im nächsten Laden.

Hin und wieder wird es aber selbst ihm zu bunt. Vor einiger Zeit bekam ich mit, wie er mit einem Freund sprach, dessen Tochter einen Monat älter ist als unsere. Anfangs prahlten beide Männer damit, was ihre Kinder schon alles können. Aber als der Freund stolz verkündete, dass seine Tochter schon vor ihrem ersten Geburtstag laufen wird, blieb Ali cool und antwortete. »Mensch, das ist ja klasse. Unsere Tochter kann noch nicht einmal krabbeln. Wir packen schon Bleikugeln in ihre Windeln, damit sie endlich sitzen lernt. Aber letztens hat sie im Café den Kellner gerufen und für uns alle das Frühstück bestellt!«

Insbesondere im Umgang mit Kleinkindern gibt es einige entscheidende Unterschiede zwischen Deutschen und Türken. Wie immer versuche ich, bei der Erziehung von Merve den goldenen Mittelweg zu finden. Das ist mitunter nicht leicht. Neulich besuchte mich meine Nachbarin Esther. Eigentlich hatten wir allen Grund, uns gut miteinander zu vertragen. Wir beide bekamen im Abstand von einer Woche unser erstes Baby, und ihr Sohn ist wirklich ein Prachtstück. Zu Beginn nannten wir uns gegenseitig »Schwiegermutter«, denn vielleicht, so glaubten wir, würden sich unsere Kinder später ineinander verlieben.

Bis zu diesem Besuch von Esther dachte ich, ich sei eine gute Mutter. Schließlich habe ich meine Tochter nach der Geburt nicht in eine Babyklappe gelegt, sondern – wie es sich gehört – aus dem Krankenhaus mit nach Hause genommen. Sie wurde gestillt, gewickelt, nächtelang geschuckelt, und dabei habe ich sie nicht ein einziges Mal angebrüllt. Doch nun musste ich von Esther erfahren, dass das alles nicht reicht. Es geht auch noch um ganz andere Dinge, wie ich erfuhr. Das Gespräch nahm einen unglückseligen Verlauf, als ich ganz nebenbei erwähnte, ich hätte die Rückbildungsgymnastik aufgegeben.

»Du hast damit aufgehört, bist du verrückt?«, schrie mich Esther fast an. »Unbedingt musst du damit weitermachen, dein strapazierter Beckenboden muss wieder in Form kommen. O, mein Gott, später wirst du eine Gebärmutter- und Blasensenkung haben. Von Inkontinenz will ich gar nicht erst reden.«

»Wirklich?«, antwortete ich gedehnt. Mich ermüden solche Themen schnell.

Mir war nicht bekannt, dass meine Mutter nach ihren sechs Schwangerschaften jemals einen Rückbildungsgymnastikkurs besucht hätte. Und ich hatte auch nie etwas davon gehört, dass unser anatolisches Dorf Akpınar Köyü die Statistik für Frauen mit Inkontinenz sprengen würde. Aber Esther konnte sich nicht beruhigen. Am empörtesten reagierte sie, als sie erfuhr, dass Merve bislang noch nicht in den Genuss einer Babymassage gekommen sei.

»Was, da gehst du auch nicht hin?«, rief sie. »Frédérick Leboyer sagt, dass die Massage als Kommunikationsmittel die Bindung zwischen Eltern und Kind unterstützt.«

»Wer ist Frédérick Leboyer?«, frage ich höflich.

»Du kennst Frédérick Leboyer nicht?« Esther war jetzt völlig entsetzt.

»Er ist der Vater der sanften Geburtsmedizin, die Leboyer-Methode.«

»Ach so, na dann.«

»Aber du machst doch sicher beim Babyschwimmen mit, oder?«, fragte sie, wobei der vorwurfsvolle Unterton nicht zu überhören war.

»Äh, ja, wie soll ich sagen, eigentlich schon. Aber das habe ich inzwischen ebenfalls aufgegeben«, antwortete ich verlegen. Dabei war ich richtig gern zum Babyschwimmen gegangen. Doch dann kam mir eine Mutter in die Quere, die beschlossen hatte, ausgerechnet mich zu ihrer besten Freundin zu machen. Seitdem musste ich mir stundenlang anhören, welche Auswirkungen Karotten auf die Verdauung haben können und welche Grün-Orange-Gelb-Abstufungen der Stuhl ihres Sohnes hat. So genau wollte ich es nun wirklich nicht wissen.

»Das kann doch nicht wahr sein!« Meine Nachbarin schien die inkarnierte Entrüstung zu sein. »Was tust du deiner Tochter nur an! Durch die Dreidimensionalität des Wassers wird ihr eine Bewegungsfreiheit geboten, die jedem Säugling an Land verwehrt bleibt. Es geht hier nicht nur um Motorik, sondern auch darum, dass Schwimmen die anatomische und organische Entwicklung des Babys positiv beeinflusst.«

Genauso hat sie es formuliert, ohne einmal Luft zu holen und ohne sich einmal zu versprechen.

In diesem Moment brach es aus mir heraus: »Okay, ich gebe es zu, ich schwänze den PEKiP-Kurs, ich habe kein Nabelschnurblut gesichert, ich habe darüber nachgedacht, vor dem sechsten Monat mit Stillen aufzuhören, die Breikost werde ich fertig in Gläschen kaufen, ich hole meine Tochter nachts zu uns ins Bett, und seit zwei Wochen ist sie bei einer Tagesmutter, damit ich endlich wieder arbeiten kann. Und noch etwas: Mir geht es gut dabei!«

Esther erhob sich vom Stuhl, ging zurück in ihre Nachbarwohnung und brach den Kontakt zu mir ab. Wir grüßen uns nur noch flüchtig, wenn wir uns zufällig im Hausflur begegnen. Es ist klar, dass sich unsere Kinder nicht mehr ineinander verlieben dürfen. Eine Frage blieb: Wie haben meine Eltern es bloß geschafft, uns ohne Frédérick Leboyer groß zu bekommen?

Nachdem ich die Attacke meiner Nachbarin verdaut hatte, ging ich trotzig auf meine erste Party nach Merves Geburt. Kennen Sie Murphy's Partygesetz? Wenn man von einer Party überhaupt nichts erwartet, wird sie entweder super, oder man trifft auf jemanden, den man garantiert nicht sehen will.

Bei dieser Fete schlug das Gesetz gnadenlos zu. Ich begegnete einem meiner Exfreunde mit seiner Neuen: Sie sah fantastisch aus, ich fühlte mich bei ihrem Anblick nur noch übermüdet. Gerade war ich dabei, mich hinter einigen Leuten zu verstecken, da hatte mein Ex mich entdeckt und rief durch den ganzen Raum: »Haallooo, Haaatice. Du auch hier?«

Ich lächelte gequält und versuchte, die schummrigste Ecke anzustreben. Das half überhaupt nichts. Während seine Neue mich von oben bis unten musterte, schlug er erst richtig zu: »Du siehst gestresst aus. Macht euch das Baby etwa zu schaffen?«

Was soll man darauf antworten? Nein, ich bin nicht müde. Ich habe nur nicht gewusst, dass du mit deiner langbeinigen Claudia-Schiffer-Freundin kommst, sonst hätte ich mich natürlich geschminkt, wäre zum Friseur gegangen und hätte mir statt der Jeans ein schönes Kleid angezogen. Gesagt habe ich allerdings: »Ja, ein Kind ist anstrengend, aber wenn es dich einmal anlächelt, vergisst du augenblicklich alle schlaflosen Nächte.« Ich hasste mich für diesen Satz – und tue es immer noch.

Mit Merve machte ich immer neue Erfahrungen. Vor einigen Tagen saß ich mit ihr in einem Café, sie spielte mit den Bierdeckeln, ich trank einen Latte macchiato. Drei Tische weiter hatte sich ein Mann niedergelassen, etwa vierzig Jahre alt, unattraktiv. Er las Zeitung und trank einen Kaffee. Nach fünf Minuten warf er mir einen heftigen Blick zu. Weitere fünf Minuten später pfefferte er demonstrativ die Zeitung auf den Tisch, stand auf, ging zum Kellner, beschwerte sich beim Zahlen für alle hörbar über den »grässlichen Lärm« und verließ das Café. Der Kellner sagte nichts. Später, als ich bei ihm meine Rechnung beglich, lächelte er mich an und meinte: »Der kommt jeden Tag, konsumiert nur ein Getränk, aber liest stundenlang alle Zeitungen. Den kann ich sowieso nicht leiden.«

In diesem Zusammenhang überdachte ich noch einmal Ursula von der Leyens Elterngeld neu. Nicht die geringen Geburtenraten sind das Problem, nicht generelle Zweifel oder finanzielle Sorgen, ob man sich für ein Kind entscheidet oder nicht, sondern die Kinderfeindlichkeit, mit der existierende

Kinder und ihre Bezugspersonen überall konfrontiert werden. Ich bin keine Frau, die ein Kind braucht, um sich selbst zu verwirklichen, aber ich habe eines – und ich bin darüber nicht unglücklich. Doch eines nervt in diesem Land wirklich: Gäste, die in Cafés die Unverschämtheit besitzen, sich zu beschweren, weil ihnen der Kinderlärm auf die Nerven geht.

Dabei gehöre ich nicht zu denen, die mit dem Kinderwagen die Kaffeehäuser von Berlin blockieren, auch sitze ich nicht stundenlang mit anderen Müttern zusammen und lasse mich lautstark über Babykrankheiten aus. Trotzdem hörte ich folgenden Satz nicht nur einmal: »Dass die mit ihren Gören nicht zu Hause bleiben können.«

Ich kann nicht verstehen, warum Kinder hierzulande in Geschäften, öffentlichen Verkehrsmitteln, Cafés und Restaurants als störend empfunden werden. Deutschland braucht nicht nur Elterngeld und Erziehungsurlaub, nicht nur Kitas und Ganztagsschulen, sondern vor allem eine Atmosphäre, in der Kinder willkommen sind. Ich habe einmal gelesen, dass es hier nicht sexy sei, Kinder zu haben. Ich finde, das stimmt nicht. Ich habe mich in meinem Leben noch nie so sexy gefühlt wie als Mutter.

Die türkische Reaktion auf Kinder ist auch überzogen, aber sie ist wenigstens positiv. Türken fallen sich auf der Straße um den Hals, weil sie gleichaltrige Kinder haben und aus derselben Provinz in der Türkei stammen. Anschließend wird gleich die Hochzeit vereinbart, auch wenn diese erst zwanzig Jahre später stattfinden soll. Und wenn wildfremde Menschen an der Supermarktkasse Ihrem Kind übers Haar streicheln, es in die Wange kneifen oder sogar abküssen, dann kann es sich nur um eine Türkin handeln.

Meine Mutter macht das ständig, weil sie, wie sie sagt, ihre Emotionen nicht zügeln kann, wenn sie so ein niedliches Kind sieht. Sie findet auch, dass einzig eine türkische Großmutter das umfangreichste Wissen über Kindererziehung hat. Ob das nun stimme oder nicht, sie ist auf jeden Fall eine richtige türkische Großmutter. Sie ist rund, hat einen großen Busen, und in ihrer Handtasche finden sich immer Taschentücher, Salzstangen und Bonbons. Alis Mutter ist nicht anders, nur dass sie schlanker ist und im Gegensatz zu meiner Mutter zu Hause immer eine Schürze trägt, ganz wie ihre deutschen Nachbarinnen. Beide Frauen lieben ihre bequemen Schuhe, ihr weißes Haar tragen sie immer frisch gewaschen zu Zöpfen geflochten unter einem Kopftuch, und sie bereiten den ganzen Tag üppige Mahlzeiten vor, die sie am liebsten an ihre Kinder und Enkelkinder verfüttern.

Wie gesagt, Merve soll zweisprachig erzogen werden. Doch nicht genug. Sie soll auch noch zwei weitere »Sprachen« lernen, die eher außergewöhnlicher Art sind: deutsche Gelassenheit und türkisches Feuer. Die Gelassenheit soll sie vor Menschen wie Leboyer, vor PEKiP, vergleichenden Übermüttern, hämischen Exfreunden und nörgelnden deutschen Tischnachbarn schützen. Aber auch vor türkischen Großmüttern, die einfach nicht einsehen wollen, dass Bärchenstrampler uncool sind. Gleichzeitig aber soll sie Feuer und Flamme sein für die Geschichten von Nasrettin Hoca, die Menschen Integrität lehren, für zwei wunderbare Muttersprachen, in denen Türkenkoffer Polentaschen sind und umgekehrt. Und mit Verve und Begeisterung soll sie sich gegen Rolf Zuckowskis Kindergedudel entscheiden. Schließlich muss man auch leidenschaftlich etwas ablehnen dürfen.

11 *Onkel Mustafa*

Es gibt eine sehr typische türkische Eigenheit. Besonders stark fällt sie mir bei meinem Bruder Mustafa auf: Wenn er einen Rückschlag erleidet, hat das nie etwas mit ihm zu tun. Sofort lenkt er von sich ab, zeigt mit dem Finger auf die anderen und weist jegliche Verantwortung weit von sich. Er sagte zum Beispiel vor einiger Zeit, nachdem er wieder einmal einen Job verloren hatte: »Da kann isch doch nix für, wenn der Chef mein Zeugnis von Polizei haben will, isch das bringe und er misch dann rausschmeißt.« Er meinte den Auszug aus dem Bundeszentralregister.

Mustafa ist kein Türke, vor dem man Angst haben müsste. Wirklich nicht. Wenn es so wäre, hätte ich ihn längst persönlich in die Türkei abgeschoben. Der Grund für seine Einträge sind Knöllchen, die er auch nach etlichen Mahnungen nicht bezahlte. Bekommen hat er die Strafzettel, weil er bei Tag und ohne Nebel mit Nebelscheinwerfern gefahren ist. Mustafa gehört zu den Jungs, die ständig ihre Nebelscheinwerfer einschalten, damit sie mit ihren Autos mehr Beachtung finden. Er aber behauptet, dass er das gar nicht nötig hat. Er habe lediglich vergessen, die Lampen wieder auszuschalten.

Das allerdings kann ihm jetzt nicht mehr passieren. Denn momentan hat er keinen Führerschein und auch kein Auto. Er muss Straßenbahn fahren, was für ihn eine große Erniedrigung ist. Mein Vater hat ihm eine Monatsfahrkarte gekauft, damit er nicht mehr schwarzfährt, was für meinen Bruder eine noch größere Ehrverletzung ist.

Der Begriff »Ehre« hat es in Deutschland durch die »Ehrenmorde« leider zu einem unschönen Ruhm gebracht. Dabei hat das Wort im Türkischen eigentlich eine ganz harmlose Bedeutung und sogar einen lieblichen Klang: *şeref*. Meist wird *şeref* von Familie zu Familie anders verstanden. Aber weil einige Türken im Namen der Ehre Gewalt ausüben, ist dieses Wort in die Schmuddelecke geraten. In der deutschen Sprache gibt es einen Satz, in dem der Ausdruck »Ehre« so verwendet wird, wie ich es am liebsten mag: »Es ist mir eine Ehre, Sie kennenzulernen.«

Während eines Besuchs bei meinen Eltern in Duisburg bat mich meine Mutter, Mustafa nicht auf seinen Führerscheinentzug anzusprechen. Aber die Versuchung war einfach zu groß. Wir saßen gerade beim Essen, als mein Bruder zur Tür hereinkam.

»Na, Django! Habe gehört, dass Django nicht zahlt und dass Django Monatskarte hat«, begrüßte ich ihn. Django ist der coole Typ, den niemand aufhalten kann.

Ich hatte den Satz noch nicht ganz ausgesprochen, da fiel er auch schon über mich her. Aber das war mir egal. Lieber seinen Bruder verlieren und ein paar Hiebe kassieren, als eine gute Pointe verschenken.

Wobei ich gern einmal dabei sein möchte, wenn Mustafa Straßenbahn fährt. Straßenbahnen in Duisburg-Marxloh oder U-Bahnen in Berlin-Neukölln sind nämlich die wahren Begegnungsstätten des 21. Jahrhunderts. Dabei muss zwischen jungen und alten Türken unterschieden werden. Die alten Türken kann man mit den deutschen Fahrgästen in einer Kategorie zusammenfassen. Sie werden wütend, wenn eine Horde junger Türken in die Bahn einsteigt und lautstark ihr Revier markiert.

Für die Generation meines Vaters hat die Straßenbahn in Duisburg etwas mit Respekt zu tun. Junge Leute stehen gefälligst auf, wenn ein älterer Mensch einsteigt, und bieten diesem ihren Platz an. Nur ist das nicht mehr so. Heute treten ihm die Jungen höchstens in den Hintern. Mein Vater begreift das nicht. Für ihn ist Deutschland nicht mehr das, was es einmal war. Das betrifft auch die Türken. Die erste Generation der Migranten versteht die dritte nicht. Ein türkischer Vater, der heute um die sechzig ist, und ein gleichaltriger deutscher Vater schütteln beide den Kopf über die Jugend. Leider schütteln sie nicht gemeinsam die Köpfe.

Sehr häufig hört man in den Bahnen, wie die Jugendlichen Deutsch und Türkisch mischen. Sie benutzen Worte aus der einen und übersetzen sie kurzerhand in die andere Sprache. Oder sie bauen deutsche Wörter in ihre türkischen Sätze ein. Automatisch kommt dabei auch Englisch mit ins Spiel. Wer mit offenen Ohren in der Bahn sitzt, weiß, wie amüsant diese Unterhaltungen sein können. Ein Beispiel:

»Lan, hast du geilen Klingelton von leylimiley gedownloaded?«

»Nee, hatte kein Guthaben mehr, ama mach isch noch.«

»Was ist los, Moruk? Keine Kohle?«

»Muss noch bei Ahmet amca malochen, dann gibt's Kohle.«

»Mein Haltestelle is da. Muss raus. Lass disch nisch von Şaban erwischen.« (Şaban sind Kontrolleure.)

»Hadi, tschüss.«

Manchmal wird man auch Zuhörer eines rein türkischen Gesprächs, das mit Wörtern wie »Baseballschläger«, »Polizei« und »Arschloch« durchsetzt ist. Aber das ist ein anderes Kaliber. Dann sollte man schnell die Bahn an der nächsten Haltestelle verlassen.

Ali hatte bei unserer Familienzusammenführung in der Türkei die meisten meiner Geschwister kennengelernt. Es fehlte nur noch Mustafa. Damit auch mein jüngster Bruder seinen Fast-Schwager und die jüngste Nichte begutachten konnte, wollten wir uns an einem kalten Frühlingstag auf den Weg zu meinen Eltern nach Duisburg machen. Merve war zweieinhalb Monate alt.

Vor der Abreise rasierte sich Ali, zog seinen besten Anzug an und band sich eine seiner teuersten Krawatten um.

»Warum so förmlich?«, fragte ich ihn.

»Wir fahren doch nach Duisburg, oder?« Erstaunt schaute mich Ali an.

»Ja, aber zu meinen Eltern und nicht auf eine Hochzeit. Mit den Sachen siehst du aus wie Herr Kaiser von der Hamburg-Mannheimer«, scherzte ich. »Und außerdem haben wir eine mehrstündige Autofahrt vor uns, da wäre es doch besser, etwas Bequemes anzuziehen.«

Aber Ali war nicht davon abzubringen, seinen besten Anzug auszuführen.

Ich erklärte ihm, dass mein Bruder ihn in diesem Outfit nicht ernst nehmen würde. Er solle sich besser entscheiden, wem er diesmal gefallen wolle, meinem Vater oder meinem Bruder. Ali überlegte kurz, zog seine Krawatte fest und kämmte sich zusätzlich einen strammen Seitenscheitel. Na, klasse, dachte ich mir. Das kann ja heiter werden. Mein Freund hat sich bräutigamtauglich zurechtgemacht – und das für meinen Bruder, der ein ähnliches Schicksal hat wie ich: Wir beide sind von allen Geschwistern noch nicht verheiratet.

»Du musst es wissen«, sagte ich, bevor wir die Fahrt von Berlin nach Duisburg antraten. »Sag später nicht, dass ich dich nicht gewarnt hätte.«

Bei meinen Eltern angekommen, konnte ich Mustafa unter meinen Schwestern und Nichten nicht ausfindig machen. Doch dann war sein Auftritt nicht zu übersehen, und eines erkannte ich sofort: Er trug ein nagelneues Hemd. Es war allerdings nicht irgendeines, sondern ein Hemd von Versace. Ich persönlich mag diese Dinger überhaupt nicht. Sie sehen aus wie eine Weihnachtstischdecke. Die wirren Muster und knalligen Farben sind reinster Augenterror.

Mein Bruder fand sein Hemd allerdings luxuriös, verführerisch und dekadent, auch wenn er diese Worte nicht benutzen würde. Er meinte einfach: »Mein Hemd is voll porno.« Das sagte man unter jungen Leuten jetzt so, musste ich mir erklären lassen. Das Gegenteil von »voll porno« sei »voll schwul«. Früher hatte ich mich bei ihm immer über Vokabeln wie »geil« und »ätzend« beschwert. Andere Wörter kamen bei Mustafa gar nicht mehr vor. Wenn ich gewusst hätte, wodurch sie dann ersetzt wurden, hätte ich sicher meinen Mund gehalten.

»Na Schiwesta, lange nisch gesehen. Hast ja krasses Baby. Schreit ja gar nisch«, sagte er und tätschelte Merves Kopf.

Aha, »krass« benutzte er also noch. Offensichtlich handelte es sich bei diesen Worten um eine Liebeserklärung. Zu Ali sagte er: »Tach *enişte*, Glückwunsch zu Baby, und danke, dass du mein Schiwesta genommen hast.«

Enişte ist das türkische Wort für »Schwager«, in diesem Fall für den Schwager in spe. Die Begriffe für Verwandtschaftsverhältnisse sind bei Türken von größter Bedeutung. Sie machen einen nicht unerheblichen Teil der Sprache aus. Selbst für die entferntesten Verwandten gibt es jeweils eine eigene Bezeichnung. Das zeigt, wie wichtig den Türken die Familie ist. Zum Beispiel gibt es nicht nur Oma und Opa, sondern eine *babaanne* (Mutter des Vaters) und die *anneanne* (Mutter der Mutter). Nur der Opa, *dede*, wird nicht streng Mutter oder Vater zugeordnet. Das liegt wahrscheinlich daran, dass die türkischen Opas bei der Erziehung der Enkel nicht so einen großen Einfluss haben wie die *babaannes* und die *anneannes*.

Neben Oma und Opa gibt es mütterlicherseits noch die *teyze* (Tante) und den *dayı* (Onkel), väterlicherseits *hala* (Tante) und *amca* (Onkel), sowie *enişte* (Ehemann der Tante, der Schwester und der Cousine) und *yenge* (Ehefrau des Onkels). *Kuzen*, *kuzin* (Cousin und Cousine) wie auch *yeğen* (Neffe und Nichte) gelten für beide Seiten.

Ich gebe zu, dass es selbst mir manchmal schwerfällt, den Überblick zu behalten. Ganz besonders, wenn noch die nichtverwandtschaftlichen Bezeichnungen wie *arkadaş* (Freund), *dostum* (ein wahrer Freund, der sich den Titel hart erarbeiten muss), *kanka* beziehungsweise *kankardeş* (der Blutsbruder, der quasi schon zur Familie gehört) dazukommen. Aber zurück zu meinem Bruder.

Mustafa trug also dieses Versace-Weihnachtshemd, an dem er die obersten drei Knöpfe geöffnet hatte, damit man die Goldkette besser sehen konnte. Dazu eine eierschalenfarbene Bundfaltenhose, deren hellbrauner Gürtel perfekt auf seine Schuhe abgestimmt war. Auf meine Frage, warum er sich eigentlich immer so aufdonnern müsse, bemerkte er schon vor einigen Jahren: »Das hat Lothar Matthäus gesagt, Schuhe müssen zu Gürtel passen. Das is Gesetz.« Lothar Matthäus hat aber auch gesagt: »Wir dürfen jetzt nicht den Sand in den Kopf stecken.« Und: »Die biologische Uhr tickt und geht auch an mir nicht vorbei.« Ich denke, man muss sich nicht an alles halten, was der Mann bislang verbreitet hat. Die Vorbilder meines kleinen Bruders bereiten mir tatsächlich schon lange Sorgen.

Die Krönung von Mustafas Auftritt war sein Bart. Bei einem türkischen Friseur hatte er ihn so stutzen lassen, dass es aussah, als würde er auf jeder Wangenseite drei adidas-Streifen haben.

Kaum saßen wir auf dem Sofa, als Mustafa mich am Ärmel zog.

»Mustafa, ich brauche kein Handy und auch keine neue Tasche«, sagte ich. Mein Bruder zupft immer an mir herum, wenn er mir etwas verkaufen will.

»Komm mit«, murmelte er. »Isch will nix verscherbeln.« In der Küche brach es aus ihm heraus: »Ey, der neue Schwager sieht aus wie Hans, und spricht auch wie Hans!« Damit meinte Mustafa in seiner liebevollen Art, dass er meinen Freund und den Vater von Merve für einen deutschen Spießer hält.

Toll, dachte ich. Jetzt habe ich mir extra einen türkischen Freund angelacht, und für meinen Bruder ist er trotzdem ein Hans. Ich musste zugeben, dass sein Urteil irgendwie passte. Ali war durch seine Ordnungsliebe und Genauigkeit, seinen immerwährenden Fleiß und seine Zuverlässigkeit ein erstklassiger Hans mit türkischen Wurzeln. Trotzdem war ich enttäuscht über Mustafas Reaktion. Dass er Ali nicht gleich um den Hals fallen würde, hatte ich schon geahnt. Ali ist das absolute Gegenteil von Mustafa. Aber ein wenig Respekt hätte er durchaus an den Tag legen können. Nichts ist Türken heiliger als das Alter. Sie gehen prinzipiell davon aus, dass ältere Menschen mehr Lebenserfahrung haben. Und Ali ist nun einmal älter als Mustafa, der es gerade auf fünfundzwanzig Jahre gebracht hat.

Aber davon wollte mein Bruder an diesem Abend nichts wissen. Obwohl Ali immer wieder versuchte, ein Gespräch mit ihm anzufangen, blieb die Stimmung zwischen den beiden angespannt. Dabei wusste ich nicht genau, ob Mustafa Ali wirklich nur spießig fand oder ob er vielleicht eifersüchtig war. Man gibt als Bruder nicht gern seine Schwestern her.

Einige Wochen später unternahm ich einen zweiten Versuch, ihn mit Ali zusammenzubringen. Ich lud Mustafa für ein Wochenende nach Berlin ein. Ali hatte angeboten, die Verantwortung für das Essen zu übernehmen.

»Ich kann uns ein Ratatouille machen. Das schmeckt ihm bestimmt.«

»Hmmh, was der Bauer nicht kennt, das isst er nicht. Das gilt auch für einen türkischen Bauern«, antwortete ich.

Wir einigten uns am Ende darauf, als Vorspeise eine türkische Linsensuppe zu kochen. Als Hauptgang wollte Ali *mantı* zubereiten, mit Hackfleisch gefüllte Teigtaschen. Dieses Gericht wird mit einer Joghurtsoße und mindestens zehn Knoblauchzehen verfeinert. Wegen des übermäßigen Knoblauchgehalts ist es ein eisernes türkisches Gesetz, *mantı* mit allen im Haus wohnenden Menschen zu teilen und nach dem Verzehr niemals die Wohnung zu verlassen, bevor der nächste Tag angebrochen ist. Niemals.

Als Mustafa bei uns klingelte – die meiste Zeit war ich jetzt bei Ali, er hatte die größere Wohnung –, waren wir fast fertig. Ich stand in der Küche und kümmerte mich nur noch um den Salat, Ali deckte im Wohnzimmer den Tisch. Mustafa fragte mich, ob er mir helfen solle, den Salat anzumachen. »Klar«, sagte ich und drückte ihm das Olivenöl in die Hand. »Brauch isch nisch«, murmelte er, stellte sich breitbeinig vor die Salatschüssel, setzte eine böse Miene auf und brüllte die Tomaten, Gurken und Zwiebeln an: »Ey, Alta, was is los, machse Ärger oder was.« Anschließend verschwand er in Richtung Alis Arbeitszimmer.

Ich stand mit der Flasche Öl in der Hand in der Küche und schüttelte nur den Kopf. So eine Szene hatte mein Bruder schon einmal hingelegt, als wir im Dorf unserer Eltern waren. Im Haus meines Onkels Musa gab es nur einen alten Ofen, und meine Schwester Fatma bat ihn, diesen anzufeuern. Mustafa stellte sich vor den Ofen, klatschte in die Hände und rief: »O-fen! O-fen! O-fen!«

In Alis Arbeitszimmer hingen Fotos von jedem Auto an der Wand, das er besessen oder zumindest einmal gefahren hat. Zehn Aufnahmen sind es bestimmt. Mir ist ein solch männliches Verhalten unheimlich. Für mich muss ein Auto nur zwei existenzielle Merkmale besitzen: Das Dach sollte bei Sonnenschein per Knopfdruck verschwinden können und der Kofferraum so groß sein, dass all meine neu erworbenen Schuhe hineinpassen – allerdings mit Karton.

Mustafa stand nun vor den Fotos, und seine Augen glänzten: »Was, du hast ’nen Dreier mit zwanzig Zoll Giovanni-Cantoni-Felgen und tiefergelegtem Chassis gehabt?«

»Ja, in meiner wilden Zeit als Student. Damals steckte ich mein ganzes Geld in den Wagen«, antwortete Ali.

»Was has du danach mit die Auto gemacht?«, fragte Mustafa.

»Na, was wohl? Einem türkischen Studenten verkauft, natürlich völlig überteuert!«, prahlte mein Freund.

Als ich hörte, wie die beiden über Autos sprachen, wusste ich: Alles wird gut. Dieser mobile Schandfleck in Alis Leben ist zum Glück der einzige. Auf einem der zehn Bilder ist er selbst abgebildet. Lässig lehnt er an einem Porsche 356. Diese Aufnahme schaute sich Mustafa besonders lange an.

Ali ließ ihn eine Zeit lang zappeln. Schließlich räusperte er sich: »Ich muss da was klarstellen, Mustafa. Der Wagen gehörte nicht mir, sondern einem Chef von mir. Ab und zu durfte ich ihn zur Tankstelle fahren und volltanken.« Aber Mustafa überhörte das einfach. Endlich wusste er, was er seinen Kumpels von dem neuen Schwager erzählen konnte.

»Essen ist fertig!«, rief ich ins Arbeitszimmer. »Ihr könnt schon mal anfangen. Ich bringe nur noch die Kleine ins Bett.«

Aber Mustafa bestand darauf, unserer Tochter noch eine Gute-Nacht-Geschichte zu erzählen. Ich war ein wenig skeptisch. Woher sollte mein Bruder eine Gute-Nacht-Geschichte kennen? Ich hatte ihn noch nie mit einem Buch in der Hand gesehen. Das Einzige, was bei ihm unter die Kategorie Literatur fällt, ist ein Autohandbuch.

»Isch schwör, is nix Versautes. Is *Hänsel und Gretel*«, versicherte er. Ali nickte zustimmend, und ich erlaubte meinem Bruder, Merve ins Bett zu bringen. Natürlich platzte ich fast vor Neugier – und lauschte an der Tür. Unbedingt wollte ich hören, was er seiner Nichte erzählen würde. Schließlich fing er an:

»Murat und Ayşe gehen dursch Wald, auf die Suche nach korrekte Feuerholz.

Ayşe fragt Murat: ›Hast du Kettensäge, Murat?‹

Murat: ›Normal! Hab isch in meine Tasche, oder was?‹

Auf der Suche nach korrekte Baum, verirrten sie sisch krass in de Wald.

Murat: ›Ey, Scheiße, oder was?! Hast du konkrete Plan wo wir sin, oder was?!‹

Ayşe: ›Ne Scheiße, aber isch riesche Dönerbude!‹

Murat: ›Ja. fääät!‹

Ayşe: ›Normal, da vorn an der Ecke!‹

So fanden sie schließlich dursch Ayşes korrekte siebte Döner-Sinn den Dönerbude. Sie probierten von jede Döner. Plötzlich kam voll 'ne krasse Frau und fragte: ›Was geht, warum beißt ihr in meine Haus?› Als Strafe sperrte den Hexe Murat in krass stabilen Käfig. Zu Ayşe sagte sie: ›Du Frau, du kochen für misch! Und verkaufen die Döner an den Theke!‹ Murat wurde gemästet bis korrekt fett für Essen.

Doch nach einem Tag hatte Ayşe ein fixe Idee. Sie fragte: ›Wie geht denn das mit den Dönerbrotofen?‹

Hexe: ›Was geht? Bist du doof im Kopf, oder was?‹

Ayşe: ›Normal, isch hab kein Plan, zeigen mal, wie geht!‹

Hexe: ›Komm her und mach die Augen auf!‹

Den Hexe bückte sisch, um den Dönerofen anzuschmeißen. In den Augenblick Ayşe kickte mit korrekten Kick-Box-Kick in die Arsch. Den Hexe sagte: ›Aaaaahhh, scheiße, was geht? Isch falle direkt in die scheißndreck Ofen! Oder was? Aaaaah, isch hab krasse Schmerzen!‹

Ayşe freute sisch und sagte: ›Korrekt, den Alte is konkret tot!‹

Murat: ›Ey, Ayşe, krasse Idee!‹

Ayşe: ›Normal! Oder was!?‹«

Einerseits musste ich über Mustafas Interpretation von *Hänsel und Gretel* lachen, andererseits war ich froh, dass unsere Tochter noch zu klein war, um zu verstehen, was ihr verrückter Onkel vorgetragen hatte. Aber es muss ihr gefallen haben, denn sie schlief viel schneller ein als sonst.

Später habe ich erfahren, dass diese Geschichte einen besonderen Hintergrund hat. Drei junge Männer, Sönke Magens, Bodo Wilken und Oliver Wunder, haben sie im Rahmen einer Deutschstunde entwickelt.

Was mich allerdings besonders beeindruckte, war, dass die drei jungen Männer sich in einer Erklärung davon distanzierten, ihr Text habe einen fremdenfeindlichen oder rassistischen Hintergrund. Eine große deutsche Tageszeitung hatte nämlich zu diesem Deutschprojekt getitelt: »Hänsel und Gretel auf Kanakisch.«

Nachdem Mustafa seine Version fertig erzählt hatte, trat er ins Esszimmer.

»Hey, mach Platz, isch sitz neben *enişte*«, sagte Mustafa und schubste mich zur Seite. Seitdem hatte ich nichts mehr zu melden. Den ganzen Abend sprachen Ali und Mustafa über Autos. Nur eines verschwieg Ali seinem neuen »Schwager«: dass er den Sportwagen, den er gerade fuhr, bald gegen einen familienfreundlichen Kombi eintauschen würde.

Während ich das Gästebett für Mustafa zurechtmachte, kam er zu mir und sagte: »Hey Schiwesta, hab isch Fehler gemacht. Der neue *enişte* is voll korrekt!«

In kürzester Zeit wurde Ali Mustafas Lieblingsschwager. Sie telefonierten regelmäßig, schickten sich SMS-Nachrichten, wichtigstes gemeinsames Thema war neben den Autos der Fußball. Bis zu diesem Zeitpunkt hatte ich nicht gewusst, dass Ali Anhänger desselben türkischen Vereins ist wie mein Bruder. Beide verehren Galatasaray Istanbul.

Dazu muss man wissen, dass es weder der Bosporus noch die tektonischen Platten sind, die Istanbul in zwei Lager spaltet. Es ist der tiefe Graben, der zwischen den Anhängern von Galatasaray und Fenerbahçe verläuft, den »Löwen« und den »Nachtigallen«. Jede Istanbuler Mannschaft hat ihre eigenen Farben, Schlachtrufe und Fans, jede ihre eigenen Sponsoren. Und natürlich hat jeder Verein ein eigenes riesiges Stadion. Das Ali-Sami-Yen-Stadion von Galatasaray wird *cehennem*, »die Hölle«, genannt. Den Spitznamen hat es bekommen, weil die Fans ihre Mannschaft mit bengalischen Feuern anspornen. Und das Şükrü-Saracoğlu-Stadion von Fenerbahçe ist nach dem türkischen Politiker und Präsident des Vereins benannt, also nach Şükrü Saracoğlu. Beide Bauten bestimmen die Stadtkulisse von Istanbul maßgeblich.

Wenn türkische Männer, egal, aus welcher sozialen Schicht sie stammen, sich gemeinsam Fußball anschauen, vergessen sie augenblicklich ihre Erziehung. Es wird auf alles geflucht, was den Sieg verhindert: auf die Schiedsrichter, den Regen, den Einfallwinkel der Sonnenstrahlen, auf den Ball, den Rasen und natürlich auf die gegnerische Mannschaft. Aber auch die eigene Mannschaft bleibt von Schimpftiraden nicht verschont.

Ali spielte als Kind Fußball. Wenn er von dieser Zeit erzählt, klopft er sich stolz auf die Brust und sagt: »Sie nannten mich den anatolischen Jürgen Kohler.« Ich halte mir dann schnell die Hand vor den Mund, damit ich nicht laut lospruste.

Kurz nachdem mein jüngster Bruder Ali zum Lieblingsschwager erkoren hatte, spielte Galatasaray gegen Fenerbahçe, und Mustafa kam erneut nach Berlin, um sich das Spiel gemeinsam mit Ali im Fernsehen anzuschauen. Mustafa hatte vorgeschlagen, es in einem türkischen Teehaus zu verfolgen, eines jener grell beleuchteten Lokale, in die kein Deutscher freiwillig gehen würde. Doch Ali überredete ihn, in einen türkischen Kültürverein zu gehen. Sie unterscheiden sich rein atmosphärisch nicht wirklich von einem Teehaus, nur dass diese Stätten das bedeutende Wort *Kültür* mit sich herumtragen. Es klingt einfach besser. Außerdem geht es dort ein wenig friedlicher zu als im Teehaus.

Bevor die beiden das Haus verließen, zogen sie sich die Trikots ihrer Mannschaft an, banden rot-gelbe Schals um und setzten Kappen mit dem Logo von Galatasaray auf. Zum Schluss warfen sie sich noch die Vereinsfahne über die Schultern.

Von außen schaut man beim Kültürverein durch eine bodenlange Gardine, deren letzte Reinigung Jahre zurückliegen muss. Drinnen sitzen viele Männer, die wild gestikulierend Karten oder *tavla* spielen, das türkische Backgammon. Oder brüllend Fußball schauen. Frauen sind nicht dabei. Das hat aber nichts damit zu tun, dass es ihnen nicht erlaubt wäre, diese Räume aufzusuchen. Eine türkische Frau verzichtet aber gern auf diesen ungastlichen Ort. Ähnlich wie eine deutsche Frau gern darauf verzichtet, ihren Mann zur Skatrunde in die verrauchte Spelunke an der Ecke zu begleiten.

Das Fernbleiben der türkischen Frauen ist reiner Selbstschutz. Verglichen mit einem Kültürverein bekäme jede deutsche Eckkneipe ein Erholungs-Zertifikat. In einem türkischen

Kulturverein herrschen nämlich Extrembedingungen. Frischluftzufuhr? Wieso? Erstunken ist noch niemand. Gedämmte Beleuchtung? Niemals, dann kann man ja die Karten nicht mehr sehen. Gemütliche Möbel? Nicht nötig! Man bleibt sowieso nicht lange sitzen, sondern springt jede Minute auf, um seine Fußballmannschaft ins Gebet zu nehmen oder anzufeuern. Lautstärkenregelung? Wozu? Schließlich will der Türke das Gefühl haben, im Stadion zu sein. Nichtraucherzone? Überflüssig. Sterben müssen wir alle einmal.

Kaum wurde das Fußballspiel angepfiffen, ließ Mustafa schon seine obligatorischen Schimpftiraden los:

»Hurensöhne, heute verliert ihr!«

Ali fuhr zusammen. Schon drehten sich ein paar ältere Männer um und warfen ihnen böse Blicke zu.

»Hop, Musti, bleib mal locker«, sagte Ali und versuchte, meinen Bruder zu beruhigen. »Du musst dich hier ein wenig zurückhalten. Das ist ein Kulturverein.«

Mustafa schämte sich kurz und sah ein, dass er seine Wortwahl überprüfen sollte. Fast schweigend sah er sich das Spiel bis zum Ende an. Nur als der Schiedsrichter bei einem Foul im Strafraum nicht zum Elfmeter pfiff, hielt er es nicht mehr aus. Er sprang auf, riss die Arme hoch und schrie: »Ey, Schiri, isch mach disch Krankenhaus. Isch weiß, wo dein Haus wohnt.«

Die »Löwen« von Galatasaray gewannen das Spiel. Das war nichts Ungewöhnliches. Mein Bruder machte trotzdem eine ganz neue Erfahrung. Zum ersten Mal hatte er während des Spiels die Stimme des Kommentators im Fernsehen vernommen. »*Enişte,* du hattest voll rescht. War komisch, so ruhig, aber isch hatte Spaß!«

Einige Wochen später rief Mustafa wieder an: »Ey, Schiwesta, is mein *enişte* da?«

»Nein, Mustafa, was ist denn los?«, fragte ich neugierig.

»Isch muss mit ihm sprechen. Is wischtisch. Isch hab ein Problem.«

Wieder lud ich ihn zu uns ein, und er versprach, am Wochenende vorbeizukommen. Am Abend erzählte ich Ali davon.

»Wir haben am Wochenende einen Gast.«

»Wen denn?«, fragte Ali überrascht.

»Deinen größten Fan!«

»Deine Mutter?«

»Sehr lustig. Nein, Mustafa!«

Mein Bruder hatte tatsächlich ein Problem. In einem Brief forderte ihn das türkische Militär auf, sich zum Dienst zu melden. Er habe sofort die *askerlik görevi*, seine Militärpflicht, zu leisten.

Mustafa war verzweifelt, als er in Berlin ankam. In Deutschland war er längst ausgemustert worden. Das Kreiswehrersatzamt in Duisburg hatte ihn einberufen und nach kurzer Prüfung für untauglich erklärt. Aber in der Türkei hat das keine Gültigkeit. Da ist Untauglichkeit praktisch unmöglich. Selbst wenn ein Mann ein lahmes Bein hätte, dazu einen Hüftschaden und nur ein Auge besäße, müsste er seinen Wehrdienst leisten. Hinzu kommt, dass jeder Türke einberufen wird, egal, welche Staatsangehörigkeit er inzwischen hat, egal, in welchem Land er lebt. Normalerweise dauert der Militärdienst fünfzehn Monate. Das klingt fast überschaubar, aber der Wehrdienst bei der türkischen Armee ist nicht amüsant, Schreibtischjobs werden da keine vergeben.

Kriegsdienstverweigerung ist in der Türkei ebenfalls nicht möglich. Es bleibt also nur ein einziger Ausweg: Die Türken, die nachweislich im Ausland leben, müssen sich freikaufen. Das kostet allerdings rund fünftausend Euro, und selbst dieser Betrag befreit keinen der Männer ganz vom Militär. Er verkürzt den Dienst lediglich auf drei Wochen. Obwohl viele das Geld nicht aufbringen können, nehmen sie diese Chance wahr. Immerhin können sie sich bis zum Ende des achtunddreißigsten Lebensjahres damit Zeit lassen, und meistens hilft bei der Finanzierung die Großfamilie.

Würde mein Bruder nicht zum Militär gehen, könnte er unsere Eltern und meine Schwester Fatma nicht mehr in der Türkei besuchen. Bei der Einreise würde er an der Passkontrolle sofort wegen Fahnenflucht verhaftet werden.

Ali konnte Mustafa bei seinem Problem nicht weiterhelfen. Meinem Bruder würde nichts anderes übrig bleiben, als sich Geld von meinem Vater zu leihen und sich zu melden. »Sieh es als Möglichkeit, dein Türkisch zu verbessern«, munterte Ali ihn auf.

Für ihn waren das vergangene Zeiten. Auch er hatte sich zu der Ausnahmeregelung entschlossen, hatte den Dienst so lange wie möglich hinausgeschoben. Das sei der teuerste Urlaub seines Lebens gewesen, sagt er über diese Zeit. Und den habe er auch noch in einem Etagenbett zubringen müssen. Ansonsten spricht er nicht gerne über diese drei Wochen. Nur manchmal erwähnt er einige Männer, die ähnlich wie er im Ausland lebten und sich längst etabliert, teilweise Familien gegründet und auf verantwortungsvolle Posten hochgearbeitet hatten. Auf einmal mussten sie sich wieder herumkommandieren lassen, wurden wie kleine Schulkinder behandelt.

Aber davon erzählte er Mustafa nichts. Ali schilderte ihm nur das Leben in der Kaserne: »Am Anfang fiel es mir schwer, jeden Morgen um fünf Uhr aufzustehen. Du musst auf Befehl das Bett verlassen, auf Befehl essen, auf Befehl schlafen. Mein einziger Trost war Tarkan, ein türkischer Schwede, den ich gleich am ersten Tag kennengelernt habe. Er ist Zahnarzt und arbeitet in Stockholm. Seine Eltern gingen in den sechziger Jahre nach Schweden und arbeiteten dort in der Automobilindustrie. Wir waren im gleichen Trupp, und gegenseitig machten wir uns darauf aufmerksam, wenn die Stiefel nicht richtig sauber waren. Darauf wird beim türkischen Militär großen Wert gelegt.

Unsere Vorgesetzten waren alle viel jünger als wir. Deshalb war ihr Auftreten sehr streng, um sicherzustellen, dass es keinerlei Zweifel an ihrer Autorität gab. Respekt hatten sie vor uns sowieso nicht, weil wir nicht einmal gerade stehen konnten und für ihre Verhältnisse sehr schlecht Türkisch sprechen. Das haben sie uns jeden Tag spüren lassen. Und sei es, dass wir als Schikane stundenlang in voller Montur in der Sonne ausharren mussten.«

»Has du auch geschossen?«, fragte Mustafa.

»Nein, wir mussten nur unsere Stube putzen und uns die Vorträge der Hauptmänner anhören«, antwortete Ali. »Die meiste Zeit verbrachten wir damit, uns gegenseitig unsere Lebensläufe zu erzählen. Und immer wieder tauchte die Frage auf, wo man sich zu Hause fühlt. Viele hatten sich schon weit von dem Land entfernt, aus dem ihre Eltern stammten. Einige von ihnen sprachen so schlechtes Türkisch, dass sie mitten im Gespräch ins Englische wechselten.

Unser Trupp bestand aus fünfzig Soldaten. Wir wohnten alle in Baracken, es gab keine Zwischenwände. Die Nächte waren ein einziges Grauen: Fünfzig Männer schnarchten in einem Raum.«

»Wow, *enişte*, klingt ja wie krasser Film. Habt ihr auch mal 'nen Einsatz gemacht?«

»Einmal war eine Feuerwehrübung angesetzt. Wir haben eine Hütte angezündet und gelöscht, wieder angezündet, wieder gelöscht – so lange, bis von der Hütte nichts mehr übrig war. Dann kam der Befehl zum Abendessen. Krass, oder?«

Mustafa schaute ihn gelangweilt an.

Vor einigen Wochen rief mein Bruder an und erzählte, er habe sich zurückstellen lassen. Ich freute mich für ihn, dass es geklappt hatte. Seinen Kommentar hätte er sich allerdings sparen können. »Da kann isch noch hin, wenn isch steinalt bin, so alt wie du und *enişte*.«

Früher teilte ich mir in unserer Familie mit meinem Bruder Mustafa die Bezeichnung »Sorgenkind«. Seit ich mit Ali zusammen bin und wir eine Tochter haben, hat sich das geändert. Jetzt ist Mustafa alleiniges Sorgenkind meiner Eltern. Sie hoffen natürlich, dass er irgendwann zur Vernunft kommt, sich einen anständigen Job sucht, auch einmal länger als drei Wochen mit einer Frau zusammen ist und eine Familie gründet. Damit dieser Wunsch in Erfüllung geht, scheut mein Vater weder Mühe noch Kosten. Ich möchte nicht wissen, wie viele Lämmer wegen meines Bruders schon in die ewigen Jagdgründe geschickt wurden. Wenn man davon ausgeht, dass ein Lamm etwa zweihundert Euro kostet, käme sicher ein Mittelklassewagen zusammen. Rechnet man die Lämmer dazu, die mein Vater für mich geopfert hat, könnten meine Eltern heute in einer frei stehenden Villa am Meer mit eigenem Bootsanlegesteg leben.

Nachdem Mustafa von der Rückstellung erzählt hatte, fragte er: »Hey Schiwesta, was macht mein süße Nichte? Alles korrekt bei ihr?«

Mustafa hat neun Neffen und Nichten, aber unsere Tochter ist momentan seine Lieblingsnichte. Wahrscheinlich liegt es daran, dass sie erst zweieinhalb Monate alt ist. Für etwas Neues kann Mustafa sofort Feuer und Flamme sein. So schnell er sich begeistern kann, so schnell lässt sein Interesse aber auch wieder nach. Es ist also nur eine Frage der Zeit, bis ein neues Handymodell seine uneingeschränkte Aufmerksamkeit zurückgewinnt.

Bisher ist es allerdings nicht so. Er meldet sich regelmäßig und will wissen, wie es uns geht. Die Zahl seiner Anrufe ist sogar beunruhigend groß. Und das Gespräch endet nie mit: »Ach, übrigens, brauchst du neues Handy?«

Neulich erkundigte er sich, ob ich schon Karies hätte.

»Karies? Wieso Karies?«, fragte ich.

»Pass gut auf, dass ihr kein Karies kriegt. Mein Nichte ist nämlich sehr süß.«

Ich wusste nicht, ob ich vor Rührung weinen oder mir vor Lachen den Bauch halten sollte. Das ist Mustafas Art, eine Liebeserklärung zu machen.

Da ich wusste, dass Ali und Mustafa ebenfalls häufig miteinander telefonierten, wollte ich wissen, worüber sie reden würden – außer Fußball und Autos.

»Ach, übers Wetter, das Leben und die Arbeit«, sagte Ali.

»Aber Mustafa hat keine Arbeit.«

»Eben.«

Ali konnte das gar nicht verstehen. Mustafa sei schließlich weder dumm noch auf den Mund gefallen. Ich versuchte zu erklären, dass wir Geschwister ihn seit Jahren unterstützen und ermutigen, sich einen Job zu suchen und ein solides Leben zu führen, aber bislang vergeblich.

Ali nahm sich fest vor, einmal ein ernstes Wort mit Mustafa zu reden.

Nach einem weiteren Fußballspiel, das sie sich gemeinsam in Berlin angeschaut hatten, lud Ali meinen Bruder in die Orient Lounge in Kreuzberg ein. Sobald man durch die Tür dieser Bar tritt, beginnt eine Reise in eine andere Welt. Ein Duft von Zimt, Orangen und Rauch liegt in der Luft. Gedämpfte Gespräche und leises Blubbern dringen aus den Separees. Das Besondere an diesem Ort sind die Wasserpfeifen. In der Türkei werden sie *nargile* genannt. Ali und Mustafa ließen sich an einem Tisch nieder, und Ali bestellte eine Wasserpfeife mit Apfelaroma. Ein Kellner trug sie herbei, legte ein Stück Holzkohleglut auf den Tabak, der mit einem Stück Alufolie geschützt ist und sich in einem kleinen Keramiktrichter der Pfeife befindet. Am Ende des Wasserpfeifenschlauchs befestigte Ali ein Mundstück und zog daran, bis durch den Unterdruck in der Flasche Rauch entstand, der von einem blubbernden Geräusch begleitet wurde. Mustafa sah das zum ersten Mal, aber er war fasziniert von dem Schauspiel und probierte es sofort aus. Nach ein paar Zügen wurde ihm schwindelig, und er setzte das Mundstück wieder ab. Leichte Übelkeit spiegelte sich in seinen Gesichtszügen. Das war für Ali der richtige Moment, ihm ins Gewissen zu reden:

»Mustafa, wir sollten uns einmal unterhalten. Hast du gerade einen Job?«

»Nein, *enişte*, mein Arbeitgeber is Hartz IV. Is zwar wenisch, aber besser als jobben. Kannst korrekt zu Hause sitzen.«

»Findest du es gut, Hartz IV deinen Beruf zu nennen? Du bist doch gesund, hast zwei Hände, keine Gebrechen, warum gehst du nicht arbeiten?«

»*Enişte*, keiner will misch. Die Deutschen sind voll unkorrekt.«

»Sind die Deutschen unkorrekt, oder bist du nur zu faul?«

Das saß.

»*Enişte*, das is voll krass, was du sagst.«

»Dann beweise mir, dass du nicht faul bist und Verantwortung übernehmen kannst. Noch ist es nicht zu spät. Sollen wir deiner Nichte später erzählen, ihr Onkel sei arbeitslos, weil er keine Lust hat, etwas zu tun? Du musst ein gutes Vorbild sein. Deine Schwester hat in ihrem Buch viel von dir erzählt. Zahlreiche Türken in deinem Alter finden dich supercool. Was meinst du, was die denken würden, wenn sie hören, dass du auf Hartz IV bist?«

Mustafa schwieg. Beide schwiegen. Leise blubberte die Wasserpfeife. Nachdem sie ausgeraucht hatten, brachen sie auf und kehrten zurück in unsere Wohnung. Ohne weiter ein Wort miteinander zu sprechen, gingen sie zu Bett. Am nächsten Morgen, als Ali und ich aufwachten, war mein Bruder schon fort. Er hatte nicht einmal eine Nachricht hinterlassen.

Tagelang hörten wir nichts von Mustafa. Mein Vater erzählte mir am Telefon, dass mein Bruder kaum noch reden würde, seitdem er aus Berlin zurück sei. Er wollte wissen, ob etwas vorgefallen sei. Ich konnte ihm nichts dazu sagen. Ali hatte nur Andeutungen gemacht, worüber sie in der Orient Lounge gesprochen hatten.

Eines Tages rief Mustafa überraschend an:

»Hey, Schiwesta, isch hab Neuigkeiten. Also, *müjdemi isterim*!« Das sagt man in der Türkei, wenn jemand eine gute Nachricht zu verkünden hat, für die er belohnt werden möchte.

»Für deine Neuigkeit kaufe ich dir eine Krawatte«, sagte ich im Scherz. Noch nie habe ich meinen Bruder mit einem Schlips gesehen.

»Ja, die brauch isch auch. Isch bin jetzt neuer Verkäufer im Handyladen auf Kaiserstraße in Marxloh!«

»Großartig«, sagte ich. »Gratuliere!« Aber gedacht habe ich, dass sie ihn spätestens nach zwei Tagen wieder auf die Straße setzen, weil er seinen Freunden die Handys viel zu günstig über den Ladentisch schiebt.

»Du weiß doch, isch bin berühmt und muss Vorbild sein.«

»Wovon redest du? Was für ein Vorbild?«

Er erzählte mir von dem Gespräch mit Ali. Ich war so bewegt, dass ich sofort anfing zu weinen. Mustafa hörte mein Schluchzen, lachte am Ende der Leitung und sagte: »Schiwesta, kein Problem, meine Augen schwitzen auch manchmal.«

12 *Mein staatstragendes Gesicht*

Von Montag bis Freitag, von neun bis achtzehn Uhr, manchmal auch länger, bin ich Journalistin, Teilnehmerin diverser Diskussionsrunden und Expertin für Integrationsfragen. In meiner Freizeit treibe ich Sport, gehe mit meiner Tochter auf den Spielplatz, kaufe Schuhe – und bin Expertin für Integrationsfragen. Mir wird eine Kompetenz zu türkischen Themen zugesprochen, die sich deutsche Journalisten jahrelang durch Studium und Weiterbildung hart erarbeiteten. Ich dagegen habe diese Eignung nach Ansicht vieler Kollegen und Freunde quasi mit der muslimisch-anatolischen Muttermilch aufgesogen. Dabei muss ich gestehen, dass ich, was den Islam und den Koran angeht, nicht gerade eine Fachfrau bin. Eine Einladung von Innenminister Wolfgang Schäuble zu einer Konferenz über dieses Thema müsste ich wegen gravierender Wissenslücken ablehnen.

Ich bin nicht sonderlich koranfest, und ich kenne nur den Straßenislam, jenen Islam, der sich vom Christentum meiner Freundinnen nicht sehr unterscheidet. Gingen sie gelegentlich sonntags in die Kirche und sagten das Vaterunser auf, besuchte ich die Moschee und lernte meine Suren. Das war's dann auch schon. Zu den islamischen Feiertagen fahre ich zu meinen Eltern, und meinen deutschen Freunden schicke ich jedes Jahr zu Weihnachten Karten. Mir würde etwas fehlen, wenn ich das eine oder andere nicht tun dürfte – auch wenn ich die jeweiligen religiösen Hintergründe in aller Tiefe kaum kenne.

Was ich über Integration weiß, habe ich über jahrelange Kontakte zu deutsch-türkischen Vereinen, Künstlern, Sportlern, Politikern und sozialen Einrichtungen erfahren. Das ist auch der Grund, warum ich zu Diskussionen eingeladen werde: Mit diesen Kenntnissen soll ich Deutschen und Türken ihre Vorurteile nehmen. Ich stelle mit meinem Wissen sozusagen den Kontakt zwischen türkischer Basis auf der Straße und politischem deutschem Überbau her.

Das gelingt jedoch nicht immer, weil mein Status als Expertin manchmal ein Fluch sein kann. Erst vor kurzem machte ich wieder eine solche Erfahrung. Wir waren auf Wohnungssuche in Hamburg. Ali hatte die Möglichkeit erhalten, einen neuen Job in der Hansestadt zu beginnen. Und nach langen Diskussionen entschlossen wir uns, dass es das Beste für unsere Familie ist, unsere beiden Wohnungen aufzugeben und gemeinsam dorthin zu ziehen.

Ich rief einen Makler an.

»Guten Tag, mein Name ist Akyün«, meldete ich mich. »Ich habe Ihr Angebot gelesen, ist die Wohnung noch verfügbar?«

»Ja, Frau Acker, die Wohnung ist noch zu haben.«

»Prima, können wir einen Besichtigungstermin vereinbaren?«

»Selbstverständlich. Geben Sie mir Ihre Telefonnummer, ich vereinbare sofort einen Termin mit der Mieterin.«

»Vielen Dank, meine Nummer ist …«

»Gut, Frau Acker, ich melde mich bei Ihnen.«

»Entschuldigung, mein Name ist Akyün. Anton, Kaufmann, Ypsilon, Überholspur, Nordpol. Nicht Acker!«

»Ach so! Woher kommt denn der Name?«

»Ich bin Berlinerin.«

»Nein, ich meine, woher kommen Sie ursprünglich?«

»Aus Duisburg.«

»Aber ich bitte Sie, das ist doch kein deutscher Name!«

»Meine Eltern stammen aus der Türkei.«

»Es tut mir leid, Frau ähh …«

»Akyün!«

»Ja, der Vermieter möchte die Wohnung nicht an Ausländer vermieten.«

»Aber ich bin doch Deutsche!«

»Es tut mir leid, auf Wiederhören.«

Warum musste ich dem Makler nur meinen Namen buchstabieren? Hätte ich nicht einfach Frau Acker für ihn bleiben können?

Das ist aber nicht der einzige Zwiespalt, in dem ich mich befinde. Einerseits verlangt man von mir, dass ich nicht auffalle und mich bitteschön integriere, aber das hindert trotzdem niemanden daran, mich in beliebigen Alltagssituationen auf meine Herkunft aufmerksam zu machen.

Vor einiger Zeit fragte mich jemand auf einer Geburtstagsparty: »Was sagen Sie eigentlich zu der Assimilierungsrede Ihres Präsidenten?«

Ich überlegte fieberhaft, ob ich eine wichtige Rede des Bundespräsidenten verpasst hatte.

»Ach ja, Köhler«, sagte ich schließlich und gab mich wissend. »Das war sehr interessant.«

Mein Gegenüber blickte mich verständnislos an und sagte: »Nein, ich meine natürlich die Rede von Erdoğan, dem türkischen Ministerpräsidenten.«

»Ach, den meinten Sie. Das ist nicht mein Präsident. Den habe ich gar nicht gewählt«, antwortete ich und machte mich davon. In diesem Moment interessierte mich der türkische Ministerpräsident herzlich wenig, denn viel lieber wollte ich wissen, wo der Weg zum Büfett ist. Ich hatte den ganzen Tag nämlich noch nichts gegessen.

In diesem Moment fühlte ich mich wie mein langjähriger Freund Roland, der sich bei jeder Gelegenheit die Krankenakte seines Gesprächspartners anhören muss, sobald er erwähnt, dass er Arzt ist. Augenblicklich wird ihm von einem Ziehen in der Leistengegend berichtet, und nicht selten greift sein Gegenüber zu Rolands Hand und ruft: »Schauen Sie mal, fühlen Sie hier den Knubbel?«

Neuerdings antwortet Roland auf die Frage, was er denn beruflich mache, mit dem Satz: »Irgendetwas mit Medien.«

Derartige Ausreden nützen bei mir nichts, denn mein Expertentum steht mir ja förmlich ins Gesicht geschrieben. So wie Roland, der in seiner Freizeit keine Röntgenbilder mehr sehen will, wünsche ich mir, dass ich morgens um drei auf einer Party keine Lösungsansätze mehr für Integrationsprobleme aus dem Ärmel schütteln muss. Um diese Uhrzeit möchte ich einfach nur Mensch sein.

Der Migrationshintergrund klebt aber besonders stark an einer Frau, die wie ich aus einer traditionell türkisch-muslimischen Familie stammt. Und finden Sie nicht auch, dass Migrationshintergrund wie eine Krankheit klingt? »Hilfe, ich habe Migrationshintergrund, ich muss zum Arzt. Gibt es dagegen ein Mittel?«

Ich würde mich am liebsten darauf einigen, dass ich eine Einwanderungsgeschichte habe. Zwar habe ich drei Jahre in der Türkei gelebt, bevor ich nach Deutschland kam, aber angesichts der folgenden dreiunddreißig Jahre sollte es reichen, Teil dieses Landes zu sein. Auch mit dem Begriff »Deutsche türkischer Herkunft« könnte ich leben. Aber am einfachsten wäre die Bezeichnung »Deutsche«. Ich merke, dass ich abschweife. Plötzlich befinde ich mich in meiner eigenen Diskussionsrunde, dabei suche ich nur eine Wohnung.

Natürlich zeichnet mein Leben kein vollständiges Bild über Türken in Deutschland. Ich kann nun einmal nicht mit Kopftuchzwang und einem prügelndem Vater dienen. Auf meinem Sofa sitzt auch kein bärtig-grimmiger Islamist, der aus meiner Wohnung geheime Botschaften an seine Glaubensbrüder aussendet. Und wenn ich wieder einmal nach den Türken an sich gefragt werde, werde ich antworten: »Ich sach ma, der Türke als solcher sitzt mit Lederhose und Gamsbart in München auf dem Oktoberfest, schunkelt mit seiner Maß und wählt CSU.«

Ach nein, das wäre ja der Deutsche als solcher.

Apropos CSU: Ich muss zugeben, dass mich einiges mit Günther Beckstein verbindet. Zum Beispiel seine Pünktlichkeit. Ausgerechnet! Anlässlich seiner ersten Regierungserklärung als bayerischer Ministerpräsident kam mir der Gedanke. Als er in den Plenarsaal des Landtages trat, war außer ihm noch niemand da. Wenn ich innerdeutsch fliege, und es reicht, dreißig Minuten vor Abflug am Terminal zu sein, ziehe ich es vor, mich sechzig Minuten früher dort einzufinden. Ich bin nicht nur pünktlich, sondern überpünktlich. Beigebracht hat mir das mein türkischer Vater. Er hat uns dazu erzogen, immer einen Zeitpuffer zwischen den Terminen einzubauen, und bis heute habe ich Angst, zu spät zu kommen.

Pünktlichkeit ist nicht nur typisch deutsch, und sie ist auch nicht nur eine Frage der Höflichkeit, sondern sie zeigt, dass man sich auf jemanden verlassen kann. Aber nicht nur diese Eigenschaft verbindet mich mit Günther Beckstein. Wir mögen beide keine Menschen, die in U-Bahnen ihre schmutzigen Schuhe auf das gegenüberliegende Sitzpolster legen, die Fenster zerkratzen und Sitze aufschlitzen. Bin ich nun eine anatolische Biederfrau?

Oder werde ich vielleicht auf meine alten Tage bürgerlich-konservativ, wie es mein Vater zeit seines Lebens war? Er achtete in unserer Zechensiedlung die konservativen deutschen Familien [illegible] und liebten ihre gepflegten Schrebergärten.

Nach meinem Selbstverständnis bin ich Duisburgerin, meinetwegen auch Berlinerin. Wenn es nötig ist, kritisiere ich sogar mein Land – und damit meine ich Deutschland. Plane ich meinen Sommerurlaub, höre ich immer wieder die Frage, ob ich in diesem Jahr in die Heimat fahren werde. Ich antworte dann: »Nein, nach Duisburg fahre ich nicht. Dieses Jahr geht es nach Sardinien.«

Als kleines Mädchen wurde ich oft gefragt, ob ich deutsch oder türkisch träume. Als ob man daran erkennen könnte, wohin man gehört. Ich sagte dann: »Woher soll ich das wissen, ich habe doch geschlafen.«

Also: Deutschland ist meine Heimat. Die Türkei ist die Heimat meiner Eltern. Und Merve ist sogar in Deutschland geboren. Zeiten ändern sich. Bei Menschen, denen ein Ausruf des Erstaunens entwischt, wenn sie mein akzentfreies Deutsch hören, gehe ich davon aus, dass sie wissen möchten, woher ich ursprünglich stamme. Als Erklärung füge ich hinzu, meine Eltern kämen aus der Türkei. Gleichzeitig versuche ich, meinen Gesprächspartnern zu bedeuten: Keine Sorge, ich habe mich von meiner traditionellen Familie abgenabelt. Als müsste ich mich für meine Eltern entschuldigen.

Wenn wieder einmal mein Temperament mit mir durchgeht und ich mich über die Missstände in der Bundesrepublik aufrege, sagen meine Freunde, dass es in der Türkei doch viel schlimmer sei. Dann schweige ich, denn damit werde ich auf die ersten drei Jahre meines Lebens reduziert, die ich in der Türkei verbracht habe. Allerdings kann ich mich an diese Zeit kaum erinnern. Und wenn es ganz dumm für mich läuft, werde ich sogar als undankbar bezeichnet, weil ich das Land kritisiere, das mir so viele Chancen gegeben hat.

Deutschland ist das Land, in dem ich glücklich bin und leben möchte. Für immer. Nur fällt es mir schwer zu sagen, ich sei eine Deutsche. Das liegt aber nicht daran, dass ich nicht so empfinde, sondern daran, dass mir die Worte: »Ich bin Deutsche« nicht leicht über die Lippen gehen. Vielleicht fehlt mir nur die Entschlossenheit, diesem Satz nichts hinzuzufügen, sondern ihn einfach stehen zu lassen. Jeden Morgen, wenn ich in den Spiegel schaue, weiß ich, dass es eine Wunschvorstellung bleiben wird, mit diesen dunklen Haaren, den dunklen Augen und einem türkischen Namen als eine Deutsche zu gelten.

Mein Vater hat weniger Hemmungen, seine Tochter eine Deutsche zu nennen. »*Benim alman kızım* – meine deutsche Tochter«, sagt er, wenn ich ihm von den Vorzügen der Kleinfamilie berichte, von meinem Parkettboden vorschwärme oder direkt meine Meinung äußere, ohne in seine blumige Sprache zu verfallen.

Ein türkisches Sprichwort sagt: »*Bir dil – bir insan, iki dil – iki insan.*« Übersetzt heißt das: »Eine Sprache – ein Mensch, zwei Sprachen – zwei Menschen.« Aber ich habe eine eigene Interpretation: »Wer eine Sprache beherrscht, der ist *ein* Mensch; wer viele Sprachen spricht, versteht die Menschen.«

Deshalb ist es so wichtig, dass Kinder aus Familien mit einer Einwanderungsgeschichte zusätzlich die Sprache des Landes lernen, in dem sie leben. Ich wundere mich immer wieder, wenn ich türkische Mütter in meinem Alter treffe, die die gleichen Fehler wie unsere Eltern machen und die nicht alles daransetzen, dass ihre Kinder Deutsch lernen. Viele tun dies aus Unwissenheit, andere aber auch aus Angst, dass ihre Kinder zu deutsch werden könnten. Obwohl ich nicht weiß, was daran eigentlich so schlimm sein sollte.

Dabei geht es schon lange nicht mehr um Deutsches oder

Türkisches, nicht um eine deutsche Leitkultur oder einen türkischen Nationalstolz, sondern nur darum, Deutsch zu lernen, damit jeder Einzelne von ihnen in Deutschland einen Schulabschluss machen kann und einen Ausbildungsplatz bekommt. Es geht um eine reelle Perspektive, um ein Leben in Würde. Sozialhilfe oder Vaters Rente verstehe ich nicht darunter.

Fast noch problematischer erscheint mir jedoch, dass man für seine türkischen Eltern nie richtig erwachsen wird. Ganz besonders die Mütter lassen nicht zu, dass sich die Kinder vom Elternhaus lösen und eigenständig werden. Das habe auch ich gespürt. Wenn ich zum Beispiel eine Woche lang nicht bei meiner Mutter vorbeischaute, rief sie mich an und schnaubte ins Telefon: »So viel habe ich für meine Kinder gelitten, um sie groß zu bekommen, und jetzt lässt du dich nicht mehr bei deiner alten Mutter sehen. Ist das der Dank dafür?«

Es ist nicht einfach, einer türkischen Mutter zu erklären, dass man nun ein eigenes Leben führt und sie nicht jeden Tag besuchen kann. Für sie sollte ich als Tochter ständig abrufbereit sein, sollte ein schlechtes Gewissen haben, wenn ich mich nicht bei ihr melde. In ihren Augen habe ich ständig an sie zu denken.

Ich nenne das türkischen Familienkommunismus. Jeder gehört irgendwie jedem.

Fest habe ich mir vorgenommen, dass unsere Tochter später nicht unter einer Gemeinschaft ohne eigenen Freiraum leiden soll. Schritt für Schritt möchte ich aus dem Kollektiv einfach eine Kleinfamilie machen, die wir sind und sicher auch bleiben werden. Die Zeiten, als türkische Frauen noch eine halbe Fußballmannschaft zur Welt brachten, sind längst vorbei. Die meisten von ihnen sind zufrieden mit zwei, höchstens drei Kindern.

Ali denkt hier genauso wie ich, na ja, fast. Vor einigen Wochen sagte er, nachdem er Merve gewickelt, gefüttert und ins Bett gebracht hatte:

»Ach, wie schön wäre es, wenn unsere Tochter noch ein Brüderchen hätte.«

»So«, antwortete ich.

»Du meinst doch eher, wie schön es wäre, wenn du noch einen Sohn hättest, oder?

»Nein, nein, ich denke da nur an Merve«, beteuerte er. »Wenn wir irgendwann nicht mehr da sind, werden ihre Geschwister die Familie sein.«

Und wieder einmal hatte er recht mit dem, was er sagte.

Ich habe mir mein Leben lang gewünscht, ein unabhängiges und eigenständiges Leben zu führen. Vielleicht ist das auch der Grund, warum ich Ali bisher noch nicht geheiratet habe. Wenn aber meine Eltern irgendwann fröhlich im *cennet*, dem türkischen Paradies, sitzen, bleibt mir dennoch mit meinen Geschwistern, Neffen und Nichten eine Familie. Was würde Merve bleiben?

Nachdem ich einige Zeit darüber nachgedacht hatte, sagte ich zu Ali:

»Okay, meine Wohnung habe ich schon aufgegeben. Wir werden zusammenziehen, das ist fast wie eine Ehe. Und über das Geschwisterchen für Merve unterhalten wir uns eingehender, wenn die Kleine schläft.«

So schnell hatte Ali unsere Tochter noch nie gewickelt, gefüttert, ihr eine Geschichte vorgelesen und sie ins Bett gebracht. Ich glaube, es waren gerade mal vier Minuten und fünfundzwanzig Sekunden.

»Sie schläft«, sagte er und grinste mich an. »Und noch etwas. Eine zweite Tochter wäre schön.«

Liebe Wohnungseigentümer, wenn Sie über eine Bleibe in Hamburg verfügen, dann melden Sie sich bitte. Haben Sie keine Angst vor uns. Wir sind keine türkische Familie, die in der Badewanne Schafe auseinandernimmt, auch werfen wir keinen Müll vom Balkon. Wir haben nur eine kleine Tochter, die bestimmt niemals ein Kopftuch tragen und auch keine Rentner in der U-Bahn verprügeln wird. Nur an meinen ausländisch klingenden Namen werden Sie sich gewöhnen müssen. Aber Sie dürfen mich auch gern Frau Acker nennen.

13 *Rückblick in die Zukunft*

Julia hat sich seit einigen Wochen rar gemacht. In unserem letzten Telefonat erzählte sie mir, dass sie gerade einen netten Mann kennengelernt hätte, aber sie wolle noch nicht zu viel verraten. Nur eines sagte sie zum Schluss: »Hatice, diesmal lasse *ich* mich erobern.« Seitdem wurden ihre Anrufe immer seltener, was bei meiner Freundin ein gutes Zeichen ist.

Aber eine Sorge blieb mir trotz Julias neuem Glück. Meine Eltern verstanden sich zunehmend besser mit denen von Ali. Man konnte fast meinen, es entwickelte sich so etwas wie Freundschaft zwischen den zwei Paaren. Nach der Familienzusammenführung in Izmir und Merves Geburt hatten sie mehrfach miteinander telefoniert und sich sogar verabredet. Eigentlich müsste mich das freuen. Es ist doch schön, wenn zwei Familien sich gut vertragen. Aber ich fürchte insgeheim, dass ihre Freundschaft irgendwann einmal dazu führen wird, dass ich Ali doch heiraten muss. In meinem letzten Telefongespräch mit meinem Vater erkannte ich allerdings, dass ich ihn wieder einmal unterschätzt hatte.

»Wie war euer letztes Treffen mit Alis Eltern?«, fragte ich. Natürlich wollte ich gelassen klingen.

»Sehr gut, deine Mutter hat gekocht, und wir haben uns ausgezeichnet unterhalten.«

»Worüber denn?«

»Worüber unterhalten sich wohl alte Leute? Wir haben über unsere schmerzenden Knochen geredet, das schwache Herz und unsere unbelehrbaren Kinder.«

»Hmm.«

»Und ich habe Alis Vater gesagt, dass ihr schon viel zu alt für eine Hochzeit seid. Dass wir uns zum Gespött der Verwandten machen, wenn wir zwei Fünfzigjährige verheiraten würden.«

»Unverschämtheit, ich bin nicht mal vierzig!«, rief ich ins Telefon.

Mein Vater lachte am anderen Ende der Leitung und sagte: »Ihr seid alt genug, um zu wissen, was ihr tut. Und das habe ich auch Alis Familie gesagt.«

Ich bin aus allen Himmeln und Wolken gefallen.

Dann fügte er aber doch noch etwas hinzu: »*Herkesin aklı bir olsa, koyuna çoban bulunmaz* – hätte jeder den gleichen Verstand, fände man für die Schafe keinen Hirten!«

Was war ich froh darüber, dass mein Vater mich nach all den Jahren endlich als erwachsene Frau ansah. Er hatte erkannt, dass ich Verantwortung für ein Kind trage, dass ich mit meiner kleinen Familie nicht zu neuen Ufern aufbrechen kann, wenn ich mich ständig auf meine Eltern besinnen müsste.

Denke ich an meine Kindheit, erinnere ich mich an drei Dinge, die ich schmerzlich vermisst habe: Waschlappen, Weihnachten und Würstchen. Im vierten Schuljahr fuhr ich mit meiner Klasse in ein Schullandheim. Bevor es losging, gab uns unsere Lehrerin eine Liste mit Dingen, die unsere Eltern vor der Abreise besorgen sollten. Und auf dieser stand auch: »Waschlappen«. Meine Mutter musste mit mir extra in die Stadt fahren, um einen solchen zu kaufen. Ich bestand darauf, denn Waschlappen hatten bei uns zu Hause keine Existenzberechtigung. Noch heute höre ich, wie meine Mutter grummelte: »Sauber wird man damit aber nicht.«

Für meine Mutter sind Waschlappen in ihrem Badezimmer bis heute undenkbar. Sauberkeit verbindet sie, wie gesagt, mit fließendem Wasser. Wenn sie das Geschirr spült, nimmt sie ein Tuch, das sie nass in Spülmittel getränkt hat, schrubbt jedes Teil so lange, bis kein Schmutz mehr zu sehen ist. Anschließend hält sie jeden Löffel, jede Gabel und jeden einzelnen Teller unter den laufenden Wasserhahn, bis alles glänzt. Als Kind wollte ich Geschirr abtrocknen, wie es meine Freundinnen taten – mit einem Trockentuch. Auch so etwas gibt es in ihrer Küche nicht. Das Einzige, was wir besaßen, waren Küchenhandtücher, um sich nach dem Spülen die Hände abzutrocknen. Heute habe ich übrigens Dutzende von Waschlappen in allen Farben und Formen im Schrank.

Früher dachte ich, wenn sich all die kleinen Unterschiede zwischen meinen deutschen Freundinnen und mir verlieren würden, gehörte ich zu ihnen. Ich wollte sogar für eine Weile Christin sein, aber nur, um nicht mehr aufzufallen. Alle meine Freundinnen waren katholisch oder evangelisch und feierten jedes Jahr Weihnachten. Wie sehr habe ich sie beneidet, wenn sie am Morgen nach Heiligabend mit ihren neuen Fahrrädern, Rollschuhen oder anderen Spielsachen auf die Straße kamen und sich gegenseitig ihre Geschenke zeigten.

Wir erhielten zu Weihnachten keine Geschenke. Die meisten Türken kennen dieses Fest nicht oder würden es nicht feiern. Sie vermissen es auch nicht. Jahr für Jahr sitzen sie in der Adventszeit entspannt zu Hause, sparen sich Weihnachtshektik und den Einkaufsrummel, sie müssen keinen Baum abschlagen oder gar schmücken, keine Klöße rollen und keine Gans braten. Wahrscheinlich sind sie die Einzigen in Deutschland, die in der Vorweihnachtszeit ein wenig Besinnlichkeit verspüren. Während draußen alles rennt und sucht und kauft, sitzen sie in ihren gemütlichen Teppich- und Sofalandschaften, trinken Tee und schauen zu, wie der Schnee leise auf die Erde rieselt. Es hat sich lediglich in unserer Familie eingebürgert, an Heiligabend miteinander zu telefonieren und sich gegenseitig »*Weihnachtın kutlu olsun* – frohe Weihnachten« zu wünschen. Es gibt türkische Verwandte, die ihre Nase über uns rümpfen. Aber was heißt das schon?

Am besten gefiele es mir, wenn Weihnachten ein religionsübergreifendes Fest werden könnte. Weihnachten für alle! Auch für Deutsche türkischer Herkunft.

Ebenso könnten von Katholiken und Protestanten die muslimischen Feste gefeiert werden. Zur Fastenzeit etwa jeden Abend das Fastenbrechen mit den herrlichsten Gerichten eröffnen. Am Ende des Fastenmonats *oruç* drei Tage lang das Zuckerfest bejubeln. Und zum Opferfest, dem *kurban bayramı*, zum türkischen Metzger gehen, sich »geopfertes« Fleisch besorgen und mit Freunden und Nachbarn teilen. Vielleicht würde das zwischen den extremen Vertretern beider Religionen Frieden stiften. Ist ein Grund für Glaubenskämpfe nicht immer auch Konkurrenz und Eifersucht?

Ali und ich werden Weihnachten in diesem Jahr das erste Mal nicht bei unseren deutschen Freunden feiern, sondern bei uns zu Hause. Mit unserer Tochter. Wir werden einen Tannenbaum kaufen, ihn gemeinsam schmücken, Geschenke einpacken, und ich werde sogar eine große Gans braten. Warum nicht!

Ich werde es wie meine *abla* halten, meine älteste Schwester. Gönül geht in die Moschee, liest regelmäßig im Koran und ist die Einzige von uns vier Schwestern, die ein Kopftuch trägt. Doch jedes Jahr erwirbt sie vor Heiligabend eine kleine Fichte, die sie mit einer bunten Lichterkette behängt.

Neben der Gans werde ich jedoch auch einen Kartoffelsalat zubereiten und dazu Würstchen servieren. Ja, Würstchen! Ich hoffe, dass ich mit dieser Aussage nicht auf der Todesliste von irgendwelchen Fanatikern lande. Ich will damit wirklich nicht provozieren. Aber ich habe als Kind sehr darunter gelitten, keine Würstchen essen zu dürfen, und möchte – was Merve angeht – mit dieser Tradition, kein Schweinefleisch essen zu dürfen, brechen.

Auf Kindergeburtstagen bekam ich regelmäßig ein Hühnerbein auf meinen Teller. Eine Erniedrigung war das! Gern hätte ich das gegessen, was alle Kinder aßen, nämlich Würstchen. Doch das ging nicht, es war verboten. Meine Eltern hatten es den Müttern meiner deutschen Freundinnen unmissverständlich zu verstehen gegeben.

Inzwischen esse ich kein Schweinefleisch, weil mir Lamm, Hähnchen oder ein saftiges Rindersteak einfach viel besser schmecken als ein Kotelett oder ein Schnitzel. Meine Tochter wird trotzdem Grillwürstchen und Leberwurstbrote essen dürfen. So fromm bin ich nicht. Von mir aus kann sie auch Kängurufleisch oder Regenwürmer verspeisen, wenn es ihr schmeckt.

Meiner Mutter allerdings werde ich diese Zeilen in falscher Übersetzung vorlesen müssen. Denn wenn sie erfährt, dass ich es mit dem Schweinefleisch nicht so genau nehme, zieht sie mir das Fell über die Ohren. Und wenn sie merkt, dass ich auch noch ihre Enkeltochter Schweinefleisch essen lasse, wird sie ebenfalls nicht sonderlich glücklich sein. Schon jetzt versucht sie, ihr »deutsches« Enkelkind immer wieder auf die türkische Seite zu ziehen. Neulich hat sie Merve doch glatt mit einem ihrer türkischen Gerichte gefüttert, vermengt mit Joghurt. Ich bin sofort dazwischengegangen. Eine ganze Knoblauchplantage hatte sie hineingegeben. Aber Merve wollte mehr davon. Da habe ich kapituliert. »Dich habe ich auch mit türkischem Essen aufgezogen. Ist es dir vielleicht nicht bekommen?«, hat meine Mutter unwillig gemurmelt und ihrer Enkeltochter fleißig weiter Löffel in den Mund geschoben.

Meine Mutter ist im Gegensatz zu mir sehr fromm. Sie war mit meinem Vater schon mehrmals auf Pilgerfahrt nach Mekka, und sie hält sich auch genau an die Regeln des Islam. Das respektiere ich, doch in meinem Leben spielt Religion keine zentrale Rolle. Auf die Frage nach meiner Konfession antworte ich: »Nicht praktizierende Muslima.«

Wenn ich vergleiche, wie meine Mutter mich erzogen hat und wie ich Merve erziehe, kommt es mir vor, als lägen Jahrhunderte dazwischen. Dabei handelt es sich nur um eine Zeit von knapp vierzig Jahren. Meiner Mutter war es wichtig, dass ich jederzeit zu Hause zurechtkomme. Das soll auch bei meiner Tochter wichtig sein. Da gibt es nur einen kleinen Unterschied. Wenn meine Mutter an ein Zuhause denkt, hat sie ihr anatolisches Dorf vor Augen. Wenn ich an mein und Merves Zuhause denke, habe ich die Duisburger Hochöfen und das Brandenburger Tor, habe Deutschland vor Augen. Das Gefühl, das ich für Duisburg empfinde, haben meine Eltern für ihr Dorf. Obwohl meine Eltern jeden Winkel von Duisburg kennen, besitzen sie dort keine Lieblingsecke, wie sie es in Akpınar Köyü haben. Nur im fernen Anatolien habe ich gesehen, wie meine Eltern Hand in Hand spazieren gingen. Das werde ich nie vergessen.

Wenn wir als Kinder in die Türkei fuhren, waren wir nur in unserem Dorf. In Akpınar Köyü waren wir willkommen. Vor Freude über unseren Besuch schlachtete mein Großvater ein Lamm. Das war eine ganz andere, eine archaische Welt. In der westlichen Welt schlachtet man keine Tiere vor den Augen aller.

Aber auch mein Vater hatte eine westliche Welt. Zu ihr gehörte die *Tagesschau*. Obwohl er nicht viel verstand, schaute er sie jeden Abend. Und wenn die blonde Ansagerin Hanni Vanhaiden auf dem Schirm war, wurde er ganz ruhig und lächelte sie an. Ähnlich verehrte er die Lottofee Karin Tietze-Ludwig, aber weil er ihren Namen nicht aussprechen konnte, nannte er sie einfach Susanne. Das hört sich so ähnlich an wie Zusatzzahl. Heute hat sich das leider geändert. Seitdem meine Eltern auf dem Dach ihres Hauses eine Satellitenschüssel anbringen ließen, schauen sie nur noch türkisches Fernsehen.

Meine Mutter hat sich nur für ihre Kinder interessiert. Sie hat sie betreut und aufgezogen. Niemals hätte sie uns in fremde Hände gegeben, niemals zu einer Tagesmutter oder in einen Kindergarten. Meine Eltern haben sich auch nie über Politik unterhalten. Sie sprachen und sprechen in erster Linie über ihre Familie, ihre Nachkommen. Mein Vater liebt seine Moschee, er hat seine Gebete, und meine Mutter ihre Kinder und ihre Küche – das macht sie beide glücklich.

Waschlappen, Weihnachten, Würstchen: Merve soll so aufwachsen, als gäbe es bei diesen Dingen keine Differenzen. Sie hat jetzt eine Nanny und wird später in den Kindergarten gehen. Merve wird kein Kopftuch tragen und nicht fasten müssen. In Zukunft werden Weihnachtsmann, Osterhase und Nikolaus auch bei uns zu Hause ein- und ausgehen. Und wenn meine Tochter ihre Geschenke auspacken möchte, singen wir vorher ein türkisches Kinderlied oder tanzen zu türkischer Musik. Und vielleicht kommt irgendwann einmal eine Zeit, in der nicht nur meine deutschen Freunde sich bei uns erkundigen, wie wir Weihnachten feiern, sondern ich sie frage: »Wie begeht ihr eigentlich in diesem Jahr das Zuckerfest?«

Dank

Ich danke meinem türkischen Hans, der liebevoll meine eigenen Vorurteile gegen Türken entlarvte und mir einmal mehr verdeutlichte, dass es leichtsinnig ist, aus der Herkunft eines Menschen Schlüsse auf sein Wesen zu ziehen. Ich danke ihm dafür, dass er mich liebt, obwohl das nicht immer einfach ist. Dafür, dass er mir dieses wunderbare Mädchen Merve Johanna geschenkt hat und seit dem ersten Tag, den wir uns kennen, so gutmütig mit mir redet, als fließe Honig aus seinem Mund.

Ich danke meinem Vater, der meine Hochzeitsphobie versteht und den ich diesbezüglich wieder einmal falsch eingeschätzt habe. Meiner Schwester dafür, dass sie Hiobsbotschaften so verbreiten kann, als verkünde sie den Weltfrieden.

Meinen beiden Müttern danke ich für das viele Gold, das mittlerweile den Reserven der Bundesbank Konkurrenz macht.

Meinem Bruder Mustafa dafür, dass ich ihn und seine Sprüche für dieses Buch nicht erfinden musste. Und überhaupt danke ich meiner ganzen verwandten und angeheirateten Familie für die vielen schönen, skurrilen, lustigen und traurigen Erlebnisse und Geschichten, die dieses Buch erst möglich gemacht haben.

Onkel Jürgen (Ahmet amca) und Eylem danke ich ganz herzlich dafür, dass ich als Vollzeitmutter die Möglichkeit hatte, das Buch überhaupt zu schreiben. Danke euch beiden, dass ihr MJ gefüttert, gewickelt und bespaßt habt.

Ich danke meiner Agentin Michaela Röll, die mich durch Höhen und Tiefen des Schreibens begleitet hat und mich mit ihrem einzigartigen Humor und ihren strengen Ratschlägen ermutigt hat weiterzumachen.

Ich danke Claudia Negele für ihre Begeisterung und dafür, dass sie mir schon zum zweiten Mal ihr Vertrauen geschenkt hat, ein Buch zu schreiben und zu veröffentlichen.

Ich danke Regina Carstensen für ihre wunderbar knappen Kommentare.

Ohne Petra Sommer hätte ich niemals dieses wunderschöne Deutschland bereisen dürfen. Danke, dass du mich so überzeugend anpreist, als sei ich eine warme Semmel.

Mein besonderer Dank gilt Brigitte Kruse, der ich in tiefer Liebe und Dankbarkeit verbunden bin.

Martha Grimes
Minette Walters